线索
CLUES

王磊 著

人民文学出版社

图书在版编目（CIP）数据

线索／王磊著．—北京：人民文学出版社，2020
ISBN 978-7-02-016073-0

Ⅰ．①线… Ⅱ．①王… Ⅲ．①推理小说—中国—当代 Ⅳ．①I247.5

中国版本图书馆 CIP 数据核字（2020）第 024208 号

策划编辑　脚　印
责任编辑　王　蔚
装帧设计　陶　雷
责任印制　任　祎

出版发行　人民文学出版社
社　　址　北京市朝内大街 166 号
邮政编码　100705
网　　址　http://www.rw-cn.com

印　　刷　三河市宏盛印务有限公司
经　　销　全国新华书店等

字　　数　220 千字
开　　本　890 毫米×1290 毫米　1/32
印　　张　9.875　插页 1
印　　数　1—6000
版　　次　2020 年 4 月北京第 1 版
印　　次　2020 年 4 月第 1 次印刷

书　　号　978-7-02-016073-0
定　　价　35.00 元

如有印装质量问题，请与本社图书销售中心调换。电话：010-65233595

脚 印 工 作 室

生而为人，万幸之幸

——献给我的爱人

自　序

　　我是个北方人，南方虽去过几个城市，但实在是不晓得如何用南方人的语言创作，所以，就把故事的发生地放在了河北省大城县。对大城县人民绝无冒犯之意，其实，是想写湖南衡阳县的。

　　本故事并非全然虚构，欢迎对号入座，比如书中的仓库管理员纪祥云，就有其原型。不知他如今是否还活着，如果还活着，希望他能看到这本书，也但愿能救他一命，虽然希望不大。

1. 库 管

　　老赵干了二十多年警察，头一次见这种案子：河北廊坊市大城县供电公司仓库管理员用一把仿真枪自杀了——从脑门打到脑后，贯穿的却是一颗真子弹。

　　老赵赶到时，供电公司的仓库大门已拉起了黄色警戒线。进了大门，是一处比足球场大了一圈，跑道又至少多出一篮球场的院子，里面杂七杂八地堆着些落满尘土，长满锈，有些居然还长出了草的开关柜、断路器、电表箱、变压器，镀锌管、螺纹钢、槽钢、角铁等，木板子也摞了不老少。两棵粗大，苍劲，茂密，正开着花的老槐树拼了命地散发着香气，也遮挡不住满院子裹着土腥气的铁锈味。院子西南两面是红砖砌的半高不矮的墙，墙头粘满了玻璃碴子，但大部分早已被磨得像墙头一般光滑平整。东北两面是三层灰色水泥外墙的筒子楼，东面的临街，都是上个世纪七十年代修建的。当初刚盖好时，还在读小学的老赵和他的同学们没少跟里头跑上跑下地疯玩，可如今已是满眼残破，衰败的气息。更悲哀的是，里面居然还死了个人。

　　看热闹的诸神都归位了，没看上的也只能老老实实地躲回各自的办公室里作"翘首以盼"状。这可怪不得警察有纪律，要怪只能怪自己上班不积极，脑子有问题。当然，脑子有问题的并不这么认为自己，上下班不用打卡，干吗不晚来早走？怪不得人说，仓库就是供电公司的养老院。

　　现场在二楼，楼梯口南边第四间办公室。办公室门开着，同事们在里面又是拍照又是取证，没谁有工夫抬眼看他。老赵领了双鞋套，躲开地上的标记，来到死者面前。

　　死者三十来岁，男性，中等身材，肤色稍暗，左眼角一堆黑痣，脑门上黑洞洞的弹孔稍稍有些偏左。论相貌，说不上好看，也说不上多难看，但大睁着双眼，惊恐万状，嘴巴张着，牙齿又黑又黄，看起来，大概过不了几年就要掉光的样子。也行，反正人已经死了，牙的寿命再长，如今不一样派不上用场？在他脑袋下面的水泥地上，有一摊血，凝固得像掺了水的油漆，跟它的主人再无来往。死者手里攥着把枪，仔细一看就知道，不是真家伙。

　　"近距离射击，但伤口不是自杀的伤口，皮肤表面烧伤痕迹不重，离射击点还是有些距离的——两米左右吧。"法医说。

　　老赵绕到死者的桌子对面，冲死者举起手枪形状的手。

　　法医说："差不多，是这角度。"

　　"那他手里为什么拿着把仿真枪呢？"

　　"那就是你们的营生了！"

　　老赵当然知道，其实本也是问自己的。

子弹找到了，就在脑后，露出半拉，看一眼就恶心想吐。在大铁镊子毫不留情的帮助下，子弹终于杀出一条血路，完成了它最后的旅行。只可惜，又玷污了一只干干净净的塑料袋。

现场勘查的同事说："百分之百他杀！"

老赵问："何以见得？"

"死者对面的桌子和椅子擦得干干净净，地面拿墩布墩过了，没留下一点痕迹，处理得非常仔细。自杀需要费这劲吗？"

"现场不见凶器，是不可能自杀。除非有人等他自杀之后，把枪带出去，再给他手里塞把仿真枪。这不闲的吗？脚印谁的？"老赵问。

"隔壁吴工的，就是他一上班发现的死者。哎，老赵，有新东西！"

"哪里？"

死者的仿真枪枪身上布满指纹。老赵心想：这些指纹，如果不是死者的，会不会是凶手留下的呢？凶手又是怎么想的呢？他把真枪擦干净给死者，造成个自杀的假象不好吗？还是太着急了，或是被人发现而没来得及……都是自己人，这话也就边想边说了出来。

局长虽没明说，老赵也清楚，这案子十有八九是他的。小李是他徒弟，他没来之前，小李已经跟吴工聊过了。出了死者的办公室，站在楼道里，倚着栏杆，接过小李的烟，老赵问："怎么说？"

"吴工是玩晨跑的，七点多点儿就来单位了，跑着来的。办公室里喘够气了，想打盆水洗个脸，路过死者办公室，感觉不对劲……"

"死者姓名？"

"纪祥云，纪律的纪，吉祥的祥，人云亦云的云。"

老赵指着死者南边一墙之隔的房间问："这是吴工办公室？"

"是。"

老赵往前探了探头，问："人呢？"

"去厕所了。"

"拉屎？"

"可能吧！"

"把屎都吓出来了？"

"那我就不知道了。"

"不会借着上厕所跟谁打电话串词吧？"

"您怀疑他？"

老赵双手抱肩，面部肌肉绷得僵直，小声说道："我怀疑这楼里所有的人。杀了人，还把现场擦得干干净净，有条不紊，从容不迫。还敢到办公室里杀人，拿这儿当自己家。你说，像不像自己人？"

"像。"

"他怎么报的警？"

"报警的是他们主任，不是他。"

老赵疑惑地瞅着小李，小李刚要说话，就听到身后的脚步声，回身一看，正是吴工。

经小李介绍，吴工主动向老赵伸出手。老赵犹豫了一下，问："洗手了？"

"洗了。上厕所能不洗手吗？"吴工笑呵呵地回答。

"是给吓得吗？"老赵伸出手。

吴工一愣，接住，很快明白了他的意思，笑着回答："每天的工作。都是这个点儿，很准的。"一本正经地回答多半是仓促之间的选择，紧张的表现。

吴工很年轻，二十七八岁的样子，一身运动装扮，显得朝气蓬勃。他握着老赵的手热情有力，只是小肚腩有些不争脸。当老赵的目光盯上他的肚子时，他连忙捂着肚子说道："我老婆老笑话我，说一看我这肚子就知道胸无大志。"

"我们没肚子，一样胸无大志。"老赵把头歪向一边，有点不耐烦。

吴工笑了。人在这时候特别需要幽默的力量，哪怕幽默得平平，也能缓解些紧张，释放点恐惧。把老赵他们让进办公室以后，吴工给想他们沏茶，但手抖个不停，只好停下来，从脸盆里抓起肥皂。老赵不免怀疑：上完厕所到底洗没洗手？他看看自己的手，往裤子上蹭了蹭。

吴工办公室里对拼着三张桌子，桌子上电脑、文件、卷尺、烟缸、茶杯、笔筒堆成一堆，比死者纪祥云的房间乱多了。他拽出一条皱巴巴的毛巾，擦了擦手，终于把抖给治好了。又从柜子里拿出一玻璃茶壶，沏上铁观音。老赵是走哪儿都带着老干部杯的，见吴工往外拿纸杯，就让他少拿一个，说给小李就行，水他都不要。关于水杯，老赵说过小李好几回了，他也不是不带，就是老忘了带。

"这屋里，除了你，还有俩？"老赵问吴工。

吴工坐等着茶叶泡开，还在一口口地喘着粗气，说："对，老刘休病假了，老冯是真有病，股骨头坏死，依然带病上班。其实，啥活儿也不干，想来就来，想不来就不来。这不，到现在还没来呢。"说完一笑。

"他俩也是库管？"

"可不，都是大爷，没一个干活的。"气喘得稍稍有些匀和了。

小李突然问："你这是拉屎累的，还是吓的？"这也是老赵想问的。

吴工瞅了小李一眼，没说话。老赵突然怀疑：听这口气，这俩人是不是以前认识？

也就这一两年的光景，老赵感觉自己老好多，虽然还不到五十。过去，只要是见过一眼的人，极少有忘掉的，可现在，老有那半熟脸在眼前晃悠，就想不起是谁，也想不起在哪儿见过，更别说姓甚名谁了。眼前这位正在沏茶倒水的吴工便是如此。老赵问："吴工，我怎么觉得在哪儿见过你？还是我岁数大了，脑子不够使，记糊涂了？"

吴工抬眼一笑，说："这正说明您脑子好使。我以前干过交警，见过您好几回了。"

"原来如此！那怎么不干了？"还是没记起在哪儿见过。

"交警太辛苦，哪有这儿舒服？"

"现在挣的比以前多？"

"那是肯定，不然，换它干什么？"

"挺有路子！"

"咱这小县城又没多大，想找人托个关系，费不多大劲。"

吴工的茶沏好了，小李不客气，吹走正在舒张着身子的小茶球，闻闻茶香，吸溜一口，忍不住赞道："好茶！你们这生活，羡慕死人。"

老赵终于忍不住："你俩认识？"

"他以前交警大队的，开个大摩托，可威风了。当年的吴警官可不是一般人，县政府的车闯红灯，他都敢追上去开罚单。"小李说。

吴工笑笑，没说话。

"真的假的？"老赵掉过头去瞅吴工。

吴工不好意思开口，小李劝道："这有什么好丢人的？你要不认，还当我吹牛呢。"

吴工只好说："少不更事，莽撞了！"

"不会是因为这，交警干不下去，才来的供电局吧？"老赵又问。

"多少年前就叫供电公司了。"吴工笑道。

"在我师傅看来，一个样。"小李替他师傅回答了。

吴工又是笑而不语，喝着小茶，气也顺了，之前的慌张无措已被从容不迫取而代之。

　　小李说："当警察有什么劲？我还想来你们仓库当库管呢，多优哉的小日子！"

　　"你也是库管？"老赵问道。

　　"是。"

　　"那个不也是库管吗？"老赵扭扭头，用下巴指了指隔壁的房间。

　　"纪工？纪工是，但我们等级不一样。"

　　"仓库管理员还分等级？"

　　"没人分，我分的。我是专门干活的，他是指挥人干活的，像老刘和老冯，就是啥活也不干的。"

　　"他指挥你？"

　　"也谈不上指挥我。他是老人嘛，好些活他是不干的，盘点，验收，送货什么的，一般不管，都是我去。"

　　"那他干什么呢？"

　　"他指挥工人们干活。我们这工人都听他的，不听主任也得听他的。"

　　"没见你们这儿有工人。"小李接过话说。

　　"这是老仓库，破的烂的搁这儿，其实都是废品垃圾。在正义路有新仓库，用得着的都在那儿，几十号工人呢。这儿基本废弃不用了，除了楼上住人，二楼有几个像我这样干活的，别的没了，连食堂都不在这儿。新设备一来，都放正义路。"正义路在新城区，远比这里整洁，新鲜，也荒凉。

　　"他人品怎么样？"老赵扭了扭身子。

吴工冷笑一声：“人品嘛，就那样。”

“那就是不怎么样了？”是小李的声音。

“嗯，很狂妄，目中无人，觉得自己可能干了，可聪明了。”

“得罪过人吗？”

“不好说。”

“得罪过你吗？”

“得罪过我吗？”吴工笑眯眯地，把目光扫向了天花板，“实说实说，我很讨厌他，因为他是一个十足的坏东西，是堆肮脏的垃圾。很高兴他被处理掉了。”说完，他把目光收回来，神态极其从容，就像在评价一个遥远的、史书里的人物。

老赵不由得皱起眉：“为什么这么讲？”

“不知道该不该讲，是不是得跟领导请示请示？”吴工盯着自己的茶缸子想了想，打定主意说：“算了，直说吧。他敲乙方的竹杠！”

“给你们供货的？”

“是，我不知道他敲了多少家，也不知道他敲了多少钱，反正没少敲。各种借口，真不知道他是怎么编出来的。在敲人竹杠这件事上，我觉得他是个天才，绝世天才！仓库没地方了，产品尺寸不对了，没有3C认证了……各种借口。大雨天，车到仓库门口，他跟人说没地方。各种空地儿多了去了，随便找块空场踢个五人制足球没问题。他让人拉走，爱放哪儿放哪儿，就是不能放他仓库里。您说，这玩意也算个人？”

“给了钱就有地方了？”小李说。

"给少了一样没地方。我们这纪工可不是两条烟，二百块钱能打发了的。"

"这事你怎么知道的？"老赵假装漫不经心地问。

"连我们院子里的流浪猫都知道，我能不知道吗？"

"这种事不都偷偷摸摸的吗？怎么会闹得满城风雨呢？"小李倒严肃起来。

"我敢拍着胸脯子说，我们廊坊地区没有一个县的库管敢敲人竹杠，除了我们纪工。那些给我们供货的业务员老被他欺负，能跟没事人一样吗？石头人也得说两句吧？有的忍不住就跟我们叨唠叨唠。说的人少还不敢信，说的人一多，再一想他平时那模样，不就是吗？！"

"有证据吗？"

"怎么有证据？收的都是现金。你想转账他还不要呢，又不给你开收据。"

"没人管？"小李问。

"能中供电公司的标，都是有关系的，也不是吃素的，就跟我们市局，华北局的领导讲了。可之后呢？不了了之。"

"这个纪工是什么背景？"

"高战天的小舅子。"

"高战天是谁？"

"国家电网华北分部主任，党委书记。"

"好家伙！"小李一副没见过世面的样子。

老赵歪起嘴巴苦笑，那份轻蔑就是先见之明，早就猜到的，见怪不怪。老赵的小歪嘴可是出了名的，要是有新来的不知道老赵是谁，老同事就会说："浓眉大眼，一笑歪着嘴那个就是。"老赵的嘴并不歪，仔细观察会发现，他也不是每次笑都歪着嘴，所以，人们就难免对他歪着嘴的笑容进行各种解读。有人说，那是坏笑。有人说，那是不屑。有人说，那是嘲讽。还有人说，只要他一歪嘴，准没好事。几任局长都对他迷人的笑容提出过善意的规劝，说："老赵，咱能换副模样笑吗？"

"能啊！"说完，嘴巴又歪到了耳朵根后头——"赵歪嘴"可不是浪得虚名。

苦笑后的老赵不说话了，开始专心喝茶。小李清楚，当他师傅听到或看到重要信息时，就会陷入回忆，在脑海中重现他听过的，看过的人和事，并从中努力寻找线索，力图走出人生的迷宫。时常回想，是老赵的习惯，也是他能屡次一字不差地重复别人原话的原因，别看他动不动就丢水杯，落钥匙的。

他不发问，别人也不好说啥，只好等着。等到他水杯喝得见了底，这才盯着吴工崭新得发亮的跑步鞋问："一直就有晨跑的习惯？"

"没有，今天是我晨跑第二天。"

"是吗？心血来潮？"

"我一表哥，今年四十一岁，上个月去世的。肺癌、心脏病、肾衰还有肝硬化。坐办公室的。那工作，可比我舒服多了，又抽烟又喝酒，还时不时要找个小姐。活得太滋润了，太懒了，连去菜市场买菜都开着车。我可是亲眼看见他是怎么在病床上哭鼻子抹泪，遭罪的。我还年轻，可不想活成他那样。所以，我戒了烟，戒了酒，买了装备，下定决心，开始晨跑。您放心，我会坚持下去的，一年后，十年后，还在跑。"

老赵可没工夫关心他十年后还在干什么，只想知道他今天一早来单位都干了些什么。

吴工说，他七点半上的楼，来时还挺得意，以为自己会是第一名。可路过纪工办公室时，却发现他正仰面躺在椅子上。心想：他也晨跑？打了盆水回来，还那姿势。本来不想管他，可想起昨天借给他的饭票，就去了。先敲的窗户，没人理，又敲了门，还没人理，他有点儿感觉不对劲了。门是关着的，但没锁。他推门进去，第一眼就呆了，只觉得脚后跟的血往后脊梁沟猛灌，站都站不住。定了定神，眨巴了两次眼睛，他才大着胆子走上前，看了看纪工的伤口和他手里的枪，还有地上的血，可以确定：死于枪击。

第一眼就发现不对劲，再仔细端详，断定不是真枪。他谦虚地说，不是因为眼力好，而是枪仿得太假，太像一把玩具枪了。除了枪，他最关心的就是纪工的上衣口袋了。孟春时节，纪工穿了件长袖衬衫，透过布料，能隐约看到饭票上的红章。吴工就想：人虽死了，但钱是得还的，再说，反正他也用不着了。虽这么想，但他啥也没动，看完了就退了出来，深吸一口气，又吐了出去。

小李说："我第一次出现场，是河里淹死的，泡得跟大米稀饭里馒头似的，直接吐了。"看那表情，现在还犯恶心呢。

"我没吐是因为没吃早饭。可你要知道，我现在都没吃早饭，中午饭都不想吃了。"

吴工出了纪工办公室，第一时间并没有报警，而是给王主任——主管仓库的最高领导去了电话。王主任正在小摊儿上过早儿，听吴工一说，很不高兴，训吴工："跟你说了吃饭吃饭呢，能等人吃完饭再说吗？还让不让人消停了？"

吴工被骂得晕头转向，一阵委屈之后又火冒三丈，想想隔壁的死人，再看看手里的电话，两只脚该站哪儿都不知道了。好在他还没有被气糊涂，也没有被吓傻。想想，不管站哪儿，总不能站这楼上陪一死人吧？多晦气呀？

他郁闷又烦躁，边往楼下走边想，还是打110吧！正要打，主任电话来了。先是一连串的对不起，说一听纪工死了，还被爆了头，当时就吓得神志不清了，不然也不能说那话。还有就是，他吃的是豆腐脑，一想到纪工的脑浆子，就一阵阵恶心，差点儿把刚吃进去的全都给吐出来。吴工提醒他，脑浆子没出来，可以安心吃饭。他说，已经吃完了。

小李笑出了声，老赵的小歪嘴再现江湖，这次可没嘲笑谁。

吴工说："他要不是我主任，我真想骂死他！装什么装？还恶心，还神志不清，乐得不行了吧！"

小李身子立刻挺得笔直，老赵也正起了嘴巴，问："何出此言？"

吴工顿觉失言，一副恨不得把说出去的话生吞回去的懊悔样。没办法，谁让你开了头呢，想不说都不行，那就接着说吧：

"老王，也就是主任，正跟纪工的老婆热恋呢……"

小李挑起眉毛，瞪起双眼，如同两只汽车大灯突然闪亮："你说什么？"是个爱听故事的人，尤其是爱情故事。

"我就知道我说多了。"这已经是吴工一大早吃的第二顿后悔药了。

2. 爱 情

老王是个当兵的，转业后进了供电公司，后来调到仓库当主任。他来之前，都传说，接主任一职的会是纪大能人，就是脑袋中枪的那位。纪大能人也是这么想的。当大家发现，新主任姓王不姓纪时，别提多开心了，纷纷叹道——领导还是有水平的，还是顶得住压力的，还是任人唯贤的，还是一身正气的。当然，大家之中就不包括纪工了。

王主任，四十来岁，话不多，为人和善，能帮人就帮人，从不吃拿卡要，也从没见他跟谁急赤白脸过，而且，还懂业务。纪大能人从不把老王放在眼里，动不动就跟人说，他们主任草包一个，买桶油漆都得向领导打报告。事事请示，还要他这个主任干吗？对了，主任是干吗的？开车的，汽车连连长，司机的头！不还是一开车的吗？开车的来供电公司管仓库，真拿着仓库当养老院了？分得清断路器和变压器吗？知道差动保护是干吗使的吗？知道继电器的工作原理吗？要不说国企好混呢，这种人都能安排进来，领导脑袋被驴踢了吧？说完工作，骂完领导，还要说说人家的私生活。说老王是个妻管严，被老婆家暴是家常便饭，根本不敢还手，嘴都不敢还。为什么被家暴还不敢还手，打死都不敢还呢？因为老王床上那点事不行，没看他至今还没有孩子吗？

王主任大人有大量，从不跟他逞口舌之快，直接用行动说话。比如，跟纪大能人的老婆搞婚外恋，如胶似漆。这出戏唱的，虽给纪工得罪了，却赢得了兄弟们的心。那段时间，公司里广为流传一句话：社会我王哥，人狠话不多。

纪工的老婆姓张，叫张秀莲。秀莲，人如其名，清秀得像朵莲花，皮肤莲藕般白嫩。看她那柔柔弱弱的样子，没人不当她是个逆来顺受的贤妻良母，想不到还能干出这种事。以貌取人的时代仿佛要一去不返了。

这次，纪大能人终于没脸说人了，绿帽子戴得比口罩严实，堵得他一个字也蹦不出来。但是，他是不会因此而离婚的——让我不痛快，你也好过不了！

老赵听了个开头，就问小李："张秀莲来了吗？"

"来了，还是我通知的呢，比你来得都早。"

"在哪儿？"

"王主任办公室，一来就去了。"

老赵脑袋一歪，眼睛一闭，要是耳朵也能闭上，那该多好。不过，他也知道，没时间表达不满，必须得抓点儿紧。他连忙起身，头也不回地甩下一句："吴工，过会儿聊。"

小李跟在老赵屁股后头出了门："师傅，去找张秀莲？"

"还用问？"

"我也不知道他俩有这关系……"小李紧张地解释。

"不是说这个的时候。去，赶紧给她叫出来，就来吴工办公室。"老赵猛然转回身。

"吴工怎么办？"

"我自会请他出去找地方休息，不信他找不着把椅子坐。快，快！"说着又急急地向后摆了摆手。

小李不再啰唆，一路小跑去了主任办公室。

吴工见老赵转了回来，没等他张口，就端着茶缸出了门。老赵也跟了出来，站在门口，等待张秀莲。当他看见一个瘦弱的小身板躲在小李庞大的身形背后，竟然有些心生怜悯，不免会想：她为什么要嫁给姓纪的？俩人在一起过的什么日子？她又是怎么跟老王好上的？老赵又想，人不可貌相，弱小之人就一定是优柔寡断，心慈手软吗？说实话，他不知多想从她脸上捕捉到一丝隐藏或者说被压抑下去的喜悦，可惜，他看到的只是被强力控制住的愤怒。

老赵客客气气地给她请进屋。还好，隔壁屋里的尸体已经搬走，不至于让未亡人看着难受，或是别扭。老赵又给她搬来椅子，她请他不要客气。老赵说："我们不太了解情况，都不知道该说什么，不知道是该劝您节哀，还是……"他琢磨，可能后者更恰当，省略号省掉的是"恭喜"二字，不知道她能不能明白。

张秀莲凄然一笑，说："他死，我没什么好伤心的，只是没想到。是自杀吗？"

"还不能断定。"老赵纳闷：难道她不知道那是把仿真枪？报警人说得明白：死者手持一把仿真枪。报警人不是老王吗？所以，老赵问道："你不知道他拿的是把仿真枪？"

"仿真枪打不响吗？"

"仿……仿真枪就是玩具枪，怎么会打得响呢？"老赵无奈得都有点不耐烦了，小李却乐呵呵地看着他俩，并突然悟出一道理：想把一聪明人逼疯，其实很简单。一天问他十来个弱智问题，他要还不疯，天理不容。

老赵可没小李的好心情，紧接着又问："你怎么会想到他是自杀呢？"

张秀莲愣愣地看着老赵，跟吴工两次吃后悔药时的表情颇有几分相似。但很快她就做出了决定，比吴工更迅速："我觉得他精神不太对，神神道道的，还自言自语，像有人要迫害他似的。"

"什么时候的事？"

"近期，持续有两个多月了。"

"自言自语些什么？"

"声音很小，偶尔能听到一两句，说什么'跟我玩这个，还差得远！''看谁弄死谁！'之类的。反正就是些发狠的胡话、脏话，我也懒得听。"

此时，从张秀莲的脸上，老赵已获取了不少信息。虽然她不动声色，也看不到半点悲伤，但犹豫不决，欲言又止和愤怒的情绪倒是在嘴角、眉间隐约浮现，还掺杂着一些不耐烦。所以，他追问："还在生他的气？"

"人都死了，还气什么！"

"纪工这人怎么样？"

"不怎么样。"

"那为什么要嫁给他呢？"

"嫁他那会儿不这样。"

"哪样？"

"挺好学的，挺聪明，也勤快，也没见现在这么多坏心眼。"

"怎么认识的？"

"熟人介绍的。"

"过了多久结的婚？"

"半年多。怎么也想不到他会变成现在的样子。当初我爸妈都很中意他，"张秀莲冷冷一笑，"主要是中意他的工作，和他姐夫。"

"那时候他就是库管？"

"还不是，技术员。结了婚之后才当的库管。以他的技术，真不知道他怎么想的，非要当库管！反正当时我是理解不了。"

"没前途？"

"不了起了当个主任。来仓库都是养老的，真有技术的谁来仓库？干到主任又怎样？不过，我也无所谓他当什么，只是觉得很奇怪，以他那么精明的脑袋怎么会甘心当个库管呢？后来才知道他是为了什么。"

"为什么？"

"来钱快呀！一可以敲厂家的竹杠，二有时间经营他自己的公司呗。"

"他有自己公司？"

"有，做的全是供电公司的生意。生意不错。"

"敲诈供货商是他亲口跟你说的？"

"最早是别人跟我讲的。那时候，我们之间已经很不好了。自打他当上库管，脾气一天比一天大，骂这个蠢，笑那个笨，这世界上就他聪明。可爱命令人了，一不如他意就跟你吼，皇帝一样，全天下的人都得听他的，连老天爷下几滴雨，打几个雷，他都能管得着。后来，我就不怎么跟他说话了，他的事我也不管。还是他们仓库会计去我们单位，聊天说起来，我才知道他还爱敲诈人家业务员。"

"您什么单位？"

"九爪鱼旅行社。想旅游，可以找我，国内、国外路线都有。"

"好啊！"老赵和小李都笑了。

张秀莲接着说："我听了之后，很震惊，想不到他是这种人，可也没跟他说什么。后来，因为吵架，我就说起这事。他承认了，还理直气壮的，好像那钱本来就是他的，不拿都对不起政府，对不起国家似的。"

"雨水就该落到大地上，小河就该流到大海里，太阳就该送温暖，星星就该上夜班。在有些人的嘴巴里，什么都是应该的，只要是打他嘴里说出来的。"小李说完，老赵和张秀莲都看向他，看得他很不好意思。确实，不是每个人都能从容地扮演世界焦点的。

被"文艺咖"打断了思路，老赵只得捏捏鼻梁，定定神，重新开始："能说说，跟王主任是怎么好上的吗？"

张秀莲一愣。很明显，没想到他会问这种问题，更没想到他会知道这么多。缓了缓，回道："要不是我妈，我跟老王也认识不着。我跟纪工要离婚，他不同意……"

"谁不同意？"

"纪工。"

"你和他当面也这么称呼？"

"是。开始不是，后来才这么叫的，一直叫到现在。"

"你妈怎么会跟这事扯上关系？"

张秀莲嘴角向上翘了翘，说："他们那一代人就是这样，很搞笑。纪工在外头有个女的，所以我妈就跑到他们单位，说他有作风问题，希望领导做主，支持我跟他离婚，还要他们支持把孩子判给我。纪工跟我说过，离婚可以，但孩子必须是他的，也一定是他的。不信就打到法院去，看孩子到底是谁的！"

"他在法院有人呗！"小李说。

"是，怕我不信，还说出好几个庭长的名字。"

"所以，你妈就来到供电公司仓库，找到了王主任？"老赵问。

"是。这样，他就来我们家家访了。三聊两聊，就好上了。"张秀莲说得自然，没一点扭捏的意思。不过，拿胳膊肘想都想得出来，这事没那么简单。

　　世上的风流韵事，只要是别人的，都爱传诵，可要是自己的，再风流也不肯讲。老赵和小李特别想知道，老王比张女士大了十多岁，还背着个房事不举的污名，是怎么抱上这个如花似玉的美眷的呢？但是，有些事与本案无关，他们不好问，是小李后来通过别人知道的。

　　老王怎么会去张秀莲家家访，主要还得归功于张秀莲她妈没完没了的絮叨。作为死者，也就是纪祥云当时的领导，装装样子也得去人家家里一趟，不然怎么堵得上大妈的嘴？

　　之前，老王从没见过张秀莲，去了之后，只一眼，就怦然心动。那一刻，情不知所起，一往而深。

　　为情所困的老王，不但忘记了家访的初衷，而且完全支持张秀莲的离婚请求。对于她对于未来的各种担忧，他一一化解，说起话来铿锵有力，气干云天。他跟张秀莲说："空中飘过五个字：那都不叫事儿。"张秀莲就这么被唬住了。从没见有人是这么看世界的，简直就是武侠小说里的草莽豪杰，英雄史诗里的半人半神。听着听着，就从惊讶过渡到了仰慕，因仰慕又渐渐发觉好像有了点依靠。

　　何谓美人？几分凄苦美色平添。何谓英雄？半句牛皮英气勃发。牛皮吹多了，自己都信。而当美人遇上英雄，英雄多半在劫难逃。

　　但是老赵不知道这爱情因何萌芽，他问张秀莲："有没有报复纪工的意思？"

　　"没有，一点没有！"张秀莲异常坚定，果然是爱情的力量。

　　"说说王主任吧！这人怎么样？"

　　"好人。"

　　"多好？"

　　这问题，真是简单，简单得你不知如何回答才是最好。张女士陷入了深深的思索。等到她自认为找到了满意答案时，就像竹筒倒豆子一般地冲口而出："多好？好到天天谎话连篇。没见过这么会骗人的，我就是吃了他的牛皮糖，被他骗到手的。"眉目间，又多了几分怨气。

　　这样的回答，令老赵和小李兴趣大增。他俩谁也不说话，也无须说话，脸上明明白白地写着：火车误了点，也得听完这段书。

　　张女士没有收住话茬的意思，可能事关爱情，就多了些坚定，少了些犹豫不决。她缓了缓，是为语言组织得更加清晰流畅。想好了，便复又开口说："纪工找人打过他，差点儿把他腿打断，都青了，肿了一个多星期。自行车被撞烂了，头也破了。他跟我说，是自己撞的。一开始，我还真信了。后来，他同事跟我说，是纪工找人干的。我问他，他还不承认，说那些人就爱挑事，看不见纪工倒霉就不痛快。好，不是不承认吗？我去问纪工。您猜纪工怎么说？爽快极了，直接回答，就是他安排的。还说，就是要打断他胳膊，打断他腿，还要打得他跟个太监似的蹲着撒尿。我回去问老王，老王见瞒不过，又跟我吹，说他怎么一个打四个，打得那几人哭爹喊娘的。我让他报警，他说事情过去太久了，没法报，警察也不立案……你们是不立案吗？"

老赵张了张嘴，没出声，因为问问题的人根本就没指望你出声。

张女士一点没停顿，接着说："我要他找他们单位领导，他也不去，说找了也没用，领导根本就不管你这事。"

"也没找纪工？"老赵问。

"没找。照他那理论，找了不认，找也白找。可后来呢？白行车被撞烂了，烂得没法修，他就买了辆电动车。结果，人家又把他电动车给砸了。就算这样，他还跟没事人似的。"

"人伤着了吗？"

"没打人，就砸的车。"

"看见谁砸的了吗？"

"没看见。"

"照这样，下一步只能买坦克了。"小李觉得好笑。

老赵可没小李的好心情，他盯着张秀莲说："我问你，老王有多好，你却回答我，他有多窝囊……"

"他的好处就是窝囊。窝囊点儿没什么不好，在外面不惹是生非，回来还能让着我。"张秀莲迅速回应。她的这套理论，令老赵大开眼界，张口结舌。张秀莲接着叨叨："纪工那样的倒不窝囊，咋咋呼呼，黑社会似的。有本事自己找老王打，找什么人？老王窝囊，一个打四个！人也没找过黑社会，更不会躲在黑影子里干那些下三烂的事……"

见没人回应，她停了一下，突然问："咱们这小地方有黑社会吗？"

这问题问得好。老赵苦笑："四海帮、新义安那样的是没有，但小打小闹还是有的。怎么想到问这个？"

"我也说不好，只是猜测——可能他真是个黑社会。"说着说着，她陷入了沉思，旋即又幽幽地说："打死他的人有可能也是个黑社会。"

"为什么这么说？"

"我突然想起来，他前些日子不老自言自语吗？他说……"稍做停顿，呆呆地，让脑海里的磁头回到过去，准确地指向某一句死者的语言，瞬间又活灵活现了起来，好像换了个人："跟我斗，找死！死都不知道怎么死的……""跟我这儿装黑社会，知道我是谁吗？"学罢，张秀莲把眼神落到了老赵身上："他就说些类似这样的话，发着狠地嘀咕，也不知道冲谁。那段时间，他忘性还挺大，丢三落四的，以前可不这样。"她扮演纪工发狠的样子时，柔声细语，连个咬牙切齿都不会。

"他平常住家里还是住外头？"老赵接着问。

"住外头。老早就搬出去了，偶尔回来，也不住。只是，那两个月吧，经常回来，晚上也不走……"

"一个星期在家几天？"

"三天？不是三天就是四天，反正隔个一两天就回来一次，天一亮又走了，有时候也不住。"

"他为什么回来？"

"啊！"经老赵这一问，张秀莲才恍然大悟，"他应该是躲什么人吧？哎呀，真够笨的，我一直以为……"

"以为什么？"

"我以为他是回来看着我，不想让我跟老王睡觉的。"

"你俩以前没睡过？"小李抢在了师傅前面。

张秀莲眨了眨眼，代表想了想，然后郑重地回答："睡过。"

"那为什么才想起来要看住你们俩呢？"小李还挺来劲。

"傻嘛！说的是我。"怕人理解错，张秀莲还指了指自己的脑袋。

老赵堆起那两位数的抬头纹，表达了对其高智商的崇拜，随后调转了话头："他那个娘头是干吗的？"

"开理发店的。"

"老板？"

"是。以前是个小门脸，就她一人。后来，纪工给她租了新店，还雇了好几个伙计。"

"生意好吗？"

"不错。"

"那女的没家庭吗？"

"有，她男人在服刑。"

"什么罪名？"

"不清楚。"

"判了几年？哪年入狱的？"

"不知道。"

"他俩没离婚？"

"不知道。好像没离。"

"纪工回家睡觉，老王怎么想？"小李这回的话音刚落，老赵和张秀莲都把头扭向他，眼神出奇的一致。他开始考虑，是不是不要再说话了。不过还好，这次，老赵给予了大力支持，虽没说话，却伸出手掌，指向张秀莲，意思非常清楚，那就是——请讲！

张秀莲想都不想，张嘴就来："老王当然不爽！开始他不知道，因为我没说。我以为纪工只是偶尔回来个一两次，可后来，他突然要跟我睡觉，还要和我来硬的，我动了刀子才把他吓走。之后我跟老王说了，他就住到我那儿去了……"

"以前没住一起？"小李又问。

"偶尔。"

"之后，纪工也在？"

"也在。"

"好家伙！"这次，俩人终于不看着她说话了，有天花板，谁还看她呀！

不过，张秀莲倒不介意，她接着说："老王跟我说：'咱不跟他吵，也不跟他打，就耗着他，看谁耗得过谁？'"

"妙计！你跟纪工有孩子吗？"老赵问。

"有，是个小子，四岁了。"可能是觉得不说老赵他俩也得问，所以，干脆一吐为快："为了这事，我把孩子送他姥姥家了。你们可能觉得好笑，其实，一点也不好笑。"是，看她的表情就知道有多不好笑。"我下了班，老王就去接我。我们一起回家，不为别的，就是害怕纪工伤害我。"

"他有这胆量？"

"老王谨慎，他常说，安全第一，安全第一。"

"就这样，纪工还回去，不觉得无趣吗？没把小三一起带去？"小李一脸坏笑。

"那倒没有。"张秀莲一本正经，"好像他还觉得挺有意思的。跟老王下象棋，看足球，还要拉着我跟他们斗地主。我可没那闲工夫。"

"他很享受这种三人世界？"老赵不敢相信。

小李开始脑补画面：三个人围着一个餐桌吃饭，各自一言不发，纷纷蕴着气。和老王下棋也是一样，没人出一点动静。看电视呢？都是双手抱肩，目不斜视，嘴巴绷得紧紧的。

小李还断定，他们住的是两居室，两个卧室还是紧挨着的。所以，十点一过，老王和张女士就回了屋，关上门，摇得大床吱嘎乱响，再伴着张女士放肆的娇喘，门外或者隔壁都听得一清二楚——嗯，就是要喘给你听！

小李想着想着，脸上就浮出了笑容。可实际上，并不是他想的那样。

张女士把老王叫来，是要他轰走纪工的。可老王非但不撵人，还大发起慈悲来。他问纪工，为什么要回来住？纪工可怜巴巴地说，他被人追债，人家要打断他的腿。老王信以为真，可张女士却气坏了，指着鼻子骂："你欠人钱就还去！住我这儿干吗？"

纪工并不认可这是她家，如果是，顶多就一半。之后，便是一场房产所有权的争吵，继而论起谁先劈的腿。老王一声不吭，就像骑自行车的面对开跑车的，开跑车的争论谁的车更快，骑自行车只会认为他们吃多了撑的。

纪工可气，可在张秀莲看来，老王更可气。她要老王滚，老王不滚，而且，随便你怎么骂，一点不生气，反而开导她："这人啊，不管到什么时候，你得知道可怜别人……"张女士要他闭上臭嘴，他就闭上。第一天晚上，老王是睡客厅沙发的，三个人，一人一间。连纪工都可怜老王，虽然嘴巴上没说。

第二天，老王早早起来，给大家做好早饭。张女士也不那么生气了，纪工也会说两句客气话了，三个人的生活渐渐习以为常了。

但也有一些反常的。老王来之前，纪工是不在家吃饭的，张女士也不给他做，他更不会提这种要求。可当老王一做好，桌子上还摆着他那份时，他就不请自来了。既然都做了，张女士也不好说啥，谁让你男朋友厚道呢？但凡事都讲个有来有往，给你吃给你喝，你总得帮着干点什么吧？不会做饭，总会刷碗吧？吃完了碗筷往桌子上一搁，您住酒店呢？还含早餐？晚饭也包了？张女士命令他刷碗，他装可怜，说干活扭了腕子，洗不了。这还不算，换下的脏衣服还要张女士帮他洗。

张秀莲确实忍无可忍，如此评价："真没见过你这么不要脸的！"

老王劝她别生气，省得让邻居听见笑话。她扭脸又说老王：
"也没见过你这么窝囊的！"

事实上，老王想和女朋友同一睡一张床的美好愿望一再落空，要说对纪工没几分怨恨，是说不过去的。不过，没有人问老王，老王也没说过。

第三天，纪工竟带来副象棋，拉着老王要来上几局。还买来啤酒，说晚上有球，一起看。张秀莲和老王都不免怀疑，这伙计是不是有病？

吃完饭，张秀莲要他去刷碗。他又拿他的手搪塞。于是张秀莲对老王说："不许跟他下棋，不许跟他喝酒，更不许看球。"老王岂敢违命，别说下棋了，话都不跟他说。纪工想了想，叨叨着："不就是洗个碗吗？多大点事！"说完便去，结果还洗得挺干净。张秀莲趁热打铁，冷着个脸跟他说，还有衣服！他二话没说，去了洗衣间，没多会儿，洗衣机就轰隆隆地转了起来。

再坐到老王对面，老王问他："手不疼了？"

"好多了。"

之后，象棋摆上，啤酒倒上，开始了两个男人的美好生活。

"你们仨过得挺和谐嘛！不考虑一下孩子的感受？"老赵觉得匪夷所思。

"是他俩过得和谐，我一点儿没觉得。老王这人，好处是窝囊，坏处是太窝囊。怎么心就那么大，还跟他下棋，看电视？怎么就那么闲呢？怎么不搂着他睡觉去？"说着还愤愤地白了小李一眼，好像小李是老王变的一样。"这么下去，什么时候是个头啊？还劝我别着急，我能不着急吗？外头人怎么说我？我还抬得起头吗？这不就是纪工想看到的吗？不就是来毁我的吗？后来我就回我妈家了，我得管我的孩子，不能跟那俩人……"小李知道她省掉了哪两个字，不禁微微一笑，还自认掩饰了笑神经的抖动。其实，不过是笑得不动声色的人白了想笑又不敢笑的人一眼而已。而这个想笑又不敢笑的人也终于明白了他为什么屡遭白眼，只好正襟危坐，装得像个人。

张秀莲又说："你欠人钱就还去，躲我们家干吗？想过我的孩子吗？管过他吗？你们想见这是一个多么自私的人。那段时间，我就想着怎么跟他离婚，把他撵走，把孩子接回来。但是，我又不能让法院把孩子判给他。这么自私的人，孩子给了他，就完蛋了。"

"没找律师？"小李有个好处——脸皮厚。

"找过，还是老王帮忙找的。开始答应得好好的，说一定能把孩子判给我，可过了没几天，又说手上活太多，忙不过来，不接了。"

"什么时候的事？"老赵问。

"两年前。"

"后来再没试过？"

"前些日子，老王又找了个北京的律师，挺有名气的，已经接了这案子。"

"纪工知道吗？"

"我不知道他知不知道，应该不知道吧？律师正在准备材料，还没到法院起诉呢。"

"跟王主任是要结婚的吗？"老赵又问。

"当然。"

"王主任也要跟你结婚？"

"嗯！"

"他和他老婆离婚了？"

"还没有。因为他老婆烈子性，都是以死相逼的。他这人，心肠太软，优柔寡断。我拿不定主意，他也拿不定。所以，我想摘了环，给他生个孩子。一来可以逼纪工和我离婚，最重要的是，到时候，他老婆也拿他没办法。可他却不同意，怕自己生不出来。"

"这个想法什么时候有的？"

"一年前吧，一年前就跟他讲过。他不同意，我也没再说什么。之后，过了小半年，我偷偷把环摘了。大夫劝我别急着怀，最少休息三个月。原本计划半年后再要的，没想到后来纪工搬回来住，也是给我逼得没办法，再加上时间也差不多了，三个月肯定过了，就没跟老王商量，自己算着日子就要了。"

"后来呢？"小李问。

"前天去检查，怀上了。"

"这不挺好吗？老王怎么说？"老赵问。

突然，张秀莲的脸上不见一丝喜色，嘴角轻轻扬起，显而易见的不屑。本来，老赵的后背已经靠到了椅背上，小李知道，这标志着可以收工了，再聊就是闲话了，可老赵突然直起身子，等着张秀莲的回答。张秀莲却皱着眉头，只顾着生气，一点回答的意思都没有。

老赵只好问："你俩毕竟没结婚，要孩子可是大事，这种事你不跟他商量，不太尊重他吧？"

"就他那胆小怕事的性格，能商量出个一二三来？"

"你不会是这会儿才跟老王说起这件事吧？"

张女士一愣，眼中写满对老赵的佩服和惊讶，只好回答："是。他开始是不敢信，后来就火了，怪我早不跟他说。"

"你呢？你怎么跟他解释？"

"他这态度，我当然也火了！既然想跟我好，那就赶紧跟你老婆离。你老婆打你，你还跟她过，你不是有病是什么？"张秀莲越说越气，眼睛盯着小李，自顾自地发她的脾气。

小李真想提醒她，换个人称代词，或者换个视线落点，这么"你，你"的凶个没完，让小李觉得，自己才是让这个女人出轨的元凶。可见老赵没反应，也就啥也不说了。

老赵确实不觉得，张秀莲对着小李说"你"有什么不对。而且，这个小女子的胆略还令他吃惊不小。暗自钦佩了半天之后，他忍不住评价说："敢做敢当！别说女人了，男人都没你这魄力。"

"大夫跟我说过，好多女人摘了环就要孩子，身体没恢复好，怀不上不说，怀上也得流产，还有畸形的。我也害怕。我们同事就有因为这个胎停育的。我本想半年后再要的，要不是他窝窝囊囊地离不了婚，我至于着这个急吗？再说了，孩子是他的，是我给他生孩子，不是他给我生孩子。"

"害怕老王不离婚？"

"有点儿。不过，没关系，他要不敢离，我也不跟他过，这点胆量都没有的男人，我还跟他过什么？"

老赵的小歪嘴又笑了起来。张秀莲自然看不懂他的笑容，但小李明白，很简单，两个字——不信。

3. 主　任

采集了张秀莲的指纹后，老赵和小李给她送出门。老赵还要问老王几个问题，就问她是不是还有事要跟老王说，要有就先去，没关系的。她说没什么可说的了，她还要回去上班，单位一堆活儿等着呢。老赵和小李目送着她下了楼梯，小李问他师傅："咱们这儿的旅行社很忙吗？"

局长来了，供电公司的领导们也来了不少，正站在院子里闲聊天。张秀莲没走了，领导们的慰问还没表达，怎么能说走就走呢？老王也在楼下，小李指给老赵看。老赵简直不敢相信，问小李："这伙计，五十了吧？跟纪工老婆差二十有吧？"

错不了的，就是他，接近一米九的个头，又高又瘦，鹤立鸡群。有一张不想巴结谁，不想讨好谁，无欲无求的冷脸。当然，或许也是尴尬的另一种解读。

　　老赵转过身来，看着空无一人的死者的办公室，跟小李说：
"年纪虽然大了点，但论模样，比这个强。别的不说，起码正直，
是吧？"

　　"这货，不是什么好玩意！让我说，死了拉倒。"自觉失言，
又讨好似的加了一句，"是不是，师傅？"

　　老赵笑着斜睨了小李一眼，说："兄弟，这么说话，有串通
嫌犯之嫌！"

　　"我的那个娘！你还是我师傅吗？想玩文字狱玩死我？"

　　老赵拍着他的肩，笑道："开玩笑，逗你的！"

　　"师傅，咱们可在出现场哎！你笑得这么开心，让别人怎么
说我们？"

　　"已经很克制了，其实心里早笑弯了腰。"

　　"说正经的，师傅，要我是老王，我指定干死姓纪的。"

　　"给我感觉，这个张秀莲是个实在人，但也有些夸张。说得
铿锵有力，好像她离了男人也能过似的。早怎么不跟姓纪的离？
我就不信孩子会判给这货，法官收多少钱敢这么判？"

　　"您不信是您不信，您肩上扛着警督的衔，您当然不信了，
但老百姓信！我觉得这女人不一般，有胆量也有主意。"小李是
个好说实话又好动脑子的警察，这也是老赵喜欢他的原因。

　　"你怀疑她？"老赵很想听听小李的分析。

　　"女人犯罪有个优势，尤其这种暴力犯罪，人们一般很少怀
疑她们。关于这一点，她们自己也非常清楚。纪祥云自言自语
的事，她说了两次，一次暗示自杀，一次引向黑社会，反正跟

她和她男朋友没有半毛钱关系。枪是仿真枪,老王怎么会不跟她说?她非要问是不是自杀,还装作不知道啥叫仿真枪。装这种傻,也太低级了吧?我怀疑她还有一原因,没发现这姐们一点儿没把咱们放眼里吗?绝对够胆。"

"有道理!不过,相比女人,我更怀疑男人。老王要真爱张秀莲,怎么会让张秀莲动手呢?"

"要真如张秀莲所说,窝囊呢?男人窝囊,只好女人动手了。"

"窝囊?装给外人看的吧!窝囊能干到连长?窝囊能当主任?窝囊能把纪祥云老婆搞到手?你想,什么人能跟女朋友的老公同住一个屋檐下,又跟他下象棋,又跟他看足球,还给他做早饭?"

小李趴在栏杆上,盯着老王,感叹:"越王勾践(够贱)!"

老赵一笑,接着分析:"他要是干掉姓纪的,这院里的人不得蹦着高地拍巴掌叫好?不得个个替他打掩护?擦地,擦桌子都用不着他动手。不然,一声枪响,会一个都听不见?"办这案子的同事建个了群,一有进展就发信息,但至今也没人打听到,谁听到了昨天下午的枪声。

"还有可能,就是装了消音器。或是有人结婚放炮仗。"小李猜测。

"你结婚下午放炮?"

"我不还没结婚吗?"

"另外,他老婆以死相逼,他就不敢提离婚一事,站不住脚。咱这么说,就拿你嫂子打比方吧,她对我挺好的,是吧?"

"是，没得说。"

"可她要天天打我，我会跟她过吗？"

"你俩有芳芳。"

"对了，他俩还没孩子，为什么要忍，还一忍再忍？老王是供电公司正式员工，又是主任，钱不少拿，还怕离婚？"

"他老婆有恩于他？"

"你嫂子无恩于我？给我生孩子，支持我工作，我不感激她吗？可她要天天打我，我再想到孩子，我忍了，忍一年，忍两年……忍到有一天，我遇上一年轻漂亮的，为了嫁给我，还要给我生孩子，我为什么不离？我的生活要掀开新篇章啦！我从一脚泥一脚屎汤子的中世纪一步跨到了人工智能时代，我有什么可犹豫的？多大诱惑！是你拒绝得了，还是我拒绝得了？"

"嫂子要以死相逼呢？"

"先不说我信不信她敢自杀，就单说以死相逼这事，它对吗？在理吗？天天打着我玩，还不许我跑，跑了就玩自杀？我又生怕她自杀，只好由着她打。干吗呢？玩 SM 呢？"

小李低着头，笑起来没完。老赵打了他胳膊一下，因为吴工正向他们走来。走近了，开口便问："跟纪工老婆聊完了？"

"聊完了。"小李说。

"回屋坐吧？"

"不坐了，又不是来喝茶的。"老赵笑道，"王主任很忙吗？"

吴工向楼下看了一眼，说："忙啥？领导说话都没他插嘴的地方。要问他话是吧？我去叫他。"

老赵道了谢，任由吴工大步流星地走向楼梯。望着他的背影在楼梯口步步下降，直到消失不见，老赵低声嘀咕了一句："热心肠！"

"当过警察嘛。"小赵也一边往那边看着，一边和师傅搭了一句话。

"纪祥云一死，空出的位子是不就是他的？"

"有可能。"

"他要杀人，同事们也能帮他。"

"何以见得？"

"就冲他敢拦县政府的车。"

"要这么分析，那不成集体作案了？也太可怕了吧……"老赵又碰了下他胳膊。他闭上了嘴巴，楼梯口渐渐升起两颗脑袋。

王主任的办公室也在二楼，北面那栋，挺阔气，是三间办公室打通改造的，只留下东侧的一扇门。进门以后，是一个里外屋的结构，中间有墙没门，就个门洞。外间不大，坐着个二十来岁的小姑娘，像是秘书。里屋不但宽敞明亮，而且，原本对着走廊的两扇门也拆掉了，直接改装成竖长条的落地玻璃，铮明瓦亮，在这个破败的老仓库里绝对是一景，勾引着人往里瞧。不过，办公桌和沙发可不怎么样，宽大、厚重、老气，不用十年以上不这模样。靠西的墙边是一排摆满了书的书柜，都是些一看书名就不会有人翻的书，像什么《配电手册》《微电网技术》《中国电力行业年度报告》《开关供电设计》什么的，还有好些盗版的心灵鸡汤。茶几上一株正在盛开的蝴蝶兰，倒是颇有几分水灵灵的气象。

这人啊，远看和近看不一样。不管男人还是女人，远看总是好看，年轻些。王主任也不例外——近看，起码还要再老上五岁。一张布满引水渠的老脸又黑又长，厚嘴唇，高颧骨，头发白了一大半，连眉毛都白了十几根。宽阔的额头，下垂的眼角和棱角分明的下巴，写满了生活的风雨和沧桑。

吴工问要不要沏茶，主任笑言："今天可算喝上吴工沏的茶了，三生有幸，人生第一遭！"

吴工一愣，迅速回道："我是给客人沏的，又不是给你沏的。"

"行，行，还是我来吧。"说着，连忙抢过茶叶罐，"这儿啊，不用你管，你赶紧回去整理入库单和合同去。纪工一死，这些活都得你挑起来。他的电脑也归你，把里面的文件整理得明明白白的，什么这电影那游戏的，统统删掉！多少活等着呢，还跟这儿沏茶倒水……"

"电脑就先别整理了，我们同事给抱走了。很快，一两天就还回来。"小李说。

"啊！那干点别的。纪工的屋也归你，你收拾收拾。他那屋，现在能进吗？"老王话说一半，又扭脸过来问老赵。

"暂时还不能，过两天吧！"老赵说。

"一死人屋，你给我？干吗那么好心？你怎么不去？"吴工抓住无人说话的空当，终于可以一吐怨气了。

"本来就是库管办公室，你不跟他一屋，非得跟老刘他们挤？"

"是他嫌弃我，什么时候成我非跟老刘他们挤了？"

"不管怎么样，他死之后，咱们还得再招一库管，你俩共用一办公室。我就不信俩大活人镇不住一死鬼！"

"要镇你镇，我镇不住。招人嘛，大可不必。你打电话给老刘，就说纪工死了，他还不举着吊瓶，翻着跟头来上班？还有老冯，你让他去纪工屋里看看那摊血，他还腿疼吗？他立马给你打一趟七星螳螂蹦步拳。招什么人？给公司省点钱吧！还我们仨一个屋，没人嫌挤，没问题！"

"你这有点夸张了吧？"老王笑问。

"一点不夸张，不信，咱赌一月工资。"

老王指着吴工，对老赵和小李说："瞅瞅，这就是供电公司的员工，多难搞！一个个大爷似的，仗着自己是正式工，想不来上班就不来，想不干活就不干。好不容易有个肯干活的吧，又目无领导。目无领导就目无领导吧，咱也不敢得罪人家，得罪了人家，谁给你干活？"

"还是领导心胸宽广。"小李说得敷衍，内心深处不知多想要他们换个话题。

吴工不是听不出小李的意思，可便宜还没讨回来，怎能善罢甘休，连忙说道："这叫民主协商，省得你膨胀到目中无人搞独裁。多少领导干部就是这么一步步把自己送进监狱的，你也不是没看见？"

老王苦笑，只得心平气和地说："其实，不管招不招人，不管老刘和老冯能不能干，你们那间屋都要腾出来。因为你们那屋要和后边的房间打通，改成更衣室，还要能洗澡。咱们这一院子的垃圾都要清理，收拾出来改成足球场。还要装些健身器材什么的，很可能还要向市民开放，也为丰富市民文化生活做点贡献。”

“你提议的？”这对吴工来说，可太有吸引力了。

“不就是为了把你这种伪球迷发展成真球迷吗？”

“咱俩谁伪球迷了？不服场上见，踢个电梯球你瞅瞅！”

老赵实在是坐不住了，虽然他一直都在站着。他拉着吴工的胳膊说：“吴工，乘坐电梯最好别踢球，伸不开腿不说，还危险。”又拉着老王的胳膊说：“王主任，吴工的房不着急腾，纪工的房不还没收拾干净吗？要搬家也不差这一天两天，建足球场更不是一句话两句话就建起来的。咱们先把这些放一放，聊聊工作，好吗？”

没等老王开口，吴工又来了，说：“赵队，对不住，容我最后一个问题：主任，改更衣室和洗澡间我一点不反对，但改到一楼不行吗？人们洗澡换衣服也方便……”

“一楼要做商店和餐饮。”

“好主意，我支持。那个，你说的是东楼吧？你们北楼不还空着吗……”

“你还有完没完了？”老王终于吼了出来。

吴工总算走了。老王忙着沏茶，小李问：“你们这儿人都这么跟你说话？”

“有几个。还好，不都这样。”小李问他话时，他正在低头倒水，为了回答小李的话，放下暖水瓶，站直了，看着他俩回答。如此，便能清楚地看到他的苦笑。

小李去帮忙，他笑着挡住。沏好茶，拖来一把椅子，坐到老赵和小李对面，中间隔着茶几和蝴蝶兰。老赵把蝴蝶兰推到一边，为坦诚相见搭好台。

老赵问："能让您的秘书回避一下吗？"

老王立刻回道："没问题。"来到外屋，跟小姑娘一说，小姑娘好不高兴，嘟嘟囔囔地收拾东西，工程之浩大像要搬家。屋里人都能听到她说什么："一坏东西，死就死了吧！劳师动众的，有什么可查的？查什么查？就那点本事，还能查出来？笑死人！"老赵和小李听得清清楚楚，面面相觑。不过，警察嘛，对这个早习惯了。

在老王催促下，小姑娘总算出了门。老王赔着笑脸坐回来，问："有什么能帮上二位的？"

"好像你们这儿人都认为纪工死得理所当然。"老赵挺严肃。

"可他们并没有错，脑子想一想，嘴巴说一说，又没有真杀人，有什么错？"老王一笑，想了想又说："当然，有些人讨厌他，甚至认为你们警察都没必要来。这种人死了找地儿一埋就完事，多培一锹土都是浪费——那是不对的。我希望你们能破案，尽早破案。首先，人不是我杀的，不怕你们查。其次，案子没破，你就不知道他为什么死。有人说他是作恶多端才死的，可杀他的人要不为这个呢？你怎么知道他一定就是坏事干得太多才被打死的呢？再说，他也没干什么杀人放火的勾当吧？人可是死在我们眼皮子底下，我们都不知道，不是很吓人吗？怎么说他也罪不至死啊！万一凶手是个变态，我们这些人岂不也很危险？"

"主任是个聪明人。"小李讥讽道。

"别！日子过得一团糟，怎么能叫聪明呢？"老王边喝茶边说。

"跟你老婆离婚了？"老赵问。

"没有。"

"想离吗？"

"非离不行。"

"什么时候提出要离的？"

"早就说过，好多年前就说过。后来不认识秀莲了吗，又说过。"

"什么时候说的？"

"两年前？差不多。认识她没多久就跟我老婆说了。"

"那怎么到现在还没离？"

"我这人，咳，说出来不怕你们笑话。结婚十多年了，四十多岁的人了……"

"四十几？"小李问道。

"四十四。瞅着不像？"

"不像，像三十四的。"

老王不禁笑出了声，虽然只是轻轻的一声，明知是谎却依然受用，谁都会有，连自己都不屑的一点点小虚荣。

"还是聊聊为什么没离成吧。"见老王还在陶醉，老赵只好给提个醒。

"这不一直没孩子嘛。也不是没查过，中药汤子没少喝，可就是没孩子。老婆说是我的原因……"

"大夫怎么说？"老赵问。

"大夫也这么说。"

"所以你就信了。"

"是啊，你总不能不信大夫的吧？所以，我就觉得对不起她，老是抬不起头来，总是让着她。不离就不离，凑合过吧。"

"遇见张秀莲之后就不这么想了？"

"是，所以就提了嘛。没想到，她竟跟我玩割腕自杀……"

"真的假的？"

"我觉得是假的，可要万一弄成真的呢？是吧，那不就……让人怎么活？"

"割了还是没割？"小李问。

"割了，弄了一浴缸血。给我打电话叫我回去，我也搞不懂是血还是什么别的。"

"那你现在又要离，她要再割一次呢？"

老王低头想了想，说："现在不一样了，秀莲怀着孕，我不能再这么拖拖拉拉瞎对付了。对我老婆，我也算可以了，也不能对不起秀莲，不是吗？"

"张女士从你办公室一出来，脸色不太好看，跟谁生气呢？"老赵问。

"跟我，不然还能跟谁？"

"为什么？"

　　老王叹口气，回答："她跟我说她怀孕了，吓我一跳。我真是想不到……不怕你们笑话，我第一反应是——谁的孩子？跟谁怀的？大夫都说我不行，种不上，是吧？就因为我不敢相信，她火了。说不是你的是谁的？她生气，我也不高兴。也不跟我说一声，偷偷摸摸地就把环摘了，也太不拿我当回事了吧？她就说我做事优柔寡断，问我到底还想不想跟她结婚，要不想就给句痛快话。我把这一顿臭损。"之后又是一声叹息。

　　"关于纪工的死，你俩都聊啥了？"

　　"她一来就问我谁杀的纪工，我哪儿知道？我跟她讲是吴工先发现的，给我打的电话。可是呢，她又问我是不是自杀，我只好再次提醒她那是把仿真枪，我之前可是说得明明白白——仿真枪！她又问：'那就不是自杀了？'你说可笑不可笑？出门前带脑子了吗？之后她就跟我说她怀孕的事。这大早晨起来，连惊带吓的，连喝口茶压压惊的工夫都不给你。"

　　"你这不正喝着吗？"老赵逗他。

　　"要不是你们来，哪儿想得起喝茶？有那心思吗？"

　　"这两件都是人生大喜事，你应该高兴才对，惊吓什么？"小李问道。

　　老王可不想这么承认，他说："你想想，你的室友突然被枪杀了，而你又认识他好几年了，你们还是同事，还在一个楼里办公，又是你女朋友的老公，你会怎么想？或者说，你女朋友怀孕了，但十有八九不是你的。你女朋友的老公又刚被人一枪打死，而你家还有个剽悍到动不动就自杀玩的老婆，你又是什么心情？"没错，不被理解确实是一件让人着急的事。

"关于纪工敲诈供货商一事，您知道吗？"老赵一点不觉得对老王的委屈需要有什么挤眉弄眼的关怀，一张听惯故事的脸平静得像一面贴了膜的挡风玻璃。小李倒是微笑着点头，笑容里也绝不是同情，而是有趣——老王这人有点意思，值得琢磨。

老王一愣，感叹："你们知道的挺多。既然你们都知道了，我就直说了。有那业务员还跟我喝过酒，要我管管，可我真管不了。发生这种事，我很惭愧。他们请我喝酒，我哪好意思让他们请？"

"你是个好领导。"老赵说。

老王一声长叹，满脸无奈。

被乙方业务员投诉，还要请你吃饭，因为他认为，只有请你吃了饭，才能说这事，你才可能帮他这忙。老王脑袋都快钻裤裆里了。他很清楚，他这级别的领导有多大权限，也知道拼了老命也不一定能干出多大点儿事业。可是，一旦正义感和使命感的炭火被点燃，躺在箅子上的良心还不化茧成蝶，那只有混吃等死的份儿了。

考虑再三，不管成不成，不管丢不丢人，老王都要去找领导说道说道。

领导听他一讲，很吃惊，似乎不敢相信。老王认为，领导不是不信纪工敲诈乙方的事，而是不信他老王参奏纪祥云的动机。只是一心为公？在领导看来，天下哪有这样的事？可事实恰恰如此。那时候，老王还不知纪工的老婆长什么样呢。

领导有心劝他少管闲事，可嘴上却万万不能如此讲，所以，只好厚着脸皮跟老王要证据。老王说纪工是个精细鬼，这种事是不可能留证据的。

领导说，那就不好办了。在老王听来，更像是——那就太好办了。一颗悬着心终于落了地。

之后，领导就给老王上起了法制课：这种事，没证据还要讲，那叫诽谤，叫诬陷，是要吃官司的。所以，这事到他这儿就算截止了，别再说给别人听了，别找事儿。

老王问领导："我要是找到证据呢？"

领导一巴掌拍在自己脑袋上，心里别提多想像拍死一只蚊子一样，把老王的怪念头一巴掌拍下去。没办法，道德、操守与情怀实在是玩不下去，只能来点掏心窝子的话。领导告诉他，纪祥云这人动不起。他的背景无人不知，老王又不是桃源隐士，岂能不知？领导当然知道，可知道也要再说一次。告诉你，他姐夫是谁，姐姐又是谁，尤其他那姐，手眼通天。有些事就是这样子，你以为你知道，其实你不知道，不知道它的重要性。

老王既然来了，就没那么容易被打发走。他说："行，您既然这么说，那下次再有人找我，我就把他带到您这儿来……"

领导明明白白地告诉他："老王，你要是在供电公司干够了，那是你的事。非要滚蛋，我也拦不住。可我还没干够，老婆要买化妆品，孩子要上课外班，你给钱？"

话说到这份上，也行，不玩证据了，换个岗总可以吧？

领导问："换谁的岗？"

"纪工的。"

领导剖腹自杀的心都有了。他告诉老王，当初纪工没当上仓库主任，已经有上级领导找过他了。他按捺不住的火气终于爆发了出来："别以为你这个主任是好来的！别给我找我干不了活儿！别拿你的高大上绑架我！再这么下去，会被你耍死的！"

领导的苦衷，老王非常理解，但不代表认同。所以，他把领导的话转述给了老赵，表示不介意老赵去找领导，不怕他不认，当面对质都可以。"如果纪工是因为敲诈乙方而被杀，那他们这些人无疑就是凶手，至少是帮凶。还让他当主任，怎么不让他当主席？"

老赵明白，老王的不满不是针对某个人。若只是某个人，又哪来这么大的不满呢？该找的人还是会找，该问的问题还是会问，但对质嘛，大可不必。

这时，小李突然有了想法，说："是不是可以绕开你们供电公司的人，扳倒纪工呢？"

"说来听听？"老王谦虚地直起腰，像个比萨斜塔似的，盯着小李。

小李说："可以让这些供货商联合起来，告到廊坊，告到华北电网公司，再不行就告到国网公司。这样，他们总该信了吧？"

"这些人是不可能干这种事的。"老王断言。

"为什么？"小李问。

"电网公司的标不是你产品好，价格低就能中的，靠的全是关系。不把领导打点明白了，怎么做电网公司的生意？电网公司的钱你都赚了，还去告电网公司的人？还是领导的人？大钱你赚了，花点小钱又怎样？要是把领导得罪了，以后的生意还做不做了？这些厂家的领导是不会多么在意这种事的，在他们眼里，都不是什么大事。再者，好些企业就是靠我们这些国企、央企活着的，不行贿就没订单，分分钟就得饿死。"

"你代纪工签字不行吗？"小李又问。

"这个问题我也想过，但是，不可以。库管就是库管，他的签字在各级财务都有备案。还是那句话，不是什么大事，这点小钱他们掏得起。还有一点我要说明，可能外人不太清楚。大城县供电公司无权自行采购大宗设备，一万块钱以上都不可以，廊坊也不管，全得报到华北电网公司，由华北电网物资公司负责招标采购，也由他们付钱。而财务只认库管的签字，还有县供电公司的公章。公章我能盖，但字我签不了。"

"你们那么多同事讨厌他，不单单因为他敲诈乙方吧？"事实证明，老赵问的这一问题有多么高明，是连他自己都没有想到的。

老王端起水杯慢慢悠悠地喝了一口，之后又喝了一口。估计还想喝，但是他自己都觉得不好意思了，这才放下水杯说："别人为什么讨厌他，我说不好，我只能说说我自己。我没来仓库之前就认识他，但跟他不熟，也不了解。来了之后，发现他对我不尊重，问别人才知道，他是想坐我这位子的。这个可以理解，供电公司嘛，好多都是关系户。我转业到这儿来，不也是托了人吗？想凭着关系谋个职位，很正常，见怪不怪。我讨厌他，是因为他自以为科班出身，懂专业，就看不起人。专业知识我也钻研过，实话实说，比不了他纪祥云，但在工作上，绝对够用。实在不懂，咱也不装，问啊！可他呢，不管别人做了什么，只要别人有一点儿不如他，那个拿眼睫毛都懒得看人的劲儿就上来了。他是有些小聪明，专业上也说得过去，可真就像他自己以为的那样绝顶聪明了？就是诸葛亮转世了？就说下棋吧，没人下得过他，但是，那是在我来之前。下棋嘛，就是个游戏，跟同事玩。有时我也故意输两把，但跟他，我向来是认真的。不能说没输过他，但胜多负少，而且是胜很多，负很少。下到天亮，输到鸡叫，都有的，一把不让他赢。就算这样，他还出去吹，说他下遍供电公司无敌手。这我就不理解了，不胡说吗？脑子有病！后来我想明白了，在他那里，他并不认为他在胡说，因为他所说的正是他所想的。他为什么会这么想呢？源于他的优越感。当一个人有了优越感，眼睛就瞎了，看不见真实的世界，开始自我陶醉，自我欺骗。他动不动就把他姐夫和他姐姐挂嘴边，得承认，没人有他这关系。这就是他的优越感，你看不惯也没办法，干不过人家。可是，他喜欢拉帮结派，我就不能惯着他了，这他还真弄不过我。所以，他在我们这儿没什么朋友。"

"你们仨住一起时，为什么不给他轰走？"老赵问。

"我这人吧，妇人之仁。跟我耍横的人就算比我官大，我也敢跟他对着干。可要是他可怜兮兮地落了难，我又不忍心跟他厉害，张不开那嘴。"

"他黑道上有人吗？"

"有，不是嘴上说说的。他找人打过我，砸过我电动车，虽然是我猜的，但除了他，我真想不到还有别人。"

"伤着哪儿了？"

"想伤着我？哪那么容易？一根毛都没扫着。咱也是当过兵的人，别说打人了，杀人都是我专业。我一个打四个跟玩一样，那天正好来四个，刚够打着玩的，让我给追得……咳，不说这个了，好像我多爱吹牛似的。"

老赵和小李相视一笑，老赵又问："纪工跟黑道上的人有什么瓜葛吗？"

"那我就不清楚了。"

"你跟张女士，谁先主动的？"

问题太跳跃，老王定了定神才说："她。"

"你们院子里怎么不安监控？"又一个十里之外的问题飘然而至。

"不是要改造吗？一院子垃圾，说是旧设备，其实就是垃圾。能用的搬新仓库，不能用的卖废品，不然太脏了。闲着也是闲着，太浪费，改成足球场，大人孩子都能玩。再把一楼租出去，让闲置资金盈利，多好？领导已经批了。"

"没丢过东西？"

"没丢过值钱的。其实无所谓，偷你点破铜烂铁的不都穷人吗？"

"您这思想不对。"老赵提醒他。

"改，一定改。"

老赵笑了，嘴巴一点没歪。又问："认得纪工的情妇吗？"

"见过，他老带她来。"

"来单位？"小李惊问。

"是啊。"

"可以。知道她名字和地址吗？"

"只知道她姓魏。她的店在荣华路，不难找，叫……我想想……嗯，好再来。对，没错，就是'好再来理发店'。另外，他还有一公司，在邮电局的老楼里，卖些小设备，也做代理。"

"代理是什么意思？"小李又问。

"他代理不少设备，光我知道的就有电缆、断路器、变压器。比如电缆吧，电网公司每年都会采购不少。他就跟电缆厂签个代理协议，帮厂家跑关系，中了标，他分佣金。厂家给个最低价，他自己报价也行，多出的钱都是他的。"

"他认得招标的人？"小李好像很懂的样子。

"不，他认得评标和定标的人，这些人才是乙方巴结的对象，是真有用处的。不过，这话就别说是我说的了。"老王摆摆手说。

"各行各业都一样，不新鲜。"老赵说。

"是，一样的把戏。"老王也说。

4. 监 听

当天下午，局长组织开会。

法医报告：死者身上除头部枪伤外，再无伤痕；枪击是致命伤，没有搏斗痕迹；指甲，头发都很干净；尸体完全僵硬，且处于高峰期；角膜浑浊，呈云片状；尸温二十四度；尸体背部出现尸斑，按压后颜色减退，但不能完全消失。综上可以推断，从死亡到案发，大致有十二到十五小时。也就是说，他是昨天下午四点到七点之间死亡的。尸体没有移动痕迹，且没有出现新的尸斑，可以推断，就是死在自己办公室的那把椅子上的，直到死后第二天早晨七点二十分被吴工发现。

技术组报告：根据弹道分析，击中死者脑袋的子弹至少是从一米之外射进去的，用的是92仿制枪，比92式力度稍弱，近距离未能贯穿。桌椅、地面擦拭干净，未留指纹、毛发、皮屑，就像没人来过一样。屋中只有吴工脚印，不管方向如何，只有一条路线——从门口到死者办公桌。玩具枪身上有指纹残留，与死者指纹不符。老仓库工作人员都被采集了指纹，也采集了部分住在三楼的家属，都与仿真枪身上的指纹不符。已去上班的未采集。张秀莲的指纹也采了，同样不符。网上也比对了，凡记录在案的，没有相符的。

小李说："查了他账户和名下财产。存款总共二百六十五万四千八百八十七元整。大城县房产两处，总面积二百七十一平米。廊坊广阳区房产一处，一百二十平米。燕郊房产一处，八十六平米。三菱帕杰罗一辆，进口车，排量三点零。哈雷摩托车一辆，查了下，八万多的报价，买到手差不多需要十二万。股票一万多股，一百六十块钱一股买的，现价一块六……"

"我的妈！哪公司的股票？"局长问。

"一个做网站的公司。老板老婆是演员，现在跑路去了美国。原来他还嚷嚷着要造车，到现在还没造出来。"小李回答。

"知道了，接着说死者情况。"

"他每月工资六千五，正常收入。在外头开了两个公司，一个工程公司，一个商贸公司，一个法人是他爸，一个法人是他妈，做的都供电公司的项目。工程公司管设备安装，商贸公司除了卖些小设备，主要代理铁塔、电缆、变压器、断路器厂商在电网公司的项目。工程公司账上还有五十二万，商贸公司账上有四十一万。"

局长点名让老赵分析总结，老赵边翻着笔记本边说："这个案子疑点重重。其一，死者手里为什么会有一把仿真枪？仿真枪是谁的？怎么就到了死者手里？死者又拿这把枪要打谁？枪上的指纹跟凶手什么关系？其二，凶手完全可以制造一个自杀现场，为什么还要留一把仿真枪在死者手里？其三，我们无从得知仿真枪是在纪工死后到他手里的还是死前。其四，这么大的一个仓库，不装监控，原因是什么？上级主管单位催了好几回，就是不装。就说一院子垃圾吧，也值几万块。其五，凶手杀人后，竟有那么长的时间处理现场，就不怕被人发现？那么从容不迫，是本单位的人吗？是楼里的人吗？尤其是五点半之后，死者的手机没有一个电话打进来，也没人给他发微信和短信，当然，银行和广告促销的不算。他老婆不给他打电话，这可以理解，但他公司里的人就不找他吗？就算没事，那他的情妇总该找他吧？毕竟他隔三岔五还是要回去吃饭、睡觉的。"

"对仿真枪上的指纹有什么跟进措施吗？"局长问。

"安排人录去了，院儿里家属全录一遍。正义路还有个新仓库，明天接着录。至于供电公司别的人要不要……"

"录，全都录下！"领导就是领导，再麻烦的工作也敢安排，反正不用他干。"有嫌疑人吗？"局长接着问。

"勉强有。先说王主任吧，他有犯罪动机。死者，也就是姓纪的一死，他受益最大。他跟张秀莲是真要结婚的，我问过，俩人都承认。想结婚，就算不能结，也要在一起过一辈子。姓纪的一死，他就太幸福了。没人打扰，没人纠缠是一回事，此外，还有财产不是？就小李查到的那些，姓纪的一死，都归张秀莲。归张秀莲不就等于归王主任了吗？只要他俩一结婚。他俩现在唯一的障碍就是老王的老婆。这个女人挺厉害，能撒泼，敢割腕。之前，老王跟她没离婚，可以理解为老王心肠软，怕她走极端。但现在不一样了，张秀莲孩子都怀上了，她能让孩子没爹吗？能让孩子上不了户口吗？老王一直以为自己有毛病，没想到能给张秀莲种上。如果这孩子真是老王的，那么之前很可能就是他老婆在骗他。是他老婆怀不上，却说老王的家伙什儿不灵，这么骗人，有点过分了。以老王的聪明，不会看不到这一点。事实摆在面前，老王再提离婚，他老婆无计可施，也没脸自杀了。当然，这些都是表面文章。"

"你怀疑是老王？"局长这话问得跟没问没什么两样。

"老王这个人，不简单。同事们都说他是好人，好领导，但是，不管他是好人还是好领导，都不妨碍他杀人。死者生前两个多月时间，有一半是和老王，还有张秀莲住一起的，具体原因还不太清楚。张秀莲开始以为他是想把她的名声搞臭，今天又突然意识到他可能是为了躲避仇杀。但是，她也不知道是在躲谁的仇杀，我们更不知道。这两个月，张秀莲过得很不痛快，老王很大度，一副要打持久战的架势。可问题是，他真有这么大度吗？这个纪祥云找人袭击他，又砸烂他电动车，他就一点也不记仇？如果记仇了，又没有那么大度，那就是装的。装的目的是什么？想要过得幸福，想要过上新生活，姓纪的是必须要摆脱的。杀了他，不失为一个好办法。供电公司的仓库是个很闲的单位，尤其是老仓库，好多人不到五点就下班了，虽然下班的点是五点半。真到了五点半，整个二楼就没啥人了。办公的主要在二楼，一楼闲置，堆的全是桌椅板凳之类的垃圾。三楼是宿舍，正式员工不住这儿，怎么会住这破房子呢？住这儿的多是合同工，但这些人一般不在这儿上班，而在正义路。那都是真干活的，五点半不到是不可能下班的。五点半下班，回来，差不多就得六点。五点到六点，是这个老仓库一天里人最少的时候。而当天，老仓库的二楼只有老王在坚守岗位，别人都溜了，财务室整个儿也是五点走的。三楼有几个家属在，在做饭。老王说，当时他在下棋，在网上下。他是个棋迷。但就算他说的是真的，我们又怎么知道他有没有放下鼠标，抽空去杀个人呢？网上下棋又不用跟谁面对面，没谁看着你。五点以后没走的，二楼只有老王。"

"还有姓纪的。"小李提醒他师傅，却被他师傅白了一眼。

老赵接着说："老王这人，象棋下得很好，可见其心思缜密。死者跟他非住一个屋檐底下，搞得大人不痛快，孩子回不来，什么时候是个头儿？他这一死，就什么都好办了。"

"那几个三楼的家属都问过了？"局长问。

"问过了。都说在做饭，没听见枪声。这些人平时跟死者也没什么交际。她们猜，死者应该连她们姓什么都不知道。"小李回答。

"吴工呢？"局长又问。

"当天下午，吴工北魏乡送货去了。送完没回单位，直接回家，不到五点就到了。"小李回答。

"有谁作证？"局长问。

"他父母。"小李说。

"这跟没有证据没什么区别。听你这么说，感觉这案子，十杀九奸，风流之处必有孽债。"局长感慨，紧接着又问："不过，老王这个人要是真的大度呢？"

"那他为什么老拖着不装摄像头呢？"老方问。老方比老赵大一岁，是老赵的副手。

"为公家省钱嘛。不是要改足球场吗？"小李笑道。

"他已经在找律师了，说明他是想通过法律途径摆脱死者的。但也很可能只是个障眼法，老王是个聪明人。"老赵说。

"别人没嫌疑吗？"局长问。

"吴工。这仓库，四个库管。死者纪祥云不是名义上的，却是实际上的领导。吴工不管乐意不乐意，好些事还得听他的。

另外两个因为不想听纪祥云的指挥，一个装病不来，一个装病不干活。吴工最年轻，又勤快，业务能力也不次，是接他班的最佳人选。吴工死看不上纪，尤其对他敲诈乙方的事有意见。而且，在我们面前，他丝毫不掩饰对纪祥云的鄙视和厌恶。"老赵回答。

"耿直 boy。以前当交警的，拦过县政府的车，还开了罚单。后来被排挤，交警干不下去，就去了供电公司。"小李补充。

"吴工是个勤快人，愿意干活，愿意把工作做好了，是个尊重工作，有强烈责任感的人。"老赵又说。

"如果是他杀姓纪的，就不只是为了职位，而是替天行道了。以他的性格，更能干出替天行道的事，对吧？"局长歪着脑袋，摆出一副直视事物本质的姿态。

"可他不在现场啊！"小李辩驳。

"可以回来的。他要五点之后又赶回来了呢？又没人发现。"老方说。

"那他怎么知道纪祥云还在办公室的？当天他又没有给他打过电话。"小李问。

"这个不难，同事可以告诉他，比如老王。"老赵笑道。

"凶手也不见得非得是他俩。也许死者跟别人还有更大的恩怨，只是我们不知道罢了。"局长说，"没跟老王老婆谈谈？"

"问过了，说去廊坊做头发，下午回来。会完了我再找她。"

"做个头发还要去廊坊？"局长问。

"还有去北京做的呢。白天去，晚上回，开着大奔，就为做个头发，吃顿饭，非常单纯。大城的女人。"老方说。

"你怎么知道吃完饭不干别的？"局长问。

"我这不是习惯把人往单纯里想吗？"老方笑得可一点不单纯。

"真有钱！"局长感叹，接着又问："跟死者的姐姐联系了？"

"联系了，说工作太忙，抽不开身。还嘱咐我，先别跟她爸妈说，老两口身体不好，怕受不了。"小李回答。

"他姐干吗的？"

"以前北京电力公司的，现在自己开公司。"

"在北京？"

"在北京。"

"没说什么时候来？"

"没说。"

"真够不上心的，好像死的是别人家弟弟。现在这有钱人怎么都这样？"今天局长的感慨特别多，感慨完了又问："听到消息，什么反应？"

小李说："起初以为诈骗电话，审犯人似的问我半天，我说，'要不给你发张现场照片'？老实了。之后，话特别少，判若两人。能听到她叹气，但还不至于掉眼泪。跟她说了，想跟她见一面，配合一下我们工作。她说她会考虑的。"

"跟纪的小老婆联系了？"局长问。

"大前天去保定了，今天晚上回来。"老赵说。

"她男人还在服刑？"局长问。

"前天刑满释放的。保定监狱。"小武说。小武是个警花，刚从警校毕业。

"那她就是去接他男人了？"局长问。

"应该是。"老赵见小武不说话，只好猜测。局长皱起眉头，明显对这样的回答不甚满意。

小李把笔记本屏幕转向大伙儿，说："摄像头装上了，正在调试。吴工发来的。"三张清晰的图片展现了三台全新的摄像头，在老旧的仓库背景下显得格外扎眼。

"装个摄像头如此简单，那不让它装，得多难？"老赵问道。

"死个人，事小。领导脸上无光，事大。再死一个，领导还怎么升职？"好在这话是领导总结的。

会议一直开到晚上八点。到底从哪里寻找突破口，是晚饭后的重点。老赵说："现在看来，除了监听，没别的好办法。"

监听是可以的，但不能随随便便监听，除非对方是重大嫌疑人。老赵认为，重大嫌疑非老王莫属，张秀莲也难逃干系。她六点前在单位，有同事和客户作证，但六点以后就不好说了。

因为有好几个小朋友感冒，所以，孩子一天没去幼儿园，一直在姥姥家待着。不管张秀莲还是老王，都不需要接孩子。

张秀莲骑电单车六点半回到娘家，中间还买了点菜。怀疑她有两个理由，首先，如果速度快点，完全可以杀完了人再去买菜，时间虽紧张，但足够用。第二，张秀莲父母的证词可信度不高。可是，纪祥云有什么事会在六点以后还不下班呢？

相比之下，张秀莲的嫌疑比老王还是小很多。到底监不监听她呢？大伙儿讨论了半天。最终，局长批准了监听名单：王主任、张秀莲和吴工。

5. 女 人

老王的老婆姓唐，以前是国棉厂的采购，辞职后开了三家餐馆。因为这个原因，老赵总喊她"唐总"。

唐总长得人高马大，有点发福。脸型有些方正，五官倒也不失女人的柔美。大波浪的披肩长发与她宽大的脸盘堪称般配，也配得上这副膀大腰圆的身材。

不愧是生意场上混的，唐总开场先做了自我介绍。

她和老王是高中同学，上学时，俩人就好上了。她的父亲是乡长，母亲是县武装部的会计。老王的父亲是中学老师，母亲是农村妇女。那时，她的母亲看不上老王的农村户口，但她的父亲喜欢他，说这孩子聪明能干，有他年轻时的风采。

因为有未来岳母帮忙，老王当上了兵。没人指望他能当多大官，以为当几年兵就回来了，没想到一去就是技术能手。老王是个汽车兵，还在培训期就已经是半个教官了。新兵技术比武，百米加减档，大半的新兵挂着挡冲出百米线，老王不慌不忙地做完所有操作，稳稳停下，离百米线还有十多米呢。不光比开车，还要比修车。一辆好好的车，考官做过手脚后，新兵上去一启动就熄火，围着车转来转去，没人修得好。只有老王，下了驾驶室，拿着改锥直奔排气管，一会儿，攥着一把棉纱坐进驾驶室，一打火就着了。轻轻地给着油，发动机就像只准备进攻的老虎一般低声咆哮起来。

老王一路晋升，可急坏了唐总，生怕他升得太高拽不回来。他当上排长那年，唐总终于得偿所愿，成了一名军嫂。过了没两年，他又成了连长。就在大家以为他会成长为营长，团长乃至师长，军长时，他却突然提出要转业。因为啥呢？原来是演习时上司指挥失当，却要他背黑锅。他死活不背，唐总只好通过自己的关系，给他运作到供电公司去了。而他俩的婚姻危机也正是从他转业开始的。

老王转业那年，唐总开始创业。她卖掉房子开起餐馆，老王没意见，还拿出工资让她周转。渐渐地，餐馆开始赚钱，她自己也承认，她开始膨胀了。她还发现，他对她越来越冷淡，就把她在餐馆对员工那一套搬回了家里。

"你真打过他？"老赵问。

"打过。"说着，凄然一笑。

"为什么打人？"老赵问。

"自打他转业回家，我们才算真正在一起生活。时间一长，才发现脾气秉性差太多。我爱指挥人，他也有他在部队那一套，说到底，我们俩的价值观不同。我看不惯他，他也老批评我，说着说着，我就急了，就动手了。他是当兵的，不光开车，擒拿格斗也练过，我根本就打不着他，打也不打痛。再说，他腿上有脚，不会跑啊？"

"他也打过你？"

"没有。"

"打人就把人打跑了。"老赵说。

"不打也得跑。他看不起我，嫌我粗俗，嫌我跟男人们喝酒，交际。我不交际，他能去供电公司？"唐总没说实话，没说她动不动就喝醉，喝醉就让男人抱，抱了之后……这是老王的领导说的，当然，也是听来的。

"你们俩怀不上孩子是怎么回事？"老赵问。

唐总红着脸说："他当兵那会儿，我已经查出问题了。又带他去看，检查结果是没问题的，可诊断书在我手里。那时候，他平步青云，我想，不能让他嫌弃我，就找人做了个假诊断书。"

"这可有点过分了。"老赵不明白小李为什么要说这话，看着他，他却紧盯着唐总。

唐总说："其实，你们不知道我多想有个孩子，老王也不知道我偷偷看了多少大夫，吃了多少药。有时我就想，要是我俩真有个孩子，也不至于走到今天这一步。"不知不觉间，眼泪已潸然而下，"其实也不是，主要还是不是一路人。可要说不是一路，又怎么过了这么多年呢？哎，说不好，不会说。"不会说，就只有流泪了。

临走时，唐总说："老王不会杀人。他这种人，别看当过兵，以前过年要他杀只鸡，他都下不去手。他人很好，我死都不想和他离。但现在不一样了，我不会再拦着他了。我多少还算有点钱，没他也不会过太差，是吧？"

小李很想提醒她，有没有钱跟能不能过好是没有必然联系的，可又一想，就冲她说话时动不动就往他身上瞟的眼神，还是算了吧！

对了，忘了介绍一下小李了。小李的个头比老王矮不了多少，身形魁梧，结结实实一身肉，远非老王能比。小李喜欢打拳，健身，游泳，长跑也是把好手。除此之外，他还是个电影迷，希区柯克的电影全看过。关键是——相貌堂堂。

上了车，老赵问："你干吗说那话？"

"说啥话了？"

"她弄个假诊断书，你就说她过分。说她干吗？"

"没看她老看我吗？想男人想疯了。"

"没看出来！"

"她又没看你，你怎么会注意呢？这老娘们儿一定是那种性欲特旺盛的。我猜，他俩过不好，不光因为没孩子，性生活不和谐才是主因。还有，她老跟男人喝酒，只是谈业务？"

"我哪儿知道？当面不问她，你问我，咋想的？"

"没想到，想到也张不开嘴。师傅，关于这问题我一直想问您，您说，这都是个人隐私是吧，咱当警察的，能问人家这种问题吗？"

"能啊！有什么不能的？医生能问的，咱也能问。同样的问题，就看怎么问，怎么问才会让人不反感……你问她这个有什么用吗？"老赵突然从循循善诱的老师变回警惕多疑的警察。

　　小李不好意思地笑道："领导不说十杀九奸吗？我就想试着分析分析。当然，我从没想着要问她，也问不出口，只是琢磨，分析，这个人……"

　　老赵也笑了，说："建国，主动性犯罪啊，无非是两种动机，这也是我刚刚琢磨出来的，说给你听听，你看对不对。一，信念。这是个很正面的词，较少牵扯到个人私利，就像张良行刺秦始皇，王亚樵暗杀蒋介石一样。这种犯罪在太平年间比较少见，因为太平嘛，世道完全可以由法律来维系。就算法律不太完善，也是大概可以接受的。再者，太平年间的人往往比较平和，也没有扶大厦之将倾，解黎民于倒悬的那种危机感，责任感，不像乱世之人那样喜欢拍案而起，动不动就来点非常手段。说白了，纪祥云敲不敲乙方竹杠，关你什么事？又没敲你的。"

　　"那要是乙方动的手呢？"

　　"老王不说了吗？不值当的。为那点钱不值得，还去干，还是公心，还是信念，还是出于为多数人的幸福而挺身而出的信念？好家伙！这年头，有几个有信念的？别说信念了，你就问信念是什么，有几个答得上来？"

　　"老王要动手，犯不上为信念。"

　　"哎，这就要说到第二个问题了：性格的不完整。比如：贪财、好色、暴虐、嫉妒等等，其实都是品德的缺失，也可以叫作性格不完整。一个人犯罪，有社会问题也有自身问题。说到自身，多是性格的不完整。公交车上抢司机方向盘的，有几个是性格完整的？醉驾撞了人还要骂警察的，又有几个是正常的？老王如果因忍不了纪祥云就动手杀了他，那就是性格的不完整。现在看来，并没发现他有什么性格的不完整之处。张秀莲说的窝囊，其实是稳重。他从部队转业也是深思熟虑之后的决定。让我看，转了比不转好。倒是吴工，此人锋芒毕露，而且，他有他要维护的价值体系，有他的信念。"

"老王不为上司背黑锅，不也有他的信念吗？"

"为自己前程着想，就不能背锅。能抗争为什么不抗争？抗争不了再转业，不正是明智之举吗？可吴工敢拦县政府的车，就跟自己的前程没关系了。"

"那要真是吴工干的，咱们这案子是不是就没法儿破了？"

"老王干的你也没法儿破。没法儿破也得破！"

"师傅，我觉得您概括得挺对，两种动机。可不就两种动机吗？要真是第一种，那真就没法儿破了，不光杀人的有信念，看热闹的也有信念，还都是一个信念，这得问谁去？"

"怕的就是这。"拿出手机，看了看微信群，"到现在，指纹还没对上。真要干得天衣无缝？"

"就算对上，不也是把假枪吗？"

"至少能有点进展。"说完又发了会儿呆，一指前方，说："走。"

小李打着车，挂上挡，刚要松离合，突然想起一事，问："师傅，唐总的指纹要不要采？"

"不用了吧？"

"为什么？"

"一把假枪……"看着小李的眼睛就说不下去了，只好换个说法，"想采采吧。熄了火，我等你。"

"为什么是我去呢？"这回换到老赵使用无声胜有声的眼神了，小李只好说："行，我去，我去。"

"她还能吃了你？"

"别说了，我去还不行吗？"

不过五分钟，小李气喘吁吁地回来了，一钻进车就说："我要不穿这身衣裳，她真就吃了我！"

老赵笑了，说："当警察就这点好，什么人都能遇见。怎么样，配合吗？"

"配合。怎么不配合？别说采指纹了，采个全身纹都给。这老娘们，有点钱还淫荡起来了。"

老赵笑道："明天还有一个。自己有老公，还跟有老婆的男人同居，都怎么想的？"

6. 孩 子

理发店老板叫魏晓荷，廊坊人，以前在廊坊也是开理发店的。没人说她长得好看，小李初听这话时就想：姓纪的是怎么看上她的呢？可当真见了本尊，才不得不感叹：群众的眼睛并非是雪亮的，而且都是戴着传染力极强的有色眼镜看人的。论相貌，魏晓荷比张秀莲也差不了多少，黑是黑了点，但皮肤光滑细腻，五官端正，眉宇间自有秀丽。只是，可能生活太优裕了，脸上肉太多，眼泡也显得夸张，破坏了美感。身材嘛，比张秀莲可丰满多了，圆滚滚一身肉，屁股圆得像炒勺，被牛仔裤紧紧绷着，把腰上的肉都挤了出来，两条大腿大有撑破裤子的架势。

约在早上九点钟，理发店还没营业。老赵问她一般几点上班？她说十点半，不过，没关系，聊到十二点都可以，上午人少，没什么生意。老赵又不傻，听得出客气话。客人再少也是生意，耽误人生意就是抢人钱，抢人钱可是犯罪。

理发店不大，六把椅子，六面镜子。墙砖裸露着，除了砖本身的红，一点别的颜色没有。墙上贴的都是电影海报，有《乱世佳人》《愤怒的公牛》《魂断蓝桥》……每个角色都梳着那个年代的经典发型。椅背上是外国车牌，做得挺像那么回事，好像还用了好多年似的。摩托车模型也摆了不少，都供在玻璃盒子里，如同一尊尊铜鎏金的南北朝佛像般倍受尊敬。不消说，这样的理发店在大城这样的小县城里不多见。

别看是个小老板，可比唐总周到，吃的喝的摆了一桌。而且殷勤，又是倒水，又是剥零食，也没有唐总那样咄咄逼人，深不可测的乳沟。为了表示礼貌，老赵夸赞道："装修得不错。您弄的？"

"都是他找人弄的，我哪有这本事？"

"纪祥云？"

"是。"

"赚钱吗？"

"还可以。"

"一月赚多少？"

"也没多少。去了工资、房租、水电费，能剩下一两万。"

"装修钱他出的？"

"是。"

"觉着这人怎么样？"

这是个严肃的话题，所以，她想了想才说："我觉得还行。"

老赵也一本正经地问："哪些方面还行？"

"挺大方的，也聪明。很能干，不懒。会玩，喜欢看电影，喜欢摩托车。还会赚钱。"

小李叹道："这么多优点，中国丈母娘最喜欢了。"

魏老板静静地看着小李，轻声问道："你们是不是觉得他死有余辜？"

这脸翻得也太快点儿了。对于这种人，该教育就得教育，不然是对社会的不负责，所以，小李正色说："觉得他死有余辜的是那些跟他共同生活过，工作过的人，我们跟他不认不识的，有什么好觉得的？"

魏晓荷没了话。为了缓和气氛，老赵说："我们是警察，是负责破案，找出凶手的。死者是不是死有余辜，是法院的工作，不是我们能盖棺定论的。至于凶手是不是惩恶扬善，也不是我们当警察的说了算。当然，我们倒是很愿意听到不同的声音，只有这样，我们才能做出正确的判断。魏老板有线索，我们洗耳恭听。"

"我没线索。"

"没线索也没关系，聊聊您对这事的看法吧。"老赵说。

"我也没什么看法，他的事，我都不问。"

"他也不说？"老赵问。

"很少说。我们两不是两口子,说不好听的,就在一起睡个觉,早晚要分的。"

"他知道你有男人？"

"知道，还知道他在保定监狱。"

"知道刑满释放的日子吗？"

"知道。我跟他说过我要去接我老公。"

"之后呢？"

"之后，他过他的，我们过我们的。"

"之前说好的？"

"说好的。"

"这店归谁？"

"共有，赚了钱两家分。"

"房子呢？"

"房子是他的，我搬走，另租房。"

老赵和小李都有点听愣了，头一回见这种关系，好像什么都写进了合同，而且，甲乙双方还极具契约精神。小李毕竟年轻，惊讶在脸上写得清清楚楚。老赵就不一样，饿了三天也要装得跟辟谷归来似的。他接茬问："你俩当初是怎么认识的？"

怎么认识的？那是放在谁身上都不会忘记的一天。

那天，下雨。雨不大，淅淅沥沥的总也不停。小小的理发店里就她一人，冷冷清清，呆呆地看着门外。路边的杨树湿漉漉的，看着可怜。

沙发是旧货市场买来的，布艺的小碎花，被她洗得干干净净，简洁得像个少女。就这个款式，这个风格，搁小两口的两居室里，不知该有多登对。怀里的抱枕抱了半天还是冷的，在这阴雨绵绵的下午，没什么是能焐热的。

她一遍遍地念叨着："都不容易，只要是个人，活着就不容易，只要是个人……"她得不停地给自己打气，她得活下去。

正自言自语，门开了，进来个穿工作服，戴安全帽的人，身上淋得像路边的树一样湿。他想脱掉工作服，拽了两把没拽下来，她连忙过去帮忙。他回头冲她友好地一笑，和纪祥云就这么认识了。

他很满意她理的发，赞不绝口，说大城没人有这手艺。她技术是不错，可也知道他言过其实。

她拿吹风机给他吹衣服，他就夸她人好，问她是哪里人，怎么就一人，连个小工都没有。临走，他还放下一百块钱，说不用找了，值这个价。

一个星期后，他又来了。没理发，只聊天。问她赚的钱够不够租房，累不累，以前在廊坊生意如何……令她意想不到的是，他居然提出跟她合伙开店，开个比这大得多的店。他说，他出资，她经营，利润均分。当时她没答应，他也不着急，给她时间想。

两天后，纪祥云又来了。她答应了。那之后，俩人越聊越热乎，很快就住到了一起。三个月后，新店开了起来，就是现在的"好再来美发店"。

"他很帮你？"老赵问。

"没得说！"

"在你看来，他是个好人？"

"可以这么说。"

"知道他有老婆孩子？"

"知道。"

"你有孩子？"

"……没有……"问题回答得稍显迟疑。

"你老公知道你跟纪祥云的关系吗？"小李问。

回答这问题还是有些难度的。她像尊石佛似的端坐不动，眼皮都不眨一下。看得出，她第一次告诉她老公时有多不容易。老赵耐心地等着她，从他平静的神情中，小李断定自己问了个好问题。

魏晓荷是个讲究人，知道让人久等是不礼貌的，再难回答也要给个答案。漫长的一分钟过后，问道："我是个不正经的女人吗？"老赵和小李都没回答。这不在于问题的难易，而是提问题的语气，更像是自言自语。果然，她又说："人，别的不说，得先活下来，是吧？一开始，没跟他讲，但跟纪祥云讲了。我跟他说，等我老公出狱，我还得跟他过。他说没问题。回答得很干脆，笑嘻嘻的。很好懂，跟我结束了，再换个新的，不挺好吗？跟他谈好之后，我就跟我老公讲了。我跟他说，我会一直等到他出来，等他出来，我们接着过。"之后又是沉默。

老赵问："你老公怎么说？"

"他说他能理解。还说，我要想跟纪祥云过，他也愿意跟我离。我说不行，你非得跟我过，你欠我的。"

"他怎么欠你的？"

"他跟人打架，把人眼睛打瞎，胳膊打断，把自己打到牢里去了。好日子不好过，这还不算欠我的？"

"他为什么打人？"

"跟人做生意，被骗了钱。他三找两找，把那个人给找着了。结果，把人打了一顿之后发现，打错了。"

"怎么会打错人呢？"小李问。

"他说，天太黑，认错了。"

"被打那位够倒霉的。"小李感叹。

魏晓荷默默地看着小李和老赵，没有任何表示。

"纪祥云死前的两个多月，有一半的时间是在他自己家度过的。家里有他老婆，还有他老婆要嫁给的老王。这事你知道吗？"老赵问。

"他是不是回他自己家里住，我不知道。他家有谁，我更不知道。但我知道，他也基本没在我这儿住。"

"为什么？"小李问。

"可能是生意上的事，得罪了人，有人要报复他。"

"什么人你知道吗？"老赵问。

"不知道。我说过,他的事,只要他不说,我很少问。因为他有他姐夫的关系,就做了好多供电公司的项目,好多活都是从别人手里抢来的。他也不管不顾,挺狂的,难免会得罪人,我猜是。前些日子,他老是自言自语:'跟我斗,还弄死我?我不弄死你就不错了!看谁弄死谁!'他老叨咕这些个,我听着挺害怕的。其实,他自己更害怕,不然他叨咕啥?"

"你怎么会想到,他怕的那个人跟他的生意有关?"老赵又问。

"他老给他公司的人打电话,让他们查一个什么公司,之后就是那些恶狠狠的话。至于哪家公司,我就不知道了,没记住。好像还不止一家?好像是!"

"他是个胆小的人吗?平时也自言自语?"小李问。

"没发现他有什么胆小的,摩托车开得挺猛。也没发现他有自言自语的毛病。"

"你老公现在干吗呢?"老赵问。

"正找房,准备搬家。"

"能跟他聊会儿吗?"

"可以啊!"

"老郑,将来有什么打算?"老赵问。

魏晓荷的老公姓郑,郑家琦。个子不高,却粗壮结实,头发短得跟没有差不多。他大他老婆七岁,正是不惑之年。以前在廊坊做建材生意,也算是成功过。经过了这一遭,显然已接近山穷水尽的边缘了。虽然有老婆的理发店撑着，但毕竟自己得有点事业。东山再起，应该是想过，但眼下不现实，现实是得先有钱。他还不知道刚出来能干什么，也许可以送送快递或是外卖。

要送快递的老郑正在煮咖啡，咖啡壶使得倒是很娴熟。老赵要他别忙了，他们喝什么都无所谓。但他坚持说："尝尝我的手艺。"之后就没了话，专心致志地煮他的咖啡，完全不是个话多的人。在老赵和小李看来，不难理解，刚出来的多有这个过程。

房子还是纪祥云的，张秀莲跟他们说不用搬，房租要的也不多，有就给点儿，没有就不给。郑家琦执意要搬，魏晓荷听他的。

房子不大，但装修得温馨舒适，收拾得也干净。客厅摆一张四方餐桌，餐桌上铺着扎染桌布。墙上挂着智能画框，隔一会儿就自动变化一张世界名画。小李看得挺着迷，每一幅都喜欢，看着也眼熟，就是叫不上名字，也不知道是谁画的。不过，没关系，自己的一知半解阻挡不了对别人品味的赞赏。他猜，一定是纪祥云给她买的。除了这些，碗柜也在客厅里，里面的盘子、碗、茶具颜色富丽，造型奇特，每一只都盛着满满的东南亚的风。

很快，咖啡煮好了，还没端上来就香飘四溢，喝一口，更是回味悠长，小李和老赵纷纷竖起大拇指。老郑说："以前我就喜欢喝个咖啡，进牢里四年，只能偶尔喝点速溶的。"

老赵问："你老婆说，你追债打错了人。怎么会打错人呢？"

老郑一边啜饮，一边转着咖啡杯，转不到半圈再转回去。

转着转着，突然不转了。以为他要开口，谁知他又端起咖啡杯，摇晃起来。直到把一杯热咖啡吸吸溜溜地喝完，他才微微一笑，说不清是致歉，还是无奈，或者是冷笑。他说："我不想骗人，没必要。对你们警察，我得感激才是。我老婆这人，好面子，家里揭不开锅了，也得跟人说打卤面好吃。我打的那人，是个人贩子，我的本意是想凭这两只手打死他的。"他边说边看着自己不断抓握着的拳头。

老赵和小李心头一喜，扛尖嘴锄的终于找到了矿。

曾经，老郑的小日子过得美满幸福，事业蒸蒸日上，浑身上下使不完的劲。

他在廊坊卖建材，网上也开着店。光卖腻子粉，一年就能赚个四五十万。这还只是捎带着卖的，主营是瓷砖、地板和马桶盖，光库房就一百多平米，还和好些设计公司有合作。那时候，他带着二十多个兄弟从早忙到晚，常常八九点钟都回不了家。

魏晓荷比他轻松多了，那时候，她的理发店比现在这家大多了，店里有大工，有小工，一般轮不着她上手。她就管收钱，只要不跑了单，赚是稳稳地。只是理发店越来越多，房租年年上涨，钱远不如前几年好挣了而已，但一年往家拿个二三十万，还是不成问题。

老郑的弟弟在国企，效益不太好，他就让他辞了职，带着他卖建材。山东的朋友劝他去济南再开一家，他也去看过了，可以干。他想，到时让弟弟盯着这边，他去济南大干一场。

刚交了济南的租金，孩子就被偷走了，确切地说，是被抢走了。

男孩，快两岁了。爷爷、奶奶看着，有时也去姥姥家住几天。小家伙可淘气了，就爱上街，家里待不下。一堆玩具玩得都不爱玩了，就想着出去野，爷爷买个菜都得带着他。只要一出去，不哭不闹，不给吃不给喝都没关系。只要让出去，哪怕小车里坐一路呢，也心情愉快。

那天，爷爷突然想去游泳，不让去就闹脾气，那就去吧。奶奶要给孙子做饭，一拉冰箱门，没鸡蛋了，就推着孙子出了小区。小区门口有一家门市，她嫌东西卖得贵，就又往前走了三百米。那个小店不大，就在路边上，卖鸡蛋的就在门口。她把儿童车停一边，让孩子在车里坐好，她走过去挑鸡蛋。其实很近，中间就隔道门，门也没关，只有一层塑料门帘子。就在这时，来了个女的，逗小家伙，老太太没在意，正一门心思挑鸡蛋呢。等挑完了再抬头，小车没了，孩子没了，那个女的也不见了。

老太太还心存侥幸，问这个问那个的。当得知孙子被连人带车都搬上了一辆面包车时，她一屁股坐到地上，号啕大哭，鸡蛋也碎了一地。有人提醒她，面包车应该不会走太远，还指给她面包车的方向。她又哭着去追车，鞋跑掉也没追上。

老郑停了生意，把所有员工都派了出去。这还不算，他还要老婆也把店关了，把人都轰大街上海找。开始他是冷静的，也有信心。两天之后，一个失望接着一个失望，他终于暴怒了。先是大闹派出所，被他弟弟拖回家。然后又把他爸骂了个狗血淋头。他问他爸："不去游泳能死吗？能死吗？"老头儿只能低着脑袋抹眼泪。

之后，他又冲他妈吼："我给你的钱不够花？小区门口的鸡蛋有毒？吃了能死？买鸡蛋就买吧，干吗要把孩子搁在门外？你怎么不给他推大马路上去！"

他老婆想劝劝他，他又吼："我说找个人吧，你非听他俩的，省那俩钱。好啊！到头来怎么样？你的人，我的人，都他妈大街上找孩子去了！一天给两天的钱，找不回孩子就别开工！"

话是这么说的，也是这么干的。谁也不敢拦他，也没道理拦他。花钱像流水，光私家侦探就找了三家。脑子里啥都没有，只有他的孩子。

三个月后，廊坊的一个寻子联盟，也是个微信群里，有人告诉他，有个叫老狗的人贩子出狱了。牢里关了十多年，不思悔改，出来以后，又重操了旧业。在群里朋友的帮助下，他找到了老狗。老狗有没有偷他家孩子，他不知道，但他想试试。为什么不找警察，不找侦探呢？因为，他对谁都没了信心，只相信他自己。

没经验，比对照片，确定了身份以后，他生怕老狗跑掉，结果跟得太紧，反而被发现了。老狗心虚，把他当成了便衣，撒腿就跑。老狗五十多岁，体力自然比不了老郑，跑不过一百多米就被他给追上了。他拿出孩子照片，问老狗是不是他干的，老狗不承认。他要把老狗送给警察，老狗急了眼，想来个先下手为强。老郑工人出身，打人不在行，但力气有的是。开始吃了不少亏，脸也被抓破了，但很快就稳住阵脚，年轻人的力气渐渐占了上风。

　　老郑跟老赵说，他想要老狗的命，当年跟办案的警察也是这么说的。但不管警方还是法院，都不认为他是蓄意杀人。原因很简单：两口子吵架还能失去理智呢，更别说两个你一拳我一脚往死里打的男人了。

　　老郑确确实实被愤怒烧坏了脑子。不只愤怒，还有憎恨与深深的厌恶。他想，一个人贩子还敢打我？你不找死吗？当时的郑先生心无旁骛，只有一个念头：要他命！

　　老狗不傻，看得明白对方要干吗。当两人紧紧搂在一起时，老狗掐住老郑的脖子，长指甲都掐进了肉里。说不清他是想掐破老郑的动脉还是要他窒息而死，可能是前者。错误的决定让他使错了力气，也给了老郑时间。老郑决定抠他眼珠子，目标明确而唯一：给它抠出来！

　　老狗很快就忍受不了了，双手攥着老郑的手指，却无论如何也拔不下来。老郑将全身的力气都压在了一只大拇指上。老狗惨叫，胜负已分。

　　惨叫声救了老狗的狗命。老郑稍稍有些清醒了之后，抽出手指，站起身，问他孩子的下落。还说，不管是谁的孩子，只要是他偷的，骗的，抢的，都得说出来。老狗一边惨叫一边谩骂，根本不理会老郑的问题，他只能掏出手机报警。他以为老狗动不了了，没想到他还能爬起来就跑。

　　老郑说，老狗的胳膊是自己从楼上跳下去时摔断的，骨盆也摔碎了。老狗说，他是被姓郑的抱起来丢下去的。警察采纳了老郑的说法，因为现场有证人。证人说，老头儿是自己从楼上跳下来的。

老赵说："你不撵他，他也不会跳楼，是吧？"

"是。"老郑承认。

"他不跳楼会死你手里吗？"老赵问。

"我当时已经没那想法了。"

"后悔你的行为吗？"

"后悔。老狗一跳楼我就后悔了，特别害怕他摔死。办案的警察说我：'你瞅瞅你干的蠢事，你要不打伤他，还有时间找孩子。这倒好，监狱里待着吧！'我要不被抓，我妈也不会早早得那病，更不会死，我老婆也不会……"

他低下头，双手捂脸，搓着额头。搓了一会儿，又把手拢在额头上，鼻子以上是看不见的。老赵和小李面面相觑，不发一言。很快，老郑就放下了手，抬起头，眼睛红红的，眼珠子瞪楞着。没人逼着他非要说什么，他自己却说："最对不起的就是我妈。我妈可疼孙子了，变着样儿地给他做吃的。小家伙也不挑食，长得结结实实的，从小到大……没生过病。我老婆说我：'你妈比你疼乐乐，你不就给乐乐买个玩具，买个衣服吗？连个尿不湿都换不明白，还有脸说人？'自打乐乐丢了，我妈每天流不完的眼泪。她以前可爱说了，后来，跟她坐半天，也说不上半句话。她对乐乐，真是，没得说！对不起我妈，对不起！"

老赵安慰他说："以后好好对老人吧！"

"对不了了，去年走了……"老郑低着脑袋，右手重新搭上额头，不掩饰地哽咽起来。

其实他不说，老赵也猜到了个八九不离十，不过是不好直接问。听老郑这么说，他也只能顺势关心一下："见着了？"

"见着了，见着了。"颗颗泪珠滴落在桌子上。

老赵递给他纸，说："是人就会犯错，不必太耿耿于怀。"

老郑接过纸巾，擦了眼泪，又擤完鼻涕，说："监狱领导批准我回家奔丧。我有什么脸见我妈？我妈到死都不能原谅自己，还说对不起我。她说，日后要是找回乐乐，别忘了到她坟上烧把纸，跟她说一声。"眼泪再度泉涌。

老赵把纸巾盒都推给了他，等他哭完，才问："你老婆为什么来大城？"

"找孩子花了太多钱，很快就成了穷人，她的店也开不下去了。来大城，是听说我们的孩子被卖到了这儿。"

"有什么要我们帮忙的吗？"

他摇摇头，叹道："四年了，就是马路上遇见恐怕也认不出来了。我现在天天看他照片，生怕把他的小模样给忘了。"

"有什么要帮忙的，只管说！"

老郑双手合十，举在眉间，摇向前方，泪水模糊。

在他看来，纪祥云是个好人，因为他经常带着他老婆——魏晓荷——去找孩子。没找着归没找着，他不可能杀他，没道理。他也不可能杀任何人，杀了人还怎么找孩子？纪祥云死的那天，他和他老婆回了廊坊，住在弟弟家，老爸跟弟弟过。

他还说，他对不起老婆。他现在已经可以接受孩子找不到的现实了。他说，中国一年失踪二十万孩子，能找回来的不过二百个，千分之一。还说，孩子是一定要找的，但首先自己得活下去，还得活好了。他跟他老婆商量，要不要再生一个，他老婆不想。不生也行，生了老二哪还有时间找老大？

老赵说："生一个还是好。"

"我爸和我弟弟也这么说。有了孩子就有了希望，也有了快乐。我老婆也知道这个道理。但对我们这种家庭来说，生了老二就意味着对老大的背叛和放弃。就算你能跨过这个坎，但还有种恐惧始终跟随着，不是你想克服就能克服的。"

"害怕把老二也丢了？"老赵问。

"是。怕他生病，怕他磕着碰着，怕他像哥哥那样让人给偷走了。"

局长给廊坊公安局广阳分局打电话，本来只想看看郑家琦的案件记录，对方却安排一警察打回了电话。那人说："郑家琦的案子是我负责的，很简单，故意伤人。受害人老狗的右眼是他拿手指头给抠瞎的，不知使了多大的劲儿。经医治，眼珠子保留，但视力完蛋了，几乎为零。郑家琦的脖子也被老狗抓得血肉模糊，弄不好也是生死之间的事。老狗这个人很狡猾，说他是眼睛被抠瞎了之后才去掐的郑家琦的脖子，但这个说法不可信。眼珠子被抠成那样了，哪还有力气去掐人脖子？但也不好说。老狗还说，他是被郑家琦从楼上给扔下去的，这个有点道理，自己跳下来是摔断腿，怎么还会摔断胳膊呢？"

"不是有证人吗？"老赵问。

"你知道郑家琦报警之前还干吗了吗？他把他孩子的照片给目击证人看了，跟人说，老狗是个人贩子，他家孩子很可能就是被老狗抢走的。来龙去脉说得非常明白。"

"法院采纳证人证词了？"

"采纳了。"

"判了几年？"

"四年。他们家为他这案子花了不少钱，不然也不能只判他四年……"

"三年多就出来了。"

"我听说了，狱里表现很好。"

"他家孩子后来有什么线索吗？"

"没什么线索。我虽然不负责孩子的案子，但也知道些。"

"跟大城有关系？"

"据我所知，没关系。丢了孩子的人，左一个消息，右一个消息，激动得不行，其实，没一个靠谱的，老狗这个不就是例子吗？"

"老狗现在哪里？"

"深州监狱。郑家琦没瞎说，老狗一出狱就犯案，在郑家琦的协助下，我们找回一对双胞胎。"

"都够得上死刑了吧！"

"人贩子的案子我不负责，不太清楚。就我知道的，现在这拐卖儿童的案子都很难弄，还得指着这些东西交代案情呢。交代一桩，找回一孩子，挽回一家庭。量刑重了，这帮玩意怎么开口？"

同是警察的老赵也长叹一口气，问："还在押？"

"那还能放出来？等着死牢里吧！"

老赵和小李跑了趟深州，见到了老狗。

秃头，皮肤松弛得像在脸上挂不住了一样，又黑又皱地往下使劲。眼珠子突出得厉害，老赵怀疑他得了甲亢。右眼浑浊得像幅大理石上的水墨图案。左眼视力也不太好，想看清个人要眨么好几回。

他当然记得郑家琦。还说，从没见过那么狠的人，反复强调他掐他脖子是因为他先抠他的眼珠子。他跑得没了路，被郑家琦追上，郑家琦给他两个选择：一是自己跳下去，二是抠瞎他的另一只眼珠子。他是自己跳下去的。跳楼之前，郑家琦还说，"人不能不还完债就去死。三楼，跳下去死不了。不想跳也行，说出孩子的下落，不然，以后我也不放过你"。

老狗没理他，跳了下去。郑家琦下了楼，继续打他，他这才说出那两个双胞胎的下落。

7. 乙 方

纪祥云的姐姐来了，从天而降，就像皇帝随时都可以到他的中书省，县衙门走走转转一般，事先通知全是多此一举。老赵不在,老方和小武带她去看了她弟弟。老方故意不称她"纪总",非得叫她"纪女士",搞得纪总司机气愤难平又无可奈何。这还不算,老方非要她摘下墨镜,再出示身份证。不得不承认,是个美人,骄傲中不失美丽。

她问可不可以带走她弟弟,老方告诉她:"怎么处理他,得经他老婆同意。"

她问有没有锁定嫌疑人,老方老老实实地告诉她,正在努力,但现场一点线索没留下,比较棘手,所以,他们也想知道她有没有线索可以提供。

她说她没什么线索,因为她跟弟弟平时没有来往。父母都在北京,也不用他管,他也很少往家里打电话。

老方又问:"你父母知道吗?"

"还不知道。"

"总是要讲的吧?"

"等你们破了案再讲也来得及。如果破不了,我就说他自杀的。"

"为什么自杀?"

"嗯?"

"老人问起来,你怎么说他是自杀的?"

"买卖干赔了,老婆跟人跑了,要不就说他吸毒,怎么不行?"

"他吸毒?"

"不吸吧? 不知道。"

"纪祥云敲诈供货商的事,你听说了吗?"

"没听说。"

"他开了两家公司，专做供电公司的生意，知道吗？"

"知道他有公司，但他做什么，我就不清楚了。"

老方还想跟她聊点纪祥云的童年，可人家哪有那工夫跟他探讨人生？

老方望着纪女士娉婷标致的背影独自惆怅时，老赵和小李已爬上了邮电局的老楼。

楼梯扶手还是水泥的，宽大，厚重的好像历史。楼道和楼梯一样宽阔，跑辆马车都没问题，可见当年的气派。过去，这里进进出出的人们，哪个不是人人羡慕的主儿？可如今都到哪里去了呢？楼道里谈不上干净，也谈不上脏，潮湿又腐烂的味道尚在可忍受的范围之内，只是厕所的味道浓烈了些，说不清是减肥的女人剩饭太多，还是有前列腺炎的男人尿不准，或许还有水箱开关年久失修的缘故。总之，各种味道混杂在一起，老远就能闻得到。在楼道里待久了，你会以为这就是整个楼的味道，而且还会习以为常，甚至还会认为，只要是栋老楼就是这个味儿。

纪祥云的公司就三间屋，一共五十来平米，装着两个公司，一个副总，一个文员，一个出纳。楼里都是这样的一家家小公司，还有教书法，教画画，教钢琴，教跳舞的……

出纳和文员都是二十岁出头的小姑娘。副总是个男的，姓程，三十多岁，和纪工是从小的邻居，也是同学。他戴个眼镜，不忠不好，不聪明也不傻的模样。身材中等，小肚儿鼓鼓的，看得出，是个能吃能喝的主儿。

老赵问程总："纪祥云生前两个月，老说有人要弄死他，是吗？"

"是。"

"知道是谁吗？"

程总摘下眼镜，捏着鼻梁，说："昨天没睡好，脑子有点晕，容我想想。"说罢闭上眼，开始沉思。小李看着他的万国表，十秒钟后，程总睁开眼睛，戴上眼镜，说："他跟我说，有人想要他的命。我问是谁，他说是谁谁谁。名字我有，一长串呢，一会儿给你们……"

"一长串？"小李问。

"对，不是一个人，是好多人。他今天跟我说一个，明天又说一个。有时他也不知道人家叫什么，就跟我说个公司名。我就奇怪了——你得罪多少人？开始他不和我说实话，后来被人逼得没办法，才跟我说。我一听，这不敲竹杠嘛！"

"谁敲谁竹杠？"老赵问。

"先是他敲人家厂家的，现在，人家又敲了回来。真够下三烂的，都什么年代了，还干这个？我没说别人，说的是我们纪总，纪祥云。干什么不好干这个，缺那俩钱吗？这可倒好，把自己整太平间躺着去了。"

"你才知道？"

"你们早知道了？"

"我们也是才知道，但供电公司的人早就知道了。"

老赵的话令程总吃惊不小，叹道："这么明目张胆？太蠢了！还老觉得自己诸葛亮再世，天上地下没他不知道的，没谁比他更聪明了。其实，让我说，人家也没想弄死他，只不过合起伙来整他，吓唬吓唬吧？你们不知道，纪总这人，色厉内荏，胆子小极了，早晚给吓死。"

"这些人怎么吓唬他？给他打电话？"

"也有去办公室找的，都是厂家的业务员。今天这个打，明天那个打。今天这个找，明天那个找，不停地骚扰他。要还钱的，要道歉的，还有人要公开他的'罪行'，让他重新做人的。"

"真有人说要弄死他？"老赵问。

"他是这么说，我没听见。我觉得，他是被吓破了胆，神经了。他敲人家钱，也是单位出，又不是业务员自己掏，哪个业务员犯得上搞死他？厂家也不是出不起那一两万块钱。再多，十万到头了吧？为这么点钱杀个人？看不出哪儿划算来，说说罢了。"

"那你觉得他的死跟谁有关呢？"

"不知道。他不是自杀吗？"

老赵和小李都有点听愣了。老赵问："你怎么知道他是自杀的？"

"小夏和小玲都这么说。他不是自己打自己脑袋一枪吗？"

明白了，以讹传讹对警察来说，还是好理解的。老赵告诉他："不是自杀，他手里的枪是把玩具枪。"

一对小眼睛玩了命地要睁大，继而，脑袋像乌龟似的探向前方，眉头紧皱，嘴巴还张得大大的，转着眼珠子叹道："行为艺术！不会是做给什么人看的吧？"

"有可能。"老赵回道。

程总想了想，再度感叹："也太狠了吧？这得多大仇恨？"

小李笑问："不是做给你看的吧？"

"跟我能有什么关系？我就是个打工的。"笑容明显地僵硬，但休想逃过警察的眼睛。

"程总，我们是人民警察，是保护人民的。你给他打工，就指定帮他干过些什么。我们早一天破了案，你不也早一天安全吗？"老赵问。

程总又一次摘下眼镜，折回眼镜腿，拿在手里。他低着头，想了想说："老王的电动车是我砸碎的，打老王的人是我找的。张秀莲请的律师是我给钱要他别干的，她家的锁眼是我堵的……别的……我就没干过了。纪总还没坏到头顶长疮，脚底流脓的程度，是吧？"

"是，挺好一人。"小李说。

"好？好在哪里？"程总知道他话里有话，但话里的话是什么意思，他就猜不着了。

"好就好在死得早，"小李做出解释，"这一死，房子归了老婆，老婆也不用请律师起诉离婚了。老王有了孩子，有了心上人，再不用陪着喝酒，下象棋了。吴工总算有了签字权，不用再听他吆五喝六了。魏老板赚了钱都是自己的，老公也不用吃醋了。程总您呢，两个公司……"

程总本来听得津津有味，一听到还和自己有关，忙打断他说："您放心，一个都归不了我，我也没那本事管。法人是他爹他妈，十有八九得归他姐，跟我们这些人都没关系。他死，别人都能落着好处，我们仨，至少到现在，还没看出来。"

"为什么说不归他老婆呢？"老赵问。

"啥？公司？他老婆我见过，还没结婚就见过。普普通通，就是一个想安安稳稳过日子的女人，一点野心没有。跟他姐两种人，差远了。"

"见过他姐？"

"见过，一起吃过饭。"

"为什么？"

"纪总想把他代理的断路器做进华北电网公司，就把他姐搬了出来。他姐还是很给面子的。"

"他姐也有公司？"老赵问。

"那我不清楚。我只知道，纪总在电力圈是呼风唤雨的人物，我说的是女纪总……"

"活着的那个。"小李补充道。

"是，活着的。好些人不给她老公面子，也得给她面子。"

"你们公司营业额多少？"老赵问。

"俩公司加一块，一年五百多万吧。利润能占三四成。"

"在电力圈呼风唤雨的人物会看上这点儿钱？"

"谁知道呢，希望她看得上吧？看得上，好歹我们仨还能接着干，还能有口饭吃。"

"我们查查账，不介意吧？"老赵又问。

"怎么敢？不介意，一点不介意。我就是个看摊儿的，给谁看不是看？"一笑，笑得超然。

听老方一说，老赵就断言，纪祥云的姐姐是一定会接管他的公司的。很可能，纪的房子也不会全归他老婆。如此看来，他的死，最合适的就是他姐姐了。但照程总的说法，凶手极有可能是出自被敲诈的业务员们。可怎么算都不对，弄死纪祥云对他们有什么好处吗？最不占便宜的就是这帮人了。一库管的死活，跟这些人能有什么关系？被敲诈的钱又不用他们出，犯不上啊！

午饭前，小武汇报：纪祥云被杀当天下午的三点十分，接过一个电话。机主姓孙，是天下通衢的业务员，当然，现在都叫营销经理。

程总给了老赵一张表，所有作弄过纪祥云的业务员都在表上，有单位，有电话，有的有名，有的没名，但姓是都有的。其中，大道之行的"杨工"是唯一字体加粗的，程总说，这是领头的。老赵上看下看，找不着孙工，天下通衢也没找着。他怕自己眼花看不见，给小李，小李也没多出两只眼来，一张 A4 纸，就六行，六个业务员，要有，一只眼也看得见。

自纪祥云任库管以来，给大城县供电公司供过货的，一百多家，货款过百万的也有二十多家，包括天下通衢和表格上的这六家。

天下通衢在廊坊，国企，是当地数一数二的电气公司，有七十多年历史。解放前生产电线、开关，五十年代开始做电表，公私合营后主营变压器。二十世纪八十年代，他们成功仿制了ABB公司的电气保护，人民大会堂都用过他们的设备。从那之后，天下通衢便成为国内生产电气保护最好的企业。以前一直在北京，九几年搬到廊坊。来廊坊之前，公司的总工就跟书记闹翻了，另起炉灶，取名大道之行。短短几年，产值就超过了天下通衢。天下通衢到了廊坊之后，大道之行也落户廊坊。

天下通衢虽已不复当年，可毕竟是华电旗下的上市公司，加上政府的大力支持，依旧是国内电气领域的知名企业。

至于大道之行，别看是家民企，可是当之无愧的业界翘楚。同样是上市公司，仨天下通衢也干不过一个大道之行。大道之行的老板叫齐朝阳，曾经是天下通衢的总工，正经的发明达人，科技论文也没少发，没听说抄谁的。还是个微博大V，好聊个经管心得，看了好书也爱分享，出国有点感触也要图文并茂地抒发一下，是个好逗别人开心，又开得起玩笑的小老头。江湖上流传着不少他的段子，个个笑破肚皮。不管你是不是电力行的，你可以不知道大道之行，但要没听过齐朝阳的大名，那就等着欣赏讥讽的眼光吧！

小李先打杨工电话，对方告诉他："您拨打的电话已关机。"

空气开始紧张了起来。

小李又拨了孙工电话，电话很快接通，小李问："您是天下通衢的孙工？"

对方回道："是我。哪位？"已坐上氢气球的小心脏们又稍稍向地面下降了些，但依旧紧张，保持着职业的机警。

小李告诉他，他是大城县公安局的，又报上自己名字、警号和职务，问他认不认识大城县供电公司的仓库管理员纪祥云。

对方回答："认识。咋了？"

"您五月二十二号那天，有没有跟他通过电话？"小李问。

"五月二十二号？"

"就是上周四。"小李提醒他。

"通过，我还去找过他呢。"略加思考后回答。可以明显察觉到对方的疑惑。

"找他做什么？"小李紧接着问。

"找他签字，他不签字没法结账。"回答得迅速，没一点迟疑。

"签了吗？"

"签了。"

"签了之后呢？"

"之后我就走了。"

"纪祥云也走了？"

"他没走。"

老赵向小李竖起大拇指。

"你走后，屋里还有别人吗？"

"没有。"

"他在哪里给你签的字？"

"老仓库二楼，他办公室里。"

"你走时，几点了？"

"三点半找的他，走的时候……差不多四点了。"

"他又敲诈你了？"

"这王八蛋！不干点儿头顶长疮，脚底流肿的坏事能叫过日子吗？不过，大哥，能告诉我出什么事了吗？这搞得我七上八下的，心脏受不了啊！"

小李看向老赵，老赵点头示意，小李说："五月二十二日的下午，纪祥云在他的办公室里，被人一枪爆头。"

"我的妈呀！还有这种事？哇！太……不是我干的，我可干不了这种事！你们不会怀疑是我干的吧？"音量明显增大，语速也快了一倍，想必血液流速也快了不少。

"没说是您干的，紧张什么？"

"能不紧张吗？你都说他是当天下午死的了，弄不好我前脚一走，他就……"

"现在哪里？"

"什么哪里？"

"我问，您现在人在哪里？"

"廊坊。"

"发个地址给我，我们去找你。"

"……"

"没别的，了解了解案情。"

"不紧张，这有什么可紧张的？人又不是我杀的……"

挂了电话，小李问老赵："我说他紧张了吗？"

当真见了面，小李提出要采指纹时，孙工惊问："不还是怀疑我吗？"

8. 保 罗

一看相貌和身材，就知道孙工有四十开外。膀大腰圆，白白胖胖，留着那个年纪的人才会留的小平头。鼻梁上架着无框眼镜，想必价格不菲。红蓝相间的小方格半袖衬衫，浅黄的休闲长裤，裤角还规规矩矩地挽起一截。脚蹬一双闪亮的棕色硬皮尖头鞋，摆明了告诉你：我是一个生活得不错又硬气的好汉。只是，那身怀六甲，大仲马式的肚子是无论如何也遮挡不住的，再精致的剪裁也无济于事，还是来双人字拖更般配些。

孙工是个老业务，一年前升的营销部主任。会面约在公司，为示清白，也为显得消息灵通，工作到位，通过他的嘴，同事们都知道了纪工之死。还有同事说："问警察谁干的，再问问领导，能给凶手发点奖金吗？"所以，老赵和小李一来，人们纷纷侧目，窃窃私语。

孙工告诉老赵和小李，天下通衢被纪祥云前前后后敲诈的钱有十多万。他和公司副总为这事还请电网公司的朋友吃过饭，那人明说，这事他办不了。不过，给的茶叶还是收了，因为他给出了主意：下次价格报高点儿，都是朋友，该你中的还让你中，那点钱不就出来了吗？何苦为这点事着急上火呢？

朋友够朋友，也够级别。之后的标虽然抬高了报价，但大多还是中了的。

只是，五月二十二号那天，很意外。照过去那算法，三十万的合同，指定被敲走一万多，都不用废话，给钱就行，给够了指定给你签字。可这次，纪工只要五千块钱。孙工还以为听错了，又不敢问，其实包里是装着一万五的。那感觉，疑惑大过开心，走在半道上，老想给纪工打个电话，问他是不是算错了。到现在，孙工也搞不懂为什么只要了五千块钱，要一万都觉得占了便宜，还五千？

他回来跟领导说，领导还后怕，怕纪工一时犯迷糊，醒过味来要他们加倍奉还。

小李问孙工，为什么要把剩下那一万交还财务，搁别人不就咪了？

孙工反问："那我不就成纪工了吗？"

小李自叹庸俗，还是问个正经的吧："认识大道之行的杨工吗？"

"杨保罗？哥们儿！还一起喝过酒呢。怎么，你们怀疑他？"

小李不禁和他师傅互换了个眼神，又问："五月二十二号那天下午，你俩通过电话，还是见过面？"

孙工明显地迟疑了。想得越久坐得越实，还是直说了吧："没见面，但通过电话。"

"他跟你说什么了？"小李问。

"我之前跟他说过要去大城，他问我几点去，我还以为他要请饭呢。结果他跟我说，他不在大城，过两天才去，还问我能在大城待几天。一小县城，我待那儿干吗？一出纪工办公室，我就走了。"

来廊坊之前，小武给大道之行打过电话。电话转到营销部，是一个女的接的，听声音像个年轻小姑娘，说杨保罗辞职了。很明显，她并不愿接这通电话，所以当小武问她，杨保罗为什么辞职时，她说不知道。小武认为她是故意不说的，俩人越说越恼。最后，小姑娘声调不高不低地回道："我们都知道大城县供电公司仓库的库管死了。死就死了吧，死了就去埋，找火葬场，找坟地，找杨保罗干吗？你警察了不起？还有我清楚吗？你清楚吗？你清楚什么呀，小丫头片子！"说完就摔了电话。小武难以置信，居然还敢挂警察电话？这也说明，她干警察的年岁还少。

尽管这个小姑娘的态度非常对抗，但毕竟透露了杨保罗辞职的信息。所以，小李问孙工："知道杨保罗辞职了吗？"

没想到，孙工不仅知道他辞职了，还知道他为什么辞职。

杨保罗不止跟一个人讲过，他为什么辞职。为什么？为了纪工。

孙工认为，杨保罗读书太多，把脑子读坏了。辞职居然是为了让纪工还钱，可能吗？再说了，那钱是你的吗？轮得着你要吗？你要得着吗？

"那天，他给我打电话，我问他要来钱了吗。他说，连根烟都没要来。我说什么来着？不听啊！"

"他有没有拉你入伙？"

孙工没想到小李会问他这问题，心中一定感叹：知道的可真不少！回道："煽呼我了，我没听他的。"

"怎么煽呼你的？"老赵问。

"他跟我大讲什么叫社会的合理性。我们每一个人怎么做，做什么，这个社会才是合理的。"明显不想细说。

"杨保罗是他真名吗？"老赵又问。

"不是，他本名叫什么，我还真没记住。姓杨没错，保罗是他单位的卢大山给起的。保罗好看书，还老爱看个《圣经》什么的，卢大山就管他叫保罗了。"

"基督徒？"小李问。

"什么徒都不是。"

"能简单描述下这人吗？"老赵说。

"相貌？"

"人。"

"挺正直的，正派，人不错，也很聪明。"

"五月二十二号之后，你们又联系了吗？"老赵问。

"没有。"

程总给的表没有错，两个半月的时间里，表上的六个人没少给纪祥云打电话。尤其杨保罗，不仅打的次数多，而且通话时间长。

还有微信，除了杨保罗的没有，那五个人没少发。说的最多的是"还钱"，再就是教纪祥云如何做人。这边是一概不回，那头就开始骂上了。

杨工杨保罗的电话依旧关机，定位都定不到。

那五个人都接了电话，大伙儿分头行动。老赵和小李在廊坊的第二站就是大道之行。

仿真枪上的指纹不是孙工的。

大道之行营销部的副总接见了老赵和小李。别看只是个副总，三十多人的营销部也只有七八个人归他管，还没孙工带的兵多，但领导派头却十足，和老赵握手，只欠欠了屁股，握在老赵手中的手绵软无力，像条刚上岸的死带鱼似的滑腻腻。老赵问起杨保罗，说起大道之行在大城县被敲的竹杠，副总说："杨保罗不归我管，但大城县的事我听说过。好几年了，找了不少人，没一个能管得了的，后来也懒得找了。"

"跟杨保罗熟悉吗？"老赵问。

"怎么不熟悉？一个部门的，老一块儿喝酒。保罗可是好人，一天到晚捧个《圣经》，动不动就'哈利路亚，哈利路亚'的，卢珊珊就给他起名'保罗'。我跟他工作上没什么交集，说他好，也没什么事迹让你们信服。你们可以问问别人，营销部的随便问。"

"谁跟他关系比较好？"老赵又问。

"跟谁关系比较好？卢珊珊！你们可以问问卢珊珊，他俩玩得挺好，一对好基友。"

卢珊珊正是孙工所说的卢大山。

副总亲自给他们带到卢大山的工位，连见多识广的老赵都看傻了，副总的老脸也不知哪里安放了。一位胡子拉碴，头发稀疏的中年胖大叔，正把没穿鞋的脚搭在桌子上。好在脚上还有双袜子，不然那场景简直让人无法直视。此刻，他正盯着电脑看股票 K 线，副总干咳一声，提醒他："卢珊珊，上班炒股？还想不想干啦？"

卢大山的回答堪称绝妙："看好了，602268，炒自己公司的股票不算炒股吧？"说话间，他把脚从桌子上拿了下来，伸进了凳子下面的鞋里。

"打小语文就不及格？炒自己公司的股票不算炒股，算炒菜？"

"怎么能算炒菜呢？"他站了起来，嘴还不闲着，"融资啊！用真金白银为自己公司疯狂打 call，还有什么比这更忠心的？"

"瞧能得你！不就几张 602268 的股票吗，我也有。行了，不说这个了，这是……"

副总给他们介绍完，建议他们去会议室聊，卢工立刻说是个好主意，比当年齐总离开天下通衢，创立大道之行的主意还要好。副总请他不要马屁拍得这么明目张胆，卢工回道："在这个马屁文化源远流长的国度，身为一位德高望重的领导，怎能没有几个拍马屁的呢？没几个拍马屁的又怎能突显领导的德高望重呢？保罗倒是不拍马屁，怎么样，警察找上门了。"

副总正色道："卢珊珊，别胡说八道！你要误导了警察同志，小心有人撕烂你的嘴！"

卢大山笑着一边拍他肩膀，一边几乎要趴在了他的身上，说："我的马总，紧张了不是？兄弟什么时候让您失望过？放心！"

副总走了，卢大山给老赵和小李带到会议室。落座之后，小李说："卢工，你这，是不是对领导有点不够尊重？"

卢工笑道："他没事老跟我逗，还不让我逗逗他？"

"卢工是有性格的人。"老赵说。

"别！你们穿官靴，戴官帽的什么时候也过年话不离口了？兄弟很不适应！咱们还是捞点干的说吧。保罗跟我关系不错，以我对他的了解，他是不可能杀人的，更不可能杀那个库管员，没道理。"

"为什么这么说？"老赵问。

"放着人品不说，先说钱。大城县最早是我跑的，那时候姓纪的还不是库管，也没人敲你竹杠。很简单，去了就签字，签完就走人，顶多抽根烟。人都很好，没有那歪的斜的。五年前，老库管退了，他来了。我操他那个亲娘，雨下得哗哗的，不让我们司机进场，说他妈没地方。司机给我们仓库的师傅打电话，他发的货嘛，之后又找到我，让我给老库管打电话……这些事你们都听过吧？"

"听过。不过，如果不耽误您时间的话，再说说，我们也乐意听。"老赵说。

卢工的时间还是有点儿的，至少够聊天的。虽然人已经死了，可一说起来，愤恨之情依旧如江水滔天。不过，卢工毕竟是老业务员，惯会察言观色。说到一半，看出小李眼中的困倦，便提出："略过吧。说点儿你们没听过又想知道的，好吧？"见二位没反对，便接着说："我实在是让这破事儿给折腾得受不了，就让保罗去处理一下。之前，这些事他就知道，别人也知道，但求别人，别人肯定不去，跟他一说，他就答应了。由此可见，这个人的人品，我说的是保罗。保罗这名是我给他起的，以前他一天到晚抱着本《新约》……"

"信徒？"小李希望再确认一遍。

"一点宗教信仰没有，《金刚经》还看呢。"

"他接了之后呢？"

"他脾气非常好，也很有想法，愿意跟姓纪的磨。也不怕耽误时间，就住在大城，随时准备和他周旋。我跟他说过，这对姓纪的没用，跟一个不尊重道德，连法律都不在乎的人玩这个，玩不下去。只能玩得你自己都不好意思了,还得照他那个路子来。因为，权力那东西在他手里，你手里屁都没有，没得玩。结果怎样？不还得给他钱吗？"

"给了多少？"

"保罗给我算过，前前后后，十多万。"

"算得一清二楚？"老赵问。

"这么说吧，我不信我老婆的，也不会不信保罗的。他给过我一个表，一笔笔账，记得非常清楚。我们财务这也有一份,想看,我回头发你们。不怕你们误会，保罗跟我说起过纪工，他说，'这杂种这么祸害我们，给公司造成了损失，我们这些人是有责任的。

责任再小也是责任。'他说的。"

那一刻，小李有种想看一眼杨保罗照片的冲动，不仅强烈，且久久难平。要不是看他师傅不动声色，他真想张那嘴。事后，他跟师傅说起当时的想法，老赵说，他那会儿也突然有种想一睹真容的冲动。可为什么没张嘴呢？没别的，就是觉得那样做太傻。当然，没说那话还有一原因，他正端详卢大山呢。

卢大山的胖是种匀称且不臃肿的胖，肚子稍稍有些肉，脸蛋子圆圆的，标准的工作稳定，家庭和睦相。看脸好像还不到四十，但头发却稀疏的像个老头，在头皮上画了幅地图，都能一目了然地分清哪儿是山川，哪儿是河流。穿着随意，从头到脚都是打超市买的，但手腕上的天梭表少说也得五六千。手机是华为的最新款，比手表还要贵一千多。浑身上下透着一种不紧不慢的随意和从容。从他敢跟老马没大没小又收放自如的调侃中可以看出，这是个有业绩，有地位的老业务。这种老油条，别说在单位看Ｋ线了，就是看毛片，领导也得两眼一闭，两手一摊，没事儿人似的走过去。

老赵问："他业务怎样？"

"挺好，一年挣个二十来万没问题。"

"比你怎么样？"老赵早就想问这个问题。

卢工一笑，说："我比他多。"

这让老赵和小李不免心生嫉妒，尤其小李。

"他为什么辞职？"老赵问。

卢工又笑了，说："保罗，是个好兄弟。非常聪明，至少比我聪明。而且，特别有意思，你要见了就知道了，不过，得处一段儿，他话不多。话不多，想法多，想干的事也挺多，但在这儿，他不是太爱干。要是真肯干，得比我挣得多。过去，他自己有个小公司，买卖干赔了，就来我们这儿了，干了也得有四、五年了……"说到这，他又掐着指头算了算，然后纠正道："是五年多了。我问过他，辞职干吗去？他说，要钱去！"

"跟谁要？"

"现在死了的那个库管。"知道姓纪偏不说，而且，表情平静得像一面湖水。

"要来了吗？"老赵又问。

"我跟他说了，要不来。不听我的，非去。后来，给他打过电话，他说，"一笑，"连根烟都没要来。但不管怎么说，这个人很有意思。"

"没意思人也拉不出那橛子屎！"老赵点评。

"是，我就拉不出来。"卢大山老老实实承认。

"纪祥云死后，你们又联系了？"老赵紧接着问。

"纪工的死就是他告诉我的。我问谁杀的，他说他也不知道。他还跟我说，很有可能，你们会来找他。如果先找到我，他让我转告你们，他真不知道谁是凶手，还让我劝你们，别在他身上耽误时间。"

"他还说什么了？"老赵虽依旧平静，但小李知道，他一直没有放过任何可能的信息。

"我问他什么时候回来，他说，他有工作要做，不回来，而且，手机也不会开。我问他什么时候王者归来，他说他也不知道。我问他什么工作，他也不告诉我，说要给我个惊喜。我这不就等着呢。"

"跟案子有关？"小李问。

"不知道。人家不说，还问什么呢？当然，你们不一样，你们比我想知道。"

老赵没了话，看来，来大道之行的工作算是告一段落了。小李便问："有杨保罗的照片吗？"卢大山拿起手机，皱着眉头，飞快地向上推着屏幕，不多会儿，手指停住了。转过手机——两个男人站在一栋老楼的楼下，一个是卢大山，想必旁边那位就是保罗了。老赵和小李都凑了过来，卢大山把保罗放大，占满整个屏幕。好手机，看得不能再清楚了。老赵赞道："像棵杨树。他真名叫什么？"

"杨保民。"

各路人马都班师回朝了。名单里的六位业务员，除了保罗，都见了面。保罗是发起人，千真万确，主意大多是他出的，丝毫不假。六个人里，四个换了单位，算上杨保罗自己，就是五个，剩下那位没换单位，但换了片区。这五位都知道，他们的行为是违法的，但没一个人后悔。他们干这事有两个目的：一是为了要钱，二是为了往后不再被敲诈，在纪工这儿。他们当然想不到纪工会以死亡的方式帮助他们达成了第二个目的，他们没人干得了这买卖，相信保罗也没这么脑残。

至于杨保罗为什么杳无音信，他们也说不清楚，但也绝不会因此就怀疑保罗，也不认为保罗利用了他们。提起杨保罗，他们几乎都一个口气——保罗？我兄弟！

他们也想不到凶手会是谁，可既然是横竖也教不好了，死就死了吧！

小武给近三个月来找纪祥云结过账的业务员都打了电话。根据她的统计，近一个月来，纪祥云给十多个业务员打了半价，还有两个没要钱，是合同金额都不足十万块钱那种。至于为什么少收，还是不要了，没人问过，也没人能说得清。

五月二十二号那天下午，杨保罗为什么要给孙工打电话？孙工走后，杨保罗有没有去找纪祥云？玩具枪是不是他留下的？纪祥云身上没发现一分钱现金，那钱是不是杨保罗拿走了？

"拿走钱的一定是凶手吗？"老方问。

"要不是凶手，谁能拿走他钱呢？"老赵问。

"有没有可能存银行了？"小李问。

"不可能。"小武说。

"为什么这么说？"老赵问。

"因为当天，他所有的银行卡都没有进账。我查过。"小武说。

"干得漂亮！我就说比你强吧？"老赵瞥了一眼小李。

"也可能存别人卡里了。"小李狡黠地一笑。

"这也可以查。离他们仓库最近的是工行，我现在就问。"

小武说。

说干就干，小武用专线打过去。不出两分钟，工行给了回复：至少两个月内，纪祥云没去转过账，不管现金还是银行卡，无论柜台还是网上，都没有。

小武问："我再查查别的银行？"

"近的不去，还能去远的？真要去了，再赶回来等死？够时间吗？这么进进出出的，就没人看见？"老方连问道。

"我觉得仓库那帮人不地道，没有一个说实话的。"小李说。

"怎么讲？"老方问。

"孙工来了又走，没一个人看见。之前就问过，没一个说看见的。纪祥云的办公室不管去了谁，他们一概看不见。孙工四点走，凶手很可能没过多会儿就到了，这样，纪才没有机会走，才没把钱存银行。这么说，那天下午至少有两个人去过他办公室，可就是没人看见，是不是值得怀疑？"小李分析。

"也有可能就去了一人。"小武说。

"你说孙工是凶手？"小李问。

"正因为他是凶手，所以死者兜里没钱。"小武说。

"不管怎么说，这些人就是不希望我们找到凶手。他们在道义上站在凶手一边，甚至有可能还认识凶手，跟凶手是熟人。"老方说。

"老王迟迟不装监控，不会是在为凶手铺路吧？"小武猜测。

"照你们这么分析，这案子没法破了。"老赵貌似不太满意他们的态度。

"师傅,您别说,出现场那天我就有这感觉,感觉没人想帮你。小秘书那态度,那语气,多有代表性。"

"没错,在这些人看来,他的死,大快人心。"老方说。

小武也在默默点头。

"但是他罪不至死,对吧?不管是敲人竹杠,还是赖着不离婚,还是狂放无礼,还是行贿受贿,还是其他乱七八糟……如果为这么点事杀人,那人心也太恶了。"老赵说完,观察着每个人的表情。

"老赵,那你有没有想过,如果确实是为这些事杀人,那他们为什么要杀人?要知道,他们也是尝试过的,可是,通过合理合法的手段不是没解决问题吗?"老方反问。

"所以就用非法手段?"老赵开始有些不高兴了,只是,他还不知道该生谁的气。当然,他很快就明白了老方的话,指着老方说:"你说得对。是人就会这么想问题,尤其中国人。"

"咱不埋汰中国人好吗?哪国人不一样?石头挡路上,搬又搬不走,关键是不让搬,好吧,只有砸碎!"老方似乎有点义愤填膺。

老赵盯着窗外,看着路上的车来车往,看天上的云淡风轻。什么时候站在窗前,都是一样的风景,但心情,常常是不一样的。

小李看一眼老赵的背影,说:"不管怎么说,杀人是不对的。"似是一句毫无意义的废话。

"是,努把力!不过,我看,咱们这案子就是破不了,也不会有人着急。"老赵继续看着窗外的车水马龙,一点没有转回身的意思。他再次被习以为常的挫败感所控制，一动不动。当警察就得习惯这些，有些案子你一辈子也破不了，不服气是没有用的。更有甚者，有些东西你明知是不对的，却一辈子也改变不了。

9. 无人问津

纪祥云的公司现金支出频繁，用来做账的多是餐费和办公用品发票。小武问程总，程总很坦诚：想赚钱，总要给领导好处吧？他还说，纪总纪女士来找过他，因为法人是她爹妈，所以，两个公司还是姓纪的。女纪总交代，公司还是由他管，所有的业务继续。他也问过张秀莲，她对公司的前途一点不关心。

小武问："给你们涨工资了？"

"涨了，年底分红也多了。"

小武想问他，那些钱都贿赂了谁，犹豫了一番，还是问了。他说不知道，这种事都是纪祥云一个人办的，他不用任何人插手。这种回答也正是她所预料的，就算他知道，也不会告诉她。可她没有预料到的是，他居然告诉她，女纪总跟张秀莲谈过了，只答应给她大城县一处房产，也就是她正在住的那处。越野车和摩托车也可以给她，但大城之外的房产就别想了。张秀莲并没有答应，但也没不答应，只是给了她一个律师的电话，让她跟自己的律师联系。张秀莲的态度让她的大姑姐，或者得说是她的前大姑姐很不满，她要他去跟张秀莲讲，要她知道，她拿到的已经不少了。小武问。"你去找张秀莲了？"

"去了。"

"她怎么说？"

"她给我打了个八折。我要带老婆孩子去丽江玩一趟。现在的纪总要我说的话我也说了，怎么办是他们的事，我可管不着。"

小武问老赵，要不要查封纪祥云的公司，行贿可是犯罪。老赵说："经侦的事，咱们还是少插手的好。"

老方说："让我说，这只能算违规。哪家公司不行贿？不行贿你干得下去吗？能接着单吗？封什么封？你封得着吗？"

小武向老方表示了钦佩之后，老赵带大家又回到了案子上。他认为，纪女士很可能还找过魏晓荷。老方也说有可能。一问，果然。

魏晓荷说，纪女士去店里找过她，说可以把纪祥云的哈雷车给她，但理发店的股份她要占一半。纪女士还说，如果这店干得好，她要在廊坊再开一家，将来还可以开到北京。她管投资，魏老板管经营，一样分钱。魏晓荷说她要考虑考虑，纪女士却不认为她有什么好考虑的，本来就是他们纪家的产业，都给你一半了，还嫌少？可是，你权力再大，大到不让人说话，却总不能禁止人思考吧？当魏晓荷一言不发地看着她，她也只好起身离开。墙上挂着营业执照，上头有名字，姓魏。

她问老赵，老赵不建议她给。作为一个办案人员，照理说，是不该给人瞎出主意的。他却说："要分钱也是跟纪祥云的老婆分，跟她分得着吗？"

魏晓荷为此拜访了张秀莲。张秀莲表示，她一个子儿不要，摩托车也不要。

这反倒令老赵起了疑心：这俩人不会以前就认识吧？也太大方了？怎么有种分赃的味道？另外，他给魏晓荷出主意，是有算计的。他认为，纪祥云的姐姐是个搅屎棍子，只有让她多搅和搅和，才能搅出点事端来。各方矛盾一激化，大幕撕开，真相才有可能露出来。

再见吴工，他已搬到了纪工的办公室，老冯和老刘也在。冯工的椅子上靠着把拐杖，正透过老花镜一会儿盯着电脑屏幕，一会儿看看桌子上的笔记本，狂练一指禅。刘工拿着个卷尺跑进跑出地挺忙活，一点也看不出有病的样子。吴工告诉老赵，下个月就搬家了，搬到正义路去，现在正在清点库存。能要的就要，不要的就卖，整个楼要重新装修，连三楼的宿舍都要重装。

"既然要搬家，为什么还要多此一举地搬到纪工的办公室里呢？"老赵问。

"是他俩要搬的，非搬不可，怕纪工阴魂不散，说要来给他镇镇。装完了还搬回来，还是这间。"

老赵问吴工，是否认得杨保罗。吴工没说话，老冯却替他回答了，说这院儿里没有不认得杨工的。还有，他下个月要去北京积水潭医院做手术，大夫就是杨保罗帮他联系的。他还说，之前去北京做检查，保罗没少跑前跑后地忙乎，又当司机，又当保姆。而且，带他去积水潭瞧腿还是保罗主动提出来的。这说明什么？人善良，见不得有人受苦遭罪。

老赵不解。既然都要手术了，干吗还要来上班呢？

老冯说："没别的，我是想来看看没有纪工的仓库是个什么样，呼吸两口没有纪工的世界里的空气，给肺和气管一种全新的感受。"

老赵想知道吴工跟杨保罗的关系怎样。吴工回答："良师益友。"

厂家的业务员来供电公司仓库，不为别的，就是来签字的。只要数目对得上，签完就走。多数业务员只认得库管，少数几个也认得主任。可像杨保罗这样，上上下下，里里外外都熟悉的，就他一个。

自从吴工知道了纪工敲诈乙方，他就格外留意那些业务员们，打心眼里同情他们，但也爱莫能助。杨保罗一来，他就注意到了。这个人，跟别的业务员没啥两样，不对，不是没啥两样，是比他们还会来事，对纪工极尽巴结奉承之能事。那天下午，保罗走出纪工办公室时，吴工正好要回自己办公室。迎面相遇，只看一眼对方的表情就知道，纪工又得逞了。本来，吴工是有些看不起他的，可一见他那表情，突然很想安慰他两句，可又不知说什么。保罗看出了他的意思，冲他哑然一笑，擦肩而过。

　　吴工没想到，下了班，这个他连名字都叫不上来的业务员会请他吃饭，还知道他姓吴。他不想让他破费，也不知道能帮上他什么，可这人却说："不破费，能报销。关键是，您能帮上我。"他太想知道他能帮上他什么了。

　　接了名片才知道，此人姓杨名保民，大道之行。他管他叫杨工，他阻止了，说，人人都叫我保罗，您也叫我保罗就行。吴工认得卢工，问卢工为什么不来，杨工说："卢工想多活两年。"

　　那问题来了，您就不想多活两年了？

　　保罗回答："我是来解决问题的。解决了问题，可以让大家都多活两年。"

　　包间里一落座，保罗就开门见山地问吴工，纪工敲诈了他们公司三万多块钱，有什么方法可以阻止这种犯罪行为吗？

　　这已经不是第一次有业务员跟他说这事了，但请他吃饭，还这么高档的餐厅，头一回。他心想：这哥们是不脑子不正常？

　　毕竟头一次见面，吴工摸不清底细，不敢贸然发言。保罗见他不说话，便说："纪工这种人，不多见。很明显，您跟他不是一路人。"

　　保罗把他们公司被纪工敲诈的经过讲给吴工听，问吴工是否听说过这样的事，发生在纪工身上的。吴工没办法否认。保罗毫不客气地把纪工定义为坏人，吴工同样没办法否认。那么，面对这么一个坏人，我们什么都不做，任由他坏下去，我们这些人将何处存身？我们又是好还是坏呢？

　　吴工问他，知道纪工是谁吗？他说不。吴工于是把纪工的姐夫是谁，姐姐又是谁，一股脑儿地告诉了他。

之后就是闲聊了。很快，吴工就发现，这个杨保罗，不是脑子有病，而是脑子的结构跟别人不一样。

果然是做业务的，保罗没几天就跟仓库这帮人混得厮熟，吴工确有引见之功。

虽然混得熟，大家也都喜欢他，可纪工要的钱一分没少给。好像他也无所谓，每次见纪工都有说有笑，熟络得很，亲热得紧。

吴工又看不惯了。保罗在他心目中的分数都低出了及格线，就这种人还有脸叫保罗？还好意思跟人大谈普希金？可后来发生的事，令他大跌眼镜，也给他好生上了一课。想认识一个人，没那么容易。

发生了什么呢？杨保罗辞职了，辞职还不只为要钱，还要纪工老老实实做人，保证日后不再敲诈别人，这就不是一般人能干得出来的了。多少人笑他痴心妄想，他却非要一试身手。这种人，你就忍不住对他寄予希望。

老冯却大不以为然，因为这正说明一个问题：保罗这人太幼稚。他始终都没认识到一个东西——权力。纪工是手握权力的人，又有后台。他不想和你谈，你谈什么都没用。

吴工冷笑道："保罗不是认识不到权力这东西，而是要做一番尝试，看看我们是不是可以通过讲道理的方式限制住权力。"

"权力怎么可能靠讲道理限制得住呢？"老冯问。

"靠什么限制？"吴工问。

"跟保罗一样幼稚。权力限制权力！你手中没权力，谁跟你讲道理？纪工就是大权独揽之人，他需要跟你讲道理吗？袁世凯就是袁世凯，他需要和你一平头老百姓讲道理吗？"老冯问。

吴工一时无话，过了半天才说："你太小看保罗了。"

老冯不说话了。就像一个退休老干部面对一群追星族的狂热，闭嘴是最好的选择。

老赵又东拉西扯地想挖点线索出来，没想到，老冯突然又开口："赵队长，你是不是怀疑保罗杀了人？"

问得老赵一愣。看来，老冯已忍了好久，终于要一吐为快了。老赵也准备洗耳恭听。

老冯说："保罗就不是那种杀人的人！我看你挺聪明的，干吗老盯着保罗呢？光知道烧香，庙门都拜错了，知道吗？"

敢教警察怎么办案，也真够可以的。老赵一笑，问道："好，冯工，您既然说跟他没关系，那您打个电话给他，问问他，看他怎么说？"

老冯盯着老赵，看了足有十秒钟，老赵一直笑面以对，嘴巴歪歪的。老冯也不说话，掏出手机就打，还摁开免提，盯着屏幕，直到"你所拨打的电话无法接通"才挂断。之后，老冯稍稍发了会呆，很快又找补说："可能手机没电了。没关系，一会儿再打。"

"别费劲了，我们都打了一天了，也没见他开机。"老赵收起他的笑容。

吴工吃惊地看着老赵，再看看老冯，低声问老赵："跑了？"

"不能说跑了,只能说没有出现。"

一转念,吴工的表情又轻松了。他说:"保罗不至于,聪明人不犯那傻。不会是去新疆徒步了吧?"

"有可能。"老冯也说。

"为什么这么说?"老赵问。

"他好徒步,好骑行,好露营。关键是,新疆不是有沙漠吗?沙漠里没信号。"吴工说完,如释重负地一笑,老冯也嘿嘿嘿地附和着。

老赵观察这俩人,也报以礼貌地一笑。随后,他仰面靠在椅背上,又想起小李的话——没人帮你。吴工和冯工的笑容已清清楚楚地告诉了你——我们置身事外,这事儿,跟我们一点关系都没有。

吴工还安慰他说:"杨保罗一定会出现的,放心吧!"

老赵表示感谢,不想再跟他们费啥口舌,就当他们说的都是真的。可实际上呢?两个月前,杨保罗,哦不,杨保民的信用卡突然不用了,至今如此。

一个月过去了,杨保罗一直处于"失联"状态中。人找不到,手机不用,信用卡不刷,酒店不住,车票不买,机票也不买。大伙儿都说,此地无银三百两。

卢大山曾跟他们说,杨保罗是北京人,父母都在北京。从人事部查到他在北京的住址,派人去看了,有一对浙江来的小两口租住着。又去找他父母,老人说,孩子跟他们讲过,去新疆了，可能信号不好，别担心。他们俩真没担心，可那是警察来之前，来过之后，一连好几天夜不能寐。

老王跟唐总离了婚，扭脸就跟张秀莲结了婚。酒席没办，就领了个证，之后也不准备办。张秀莲和纪祥云的孩子上的是供电公司幼儿园，现在都是老王接送。那孩子很喜欢老王，长着眼睛的都看得出来，这爷俩手拉着手，说说笑笑，小家伙一路上连蹦带跳的。

老赵猜想：杨保罗是不是也认得张秀莲？把小武派去，小武不辱使命，回来汇报说，他找过张秀莲，摘环的主意就是他出的。

如此说来，张秀莲能怀上孕，得首先感谢杨保罗啦？怪不得她不好意思跟老王说呢。真要说了，老王会不会一时气愤，把杨保罗给招出来？这杨保罗可真够可以的，这种事也敢掺和？可他偏偏就是掺和了，说明他在这群人心中是有地位的。之前，大家对杨保罗只字不提，不就是在保护他吗？而现在，他们真的就不知道杨保罗的行踪吗？如果他们真知道保罗在哪里，会不会从他们的嘴里套出点蛛丝马迹呢？

老赵又把小李派去唐总那儿。小李回来报告说，杨保罗请唐总喝过酒，唐总能最终放过老王，有杨保罗的功劳。

跟老王离婚这事，别人也劝过她，可她就是不听，为什么偏偏听杨保罗的呢？

老赵以为，保罗请唐总喝酒是纪祥云死后的事，但小李告诉他，是之前。说拿别人的死吓唬人，不是保罗的风格。

唐总说自己是个犟脾气，可为什么和保罗只见一面就听了他的呢？唐总说，她和保罗那叫一见如故。

一见面，保罗就送她八个字：不念旧恶，怨是用希。唐总读书少，不解何意。保罗讲给她听，顺便送上两则历史小故事。可惜，唐总没记住，不然，还可以讲给小李听。随后，保罗明明白白地告诉唐总，她欺骗老王是不对的，还骗了这么多年，更不对了。事实呢？张女士怀上了，正是老王播的种。

注意，张女士怀上孩子以后，最先告知的不是老王。谁是第一个不知道，但保罗肯定排名靠前，甚至无疑是排在老王之前的，并且，很有可能就是第一个。

别人的好消息，在唐总这儿却是个实实在在的打击。不过，保罗却说："对您，何尝不是个好消息呢？"

紧接着，保罗又跟她探讨了一个什么叫幸福的话题。保罗说，如果一个人只想着自己的幸福，那么他是永远也无法真正幸福起来的，或者说，他的幸福指数是极低的。只有当他想到别人的幸福，并且甘愿为别人的幸福而采取行动时，他才可能体会到什么叫幸福。

临走，小李问唐总，跟保罗近来有联系吗？

唐总问："找着保罗就能找到凶手？找着凶手又能怎么着？惩恶扬善？要不能惩恶扬善，你们警察忙乎啥呢？"

这话老赵可不是一般的不爱听，但你不爱听又如何？连小李都要问："师傅，你现在还那么迫切地想知道谁是凶手吗？"

"啥意思？"

"我不知道你，反正现在我，"摇了摇头，"无所谓。这案子挺有意思，我也愿意琢磨琢磨。但至于谁是凶手，我还真无大所谓。反正姓纪的一死，大家都挺开心，过得一天比一天好，这不就完了吗？人类的奋斗不就是想让这世界越来越好吗？好不就可以了吗？就像推动地球旋转的那个人一样，我们一定要把他找出来吗？知道地球会转，还转得不错就行了呗。"

"懈怠了？"

"说不上来。不瞒您说，师傅，好些同事都有我这想法。"

"怪不得我也浑身没劲，原来是被你们传染了。"

面对这样的回答，小李只好找个耳机听音乐了。

老赵又去问过魏晓荷，魏晓荷说，她不认得杨保罗，也没谁找过她。另外，她跟老赵说，她没答应纪女士的合作要求。既然纪祥云已死，店就是她自己的了，和别人没关系。而且，哈雷车也留下了，那是张女士同意的。纪女士要跟她法庭见，挺好。法庭见，看你有什么值钱的货能拿得出手。

老郑早就找到了新房，搬了家。说不介意老婆跟纪祥云的往事，谁信呢？

老赵还想跟纪女士见一面，被老方拦住了。老方说："家属都不上心，你着哪门子急？她弟弟死后，就来一回，再往后，连个电话都没有。你去找人家，人家不嫌你烦？别说他家人了，别人也一样。你见谁来问过你？我还以为供电公司会有人过问呢，也没有。什么局面？皆大欢喜！电视剧里死个人还有人叨叨两句呢，可在这姓纪的这儿，除了咱们几个，还有人关心吗？"

老赵也觉得老方言之有理。其实，还是有人关心的，只不过他们不知道罢了。

局长从石家庄开会回来，问老赵案件有何进展。老赵表情呆滞得像只撅嘴巴大头鱼，回复说："毫无进展。"

局长给他递上茶，宽慰道："没进展就没进展，没人追究。我也打听了，高战天不是什么好人，养着个小情妇，小他十多岁。还给他生了个闺女，也在北京。"

"他老婆知道？"

"不清楚。听说他老婆在外头也有人，随便得很。"

"那还过个什么劲？"

"这你就不懂了。跟他老婆离了，他还是局长吗？一个好干部家庭怎么会不和睦呢？还想不想升职了？他老婆也不会跟他离，离了还是局长夫人吗？生意还做不做了？也不是不能做，但肯定大不如前吧？"

"有道理，能爬这么高的人怎么能连个冲出家门，追求性福的老婆都忍不了呢？"

"说对了。这个纪女士是歌舞团出身，能歌善舞，后来去的电力公司。她认识不少领导，酒量过人，麻将打得也出神入化，想点谁的炮就点谁的炮，一点一个准。没有个这样的能人老婆，他姓高的能爬这么高？依我看，将来想高升，也还得靠老婆。"

"对他们来说，纪祥云的案子破不破无所谓，只要不闹出大动静来，最好能悄没声地过去……"

"那是最好。谁家出了这种事不着心急火燎，上蹿下跳？可他们家呢？所以，甭着急，尽心尽力了就行了。就像那河里的死尸，哪年不漂到咱们县几个，有几个能破得了案的？又有几个有人来认领？"

是，一年入室盗窃的还好几十起呢，能破的又有几个？

技术组不再监听了，一句管用的没有。在供电公司，纪祥云也不是全然被忘怀，但提起的多是工作。当他曾经的工作全部被吴工接手又理顺后，再提起他的名字，大家不是嘲笑，就是期待他姐夫、姐姐倒大霉。房子、孩子的事办妥之后，老王和张秀莲也渐渐不再说他了。只是孩子有些可怜，张秀莲不想糊弄他，就跟他言简意赅地实话实说了。孩子搞不懂什么叫死了，也不知道什么叫敲竹杠，不知是因为伤心还是害怕，哭了一小会儿。后来，又因为一块巧克力的出现而告别了眼泪，转而关心起了幼儿园的小朋友。

跑去北京和廊坊蹲守的兄弟们早回来了，连个影儿都没见着，何苦耽误工夫呢？

老赵坚信，只要保罗没死，他早晚得出现。所以，也不必要大费周章了。小李问，要不要监听杨保罗父母，他别人不理，总得给自己爹妈打个电话吧？老赵不想费这劲，异地办案，又要动用北京的警察，没多大把握还是算了吧。就算监听了，他不跟他爹妈说实话，不也一样用处不大吗？最重要的是，老赵越发觉得，就算将来杨保罗现身了，这案子也是一样的希望渺茫。杨保罗跟凶手有什么关系？你怎么知道他掌握关键案情？又有什么证据支持你这么想？他要真是凶手，他会向你自首？所谓希望，不过一厢情愿而已。如此之希望，跟没有又有多大差别？

可后来，杨保罗果然现身了，老赵又重拾希望，且信心满满。这人啊，就是这么奇怪，说变就变。变化之快，自己都诧异。

10. 一本书

半年后，供电公司的老仓库摇身一变，成了足球场。灯光球场，人工草坪。领导本想干成天然草坪来着，可施工单位一再讲，像这种免费的公用场地，实在没必要铺张。维护成本太高，又没有专业人士给你打理，就算铺上了也用不了。老王怀疑他们干不了这技术活，所以才这么说，不过，说的也确实有道理。别看是人工草坪，但足球场绝对标准，还有看台。因场地所限，看台只有一侧，正对着北楼。一共三层，全铺着木板，就像三把叠在一起的长长的连椅。西侧是篮球场、羽毛球场和四个乒乓球台子。足球场外一圈跑道，只有两米半宽，已经是见缝插针了。篮球场、羽毛球场、乒乓球台与足球场之间有铁丝网隔开。两栋老楼也里里外外重装一新，一楼开起体育用品商店、便利店和快餐店。球场向市民免费开放，一天到晚不断人，尤其晚上和周六日，都快装不下了。人们都已忘记这里曾经死过人，那人还被爆了头。老赵和他的兄弟们也早就转战战场了，传销窝子捣毁一个，杀人案破了两起，诈骗团伙端了仨，就没有完成不了的任务，不比听这帮人胡说八道强？

高战天依旧做着他的高官，高夫人依旧是纪总。程总被纪总使唤得团团转，可心情却一点儿不差，说着乐在其中的抱怨话，就像新妇向闺蜜抱怨自己老公夜夜不饶她一样。

老冯做完了手术，又回去上班。大风车灌篮灌不进去，电梯球也踢不出来，但平常走路和上下楼梯，看不出和平常人有什么两样。

张秀莲，如今已是老王媳妇了，挺着个大肚子去上班。老王不是一般紧张，天天开着车接送，开的就是那辆三菱帕杰罗。它曾经的主人叫纪祥云。廊坊和燕郊的房子全在张秀莲手里，大城有一套归了她曾经的大姑姐，因为那套是卖掉纪家的老房子后买的，就是纪祥云和魏晓荷曾经的爱巢。

魏晓荷的生意依旧红火。她老公干得也不错，送外卖。别小看这个送外卖的，可是外卖行里的独一份，至少在大城县，你见过谁开着哈雷送外卖的？

吴工不晨跑了，改踢球了。踢得虽然不咋样，却偏偏上瘾得很。知道小李没结婚，又没女朋友，上学时还正经踢得不错，就拉着他一起。小李喜欢踢球不假，但时间却没吴工富余，吴工请了他好几回都没去。最后，吴工说："兄弟，你要来我给看样东西，保你不白来。"

"《兰亭集序》真迹？"

"对你来说，比《兰亭集序》值钱。"小李再问，吴工只好说："跟纪祥云的案子有关，关子只能卖到这儿了。"

被吊起胃口的人大多都不会太高兴，比如小李，他认为吴工是拿他的工作开玩笑，不像个懂事的样子。可转念一想，你是警察，破案是你的工作，不是别人的，就像踢球是他的生活而不是你的一样。

正好那天没啥事，下了班就去了。吴工给他从头到脚买了一身，他不要。吴工说："小时候在我家吃饭，也没这么扭扭捏捏！人一长大，就学坏了？"

忘了说，这俩是邻居。吴工大小李一岁，也高一年级，小学、初中都在一学校，每天上学回家都是一起走的。

小李只好穿戴上，哥几个就踢开了。别看技术不咋样，但体力却个顶个的好，永动机似的。一个多小时过去了，还跑得像冬天的风一样，嗖嗖的。渐渐地，小李落了下风。后来干脆弯着腰，吐着唾沫，直摆手。吴工跑过来，拍着他后背说："就这体力，怎么追贼？"

小李再摆手，一个字说不出来。

吴工又说："常来跟我们踢踢球。别因为我们脚法差就看不起我们，我们还不嫌你跑不动呢。"

作为一名警察，被人如此揶揄，心情难以愉悦。要是换个时间，地点，早就发作了。从小玩到大也不兴这么取笑警察的。可小李还是好脾气地竖起大拇指，谁让你有求于人呢？

吴工也是穿过警服的，知道跟公务人员开玩笑，什么叫适可而止。他让别人接着踢，自己带小李去二楼洗澡了。

小李一边洗着澡，一边暗下决心：从明天起，天天晨跑，跑上一个月，不信踢不残你们！

这人啊，想法总是五花八门又层出不穷，要都能一一实现，那世界还不乱了套？绝不会像想象中那样美好。

小李一出浴室，就向吴工下了一个月后的战书。

吴工笑容神秘，说："怕只怕你没工夫恢复功力了。"

"啥意思？"

吴工从书包里掏出本书，说："送你了。我猜它一定火，至少在咱们县。"

小李定睛一看，一本名为《畅销书》的书已经被推到了他的手上，封面右上角画着一支手枪，打出了一颗拐着九十度弧线的子弹。子弹软绵绵地，射进了左下角的尸体的脑袋。尸体是仰面坐在椅子上的，椅背后面的地上有一摊血。因为尸体的姿势，子弹为寻找脑袋，第二个九十度拐角之后，线路稍稍有些弯曲和上扬，然后再向下，才钻进脑袋，并在后脑勺处露出半拉。那摊血上，作者的名字赫然在目——保罗！

小李问："你说跟案子有关的，就是它？"

"看过？"

"头回见。"

"好好看看吧，写得正经不错——就算你我都在这本书里，我依然认为它很不错。"

"我和你在这本书里？"年纪轻轻的小伙儿皱起一脑门的抬头纹。

吴工笑道："杨保罗答应给我的惊喜。哪里是惊喜，简直就是惊吓。别看我了，还是看书吧。希望这书对你们有用，虽然是胡说八道。"

小李翻起书，边翻边问："书是你买的，还是他送你的？哪个社出的？他什么时候开始写的？这哥们还会写小说？他人在哪儿？能找得着吗？"

面对抗日神剧里打不完的子弹一样多的问题，吴工一个没回答，指着封面上的"保罗"二字说："问他不比问我强？输球输傻了吧，你？"

小李回了家，啥也不想，啥事不干，拧开台灯第一件事就是——看书。他爸跟他说话，他头也不抬地哼哼了两声，就当打招呼。他妈给他送来水果，问："儿子，看啥书看得连你爸都不理了？"

"妈，我工作呢，不打扰我，行吗？"

"瞎说！看小说也是工作？当你妈没看过书？你爸同事有一闺女，刚从上海回来，研究生……"

"妈，我给您跪下了。您要再叨叨，我路灯底下看去，行吗？"

妈被爸拉走了，临走又扔屋里一堆话，要没这堆话，儿子还不能锁门。锁上门才想起来，找对象也是件很重要的事，没对象怎么分宿舍？没宿舍怎么躲开爸妈？尤其他妈。可走到桌子跟前，看着翻开的《畅销书》时，他又不这么想了。他想的是：作为一个警察，被人写到书里，他是怎么写的呢？吴工说，跟这个案子有关，但是案子并没有破。那书里写的这个案子破没破？如果像吴工所说，书写得还正经不错，将来看的人指定不少。而他要是把警察破不了案的事儿写进去，将来走大街上，头抬得起来吗？谁嫁给你……这一大堆的问号不是在一瞬间涌上心中的，但是锁上门以后更加强烈了。小李有些迫不及待，啥也别说了，还是先看书吧。

从九点半进门，到凌晨四点，书看完了。除了他妈给他削的苹果，水一口没喝。其间好几回想蹦起来给老赵打电话，又都在情节的牵引下，重又坐了回去。

合上书，冰箱里找来酸奶和面包。回到自己屋里，来回踱步，一边吃着一边叨咕："好书，真他妈好书。可以，真他妈可以……"之后，拿起手机，想了想，还是拨了出去。过了十秒钟，老赵接起电话，小李说："师傅，对不起吵醒你……"

"快说！"

"杨保罗写了本书，写的就是供电公司库管纪祥云的案子。让我看，他还把自己写成了凶手，老王和吴工都是帮凶。在书里，死的那库管也姓纪，主任也姓王，吴工也是。你，我都在书里，你姓你的赵，我姓我的李，你是队长，我是你徒弟。想不到吧，这杨保罗居然是一作家，作者署名保罗，书里那家伙也叫保罗。你说，这小子是不是疯了？这书要火，再把这案子一抖出去，不光这书火，咱爷们儿也火了。"

再补充一点，《畅销书》里只有姓没有名，所有人都如此。故事的发生地点就在河北大城县，写得清清楚楚，小李忘了说。

老赵没火，他老婆却火了，训道："才几点？不睡觉干吗呢？要聊出去聊！"

老赵乖乖地下了床。他老婆想睡也睡不着了。在床上翻了几个身，还是睡不着。下了床去找老赵，却发现，家里就她自己了。

照老赵的指示，小李又给吴工去了电话。吴工接起电话就说："早知道是这节奏，还不如白天一早送给你呢。"

"你是帮凶，你知道吗？看过小说吗？"

吴工不急着回答，穿上拖鞋，去了客厅，开开灯，说："小说，艺术创作，虚构的，你拿着当真事看？你怎么不拿着《三国演义》当历史呢？"

"这是《三国演义》吗？《三国志》也没它真！纪工被一枪爆头是虚构的？手里的仿真枪是虚构的？老王爱上纪工的老婆是虚构的？你接了纪工的班儿是虚构的？多少情节跟现实中的一模一样！老王被老婆家暴，是不是真的？他老婆姓唐，开饭馆的，是不是真的？你好晨跑又好踢球，球又踢得很臭，是不是真的？现在我不跟你探讨这些了，杨保罗在哪儿，你还是先告诉我吧！"

吴工喝了口水，说："是前妻。"

"什么前妻？"

"家暴老王的叫前妻。现在这个对他可好了，树叶掉头上都怕砸出脑震荡来，老王对他老婆更是……"

"大晚上别跟我逗贫行吗？我问你杨保罗在哪儿！"

"我不知道他在哪儿。"

"你不知道他在哪儿，书哪儿来的？"

"他寄给我的。"

"寄给你的？你们通电话了吧？"

"通了。"

"还是以前的号码？"

"是。"

"真可以！都聊什么了？"

吴工舒舒服服地坐进沙发，打着哈欠说："我问他干吗胡写，这不害我吗？他说，艺术创作，虚构的。我说，警察可不会这么想。他说，没关系，不管警察怎么想，都不会因为一本书而定了谁的罪。不是那个年代了，想罢海瑞的官也罢不了，没人听你的。我说他疯了，他说他很正常。我问他在哪儿。他说他在家。"

"在北京？"

"在大城。"

"在大城？他在大城还有个家？是书里写的那个吗？"

"是。"

"他女朋友家？"

"是。"

"什么时候的事？"

"什么什么时候？"

"我问你们哪天通的电话！"

"前天，不对，今天十二号，是吧？"

"是。"

"十号那天我收到的书，是前天。昨天我给你打的电话嘛！"

"前天你俩通的电话？"

"是。"

小李想了想，又问："你没得罪他吧？"

"没有，我们关系非常好。他也不是那种小肚鸡肠的人。我问过他，这本书可不可以给你或赵队看。他说可以，书本就是写给天下人的。这么着，我就把书给你了。你都没谢我，还跟我这儿厉害得不行。警察才当几天就威风得六亲不认了？"

当激动之情稍稍平复，在吴工的提醒下，小李才想起反省对一个人的重要性，赶紧没话找话地说："我这不让你给我急得吗？哥，你没跟杨保罗要签个名？"

吴工一笑，说："这我还真问过他，他说他不好这个，相信我对这些东西也没兴趣，直接给拒签了。怎么，你想要个签名版？"

小李没说话，吴工问他想什么呢，他说："我在想，他为什么要写这本书？"

"不用想了，一问便知。我问过他，要是警察给你打电话，你接不接？他说，当然接。"

"哥，我不管他写的是不是真的，我都不想你是结尾出现的那个人。"

"别傻了，我的兄弟，我是那种人吗？我是不怎么机灵，但也没那么傻吧？咱跟姓纪的有什么深仇大恨？再说一遍，文学创作！有不明白的问他，问我管什么呀？要没别的事，就挂了吧，快睡会儿。别老想着工作，抽空来我家坐坐，我爸妈老念叨你。"

挂了电话，盯着《畅销书》，一个个问题纷至沓来：杨保罗何方神圣？把自己写成杀人犯，什么意思？到底是真的还是虚构的？真相真的有那么重要吗？它到底有什么用？他把这么多现实中的人放到书里，到底是想干什么……

他问老赵要不要现在就给杨保罗打电话，老赵想了想，说："打。"

打了，电话响了半天，没人接。小李有些犹豫，想到师傅的指令，厚着脸皮又拨了一遍。这次，对方接了，很不耐烦地问："谁呀，大晚上的？"

小李说："是杨保民吗？我是大城县公安局的……"已经听到对方清晰又无奈地叹息了，小李明白，他很不凑巧地打了一个对方早就知道会打来却没想到会在三更半夜打来的电话，连忙说："不好意思，这个时候打扰你，主要因为你之前的电话一直打不通，今天就想试试……"

"看完小说了？"

"看完了。"小李明白，他得好好掂量掂量对方的分量，马虎不得。

"提提意见吧！"

"意见谈不上，我这种门外汉哪能提什么意见？"想不说，可对方还在等着，等着看他本事，不说会被看不起的，只好说："语言流畅，节奏快而不乱，逻辑缜密，而且寓意深刻，发人深省，挥之不去。很批判，很写实，你那种还原现实的笔触太强了，不啰里吧唆，寥寥几笔就把一件真实发生的事情给交代明白了，了不起。我一直以为，写实风格的作品没什么读者了，因为现在的作者和读者都太爱意淫，都在网络小说的胡编乱造里寻求满足感。看完你的作品，让我改变了想法，我们还是需要真实的。我们看不到真实，是因为长期以来，看待真实的方法和态度出了问题……"

面对一个读者兼警察客客气气地滔滔不绝，作者兼犯罪嫌疑人耐心地听着，直到对方说完，又缓了缓，才笑着谢过。然后说："吴工看完了，跟您说的完全不一样。他的话概括起来就五个字——想象力丰富。"

"不，我不认同。我看不到一点想象的痕迹，太真实了，完全是你亲眼看见，真实发生的。就连你没有在场的，比如我和我师傅跟吴工这些人的谈话，你把握得也非常准确。当然，不能说是一个字不差吧，但那个意思是对的，而且非常准。你能告诉我，这些段落你是怎么处理的，又是怎么做到的吗？"

"这是秘密。"

"不行，别废话，我是警察！"

"我的朋友，这是创作方法。作家的写作技巧，就像工程师的发明一样，有本事买回去拆了它，看能重做一个不。可想要图纸？别说您是警察了，您就是国家主席，就是我爹，我也不能给您，是不？"

小李一时没了话，杨保罗笑了，隔着无线电波都能听到他的笑声，虽然只是鼻孔里发出的一点点气息。当然，别人的评论自有其根据，不认可也要尊重。再说，杨保罗也是个厚道人，厚道之人都不会为难别人，所以他说："您呀，也别那么着急。我之前关了手机，是为了专心创作，不被人打扰。现在还是有点时间的，电话里说半天不如当面聊，天亮再说吧！咱们就供电公司老仓库见。一楼有一书店，也能吃东西。吃点儿，喝点儿，聊会儿，也能让吴工他们帮忙验验身份，怎样？"

"你现在大城？"

"在。"

"从纪祥云死到现在，你一直都在大城？"

"聪明。"

"在？"

"在。"

"跟女朋友一起？"

"李警官，我觉得很有必要提醒你，极有可能，你们关心我半天，对案子也不会有一点帮助。"

"也许，但总得试试吧？"

"行，一定配合。几点见？"

"我……问问我师傅。"

"行，您快点。问完了告诉我，我还想再睡会儿。"

本来是约在十点，之后又推到十二点半，到最后见面已经是下午两点了。原因就是，老赵看书太慢。当然，慢有慢的道理。他问了小李好几个问题，小李不是说不明白，就是干脆一点儿都答不上来。比如："照书里的写法，保罗就是凶手。书里的保罗跟书外的杨保罗不就一个人吗？如此不就可以推断，杨保罗就是杀害纪祥云的凶手吗？"

照书里的写法，保罗也不一定是凶手，只是可能性比较大，有些暗示而已。暗示这种东西，本就有极强的象征性，保罗也不过是一群人的代表，说明不了别的。不过，小李觉得这些东西跟他师傅解释起来比较费劲，也就懒得开口。

在保罗的书里，纪工死的那天下午，保罗去要钱，就在孙工走之后。纪工不给，保罗就掏出了仿真枪。纪工不知是诈，乖乖地掏了五千块钱给他，兜里只剩下了饭票。保罗走后，纪工发现枪是假的，暴跳如雷。这一切都被马路对面楼里的一个男人看到。五分钟后，男人来到纪工办公室，举枪打死了纪工。临走，他擦干净桌椅和地面，把门把手也擦得干干净净。对了，他是在上楼前，从垃圾箱里取到的枪。

"男人"是谁？不知道，没名没姓。小李认为，"男人"是个根本就不存在的人物，他不过就是保罗的化身，是为保持小说的悬疑感而设置的，是保罗另一种身份的出场。不过，他又自忖他的推断是不是太简单，太表面化，别的读者不也会看到这一层吗？费不了多大劲。

书中还交代，"男人"开公司赔得分文不剩。天下通衢的孙工找到他，答应给他二十万，事后再给他二十万，只要纪祥云死。

整部小说，只以"男人"称之。到大城后，"男人"在中巴车上遇到了一个"女人"，这个"女人"的孩子病了，"男人"出手相助。事后，"男人"得知，"女人"工作的小公司给纪祥云的公司供货，纪拖欠他们六万多块钱货款，已有两年之久。

纪祥云死后，"男人"再没出现。

在小说的结尾，保罗坐上了开往大城县的中巴车。他的前排是这个"女人"，"女人"怀里抱着孩子，和"男人"初见"女人"时的画面一模一样。

这就是小李认为保罗和"男人"是同一个人的理由。

两点不到，杨保罗就坐在书店里了，和老王、老冯和吴工聊着天。吧台上摆着《畅销书》，门上，墙上都贴着第二天下午签售会的海报。老赵和小李来到后，老王给双方做了介绍，微笑着握手，谦让着落座。杨保罗问老赵和小李喝什么，他来请。小李说天不亮就给杨工打电话，很是过意不去，所以，哥几个想吃什么，他来请。老赵说，打电话的主意是他出的，他请。杨保罗说："这店我有股份，我来请。"

这话可给老赵和小李惊着了，连吴工和老冯都没想到，说他隐藏之深太不够朋友。不过，老王是知道的，所以，老王说："还是我请。为什么呢？因为老仓库改足球场和一层改造招商的主意都是杨工出的。因为这次改造，我们都上电视了，给领导挣足了面子。县长都来看过，廊坊供电公司的、华北电网、国网公司的都来过。将来我们还要成立竞赛部，专门组织比赛，收取场租，有收入的。怎么样，这顿便饭，我请，不，是大城县供电公司请，理由充足吧？"又对杨保罗说："你是老板，我更得支持你。这年头，开书店有几个挣钱的？比建寺庙有功德，功德无量。"

杨保罗连忙谦虚："股东而已，股东而已。"

对保罗，老赵和小李再次刮目相看，而吴工和老冯此番就很正常了，显而易见的知情人士。

老赵问杨保罗年龄，老王不让他说，要老赵猜，老赵说："三十？"

杨保罗笑道："赵队长，必须夸您一句：太不诚实了！"

老赵笑面以对，知道遇上了对手。

吴工说："我认识他那年，他三十四，是四年前。但赵队没说错，杨工确实显年轻。"

老赵叹道："革命人永远年轻。"

杨保罗相貌平平，三七分的发型，理一次发绝对超不过十块钱，衣着也朴素。老赵自以为观察细致，尤其对男人的年龄，一般猜得都八九不离十。但这一次，一年之内就错了俩，一个老王，一个保罗。再仔细观察才发现，这人不是因为细皮嫩肉显年轻，而是因为眼神清澈明亮，像个七八岁的孩子，可举手投足又老成持重。

点了东西，结完账，喝了杯奶茶，老王就走了。他想让廊坊电视台的来报道《畅销书》的发布会，但记者没给他准信，他要回去再问问，不行就去趟廊坊，一定要把明天的活动搬到电视上。老王一走，老冯和吴工也走了。老冯要挨个打电话，确认亲戚、朋友和同事们有几个能来的。吴工说："甭确认，少不了。"

"光是少不了能行吗？我要的效果是这个屋子里都坐不下，人多得恨不得再买几个挂钩，把人往墙上挂。这人要是光来一趟也不行，还得买。标配，必须人手一本！"

吴工也有工作，他要下个"映客"APP。还没玩过直播呢，先回去操练操练，为明天的活动做好准备。

老赵从起床到现在，就吃了块蛋糕，早饿坏了。狼吞虎咽地吃完，问："杨工，为什么要写这本书？"

保罗微微一笑，说："你俩都看完了小说，其实应该问你们自己，作者是不负责解答这种问题的。"

"记者不都这么问吗？"老赵笑道。

"记者是为了配合宣传，赵队长也想为我宣传宣传？"他脸上一直挂着嘲弄的笑容，但嘴巴却是正正当当的。

一上午光顾着睡觉的小李也没吃什么东西，现在正塞得嘴巴满满。见他师傅一时没话对付作家，突然计上心头。但一时又说不出话，只得伸出胳膊招手，要他们暂停。等他嚼的咽得差不多了，杨保罗问："李警官是要打车吗？"

小李竖起大拇指——真是好人，先让你把饭咽了再跟你逗，逗得你心服口服。好在敬佩之情并未打断思路，小李又吞了口

双皮奶，赶紧说："我是想，您明天不做活动吗？您得跟读者讲
一讲创作理念和创作动机吧？正好，咱们现在先演练一遍，您
就当我们俩是读者，跟我们聊聊这本书。说真的，相比案件，
我更关心是您的书。"

"想得周到。"保罗不得不佩服。

"好主意！"徒弟出了徒，当师傅的心里比吃了焦糖蛋糕还
有滋有味——这不，小歪嘴又挂脸上了。

见大家爱听，保罗便说："好，那我就多说点，说点明天不
方便说的。"

11. 动 机

我，不怕你们笑话，自上高中就自诩为文学青年了。大学
读的机电专业，却看了不少文学书。自己的本专业，什么基尔
霍夫第一、第二定律的，现学现忘，现在都不好意思跟人说是
学机电的。那时候，我一度想换专业，甚至还想退学来着。不过，
每次考试都及格了。不知道你们是不是理解，中国的学生活得
有多压抑？我还不算太压抑的，至少大学四年没抑郁。

毕业后，工作了一段时间，半年多吧，辞职了，专心写作。
因为之前挣了点钱嘛，虽然不多，但租个小房，不是地下室，
也不是半地下，有窗户那种，一天到晚的馒头、小菜、稀饭还
是够对付的。写了三个月，写不下去了。不是没钱，我花不了

多少钱，算上房租，一个月一千块钱花不完。当时我手上还有八千多呢。原因是啥？写得太烂！自己看了都想吐。每天还要逼着自己写，写的又全是垃圾。好，知道自己写得不好，那就看书吧，换换脑子，是吧？可根本看不下去。

有两个同学来看过我，要看我写的东西，没给他们看。他们夸我活得勇敢，洒脱，自由——像风一样自由。民谣听多了吧？我忍着没跟他们说，我都快要自杀了。

到了第四个月，我彻底不写了，再写就疯了。书也不看，一个字也看不下去。我吃了饭就去公园，天天去，看老的少的唱歌，跳舞，踢毽子，打羽毛球……看人家活得多开心？我甚至想，要不去当个流浪汉？但很快就明白了，当不了！你心中的苍白，自卑，困惑，无助不是视而不见就不存在的，你根本就不是那种人！当了也快乐不起来，那当他干吗？当时的我，内心深处是看不起那些人的，不管了解不了解，反正就是认为他们没什么追求，别看一天到晚乐得跟神仙似的。我说的不是流浪汉，是整天去公园的那帮人，不管老的少的。自己不行还鄙视别人，当时的我分明就是个病人。

那段时间，我问了自己好多好多问题，没有几个能找到答案。但有一个问题我想明白了，我当不了作家。我也想过天赋的问题，想知道自己有没有当作家的天赋，可很快就发现，我想不明白这个问题，那就不管它了。我只知道，就凭我当时的知识和阅历，是不可能写出什么好东西的，我要把写作让位给生活。一个真正的作家，生活就是写作，写作就是生活，是融为一体的。而我不是，那根本就不叫生活，那叫活受罪，是自己给自己找罪受。你连生活都没有，还写什么作？

　　之后我就去上班了，做技术，下了班就看书，那种生活太舒服了。可能我还真是比较适合搞技术，那东西对我来说，比写小说容易多了，理工男嘛。写作，纯属有热情没天赋。但是，那三个月的写作还是很锻炼人的，虽然小说写不出来，但文笔提高了不少。领导让我写报告，我写了。我挺喜欢写那种东西的，因为对我来说不难，可比写小说简单得多了。我对经济学和市场营销也很感兴趣，愿意分析产品，分析市场，也喜欢设计自己的方案。一边翻书，一边查案例，很快就写完了。领导一看，很吃惊，说我分析得不仅准确，而且语言极富煽动性，让人感觉不仅在理还在情，有意思。过了小半年吧，就让我给他当助理了。因为这层关系，我也认识了不少人。后来他一离职，我也不想干了。大公司里那种派系斗争，不说也懂，外企比国企还狠。我就自己开公司，虽然是个小公司，但我懂产品，有客户，很快就干起来了，赚了些钱。说实话，那段时间，有一点点膨胀。

　　这人啊，一膨胀，眼就瞎了。因为瞎了眼嘛，就找了个女朋友。模样我就不形容了，两个字：完美。不管模样还是身材、手、脚到头发，只有完美。至于什么样，你们自己想吧。一开始我就晕了，把什么都给了她。但后来我发现这人心眼不好，没有同情心，只爱自己，对人不只是冷淡，而是冷酷。虚情假意，逢场作戏，都是一时表演，长不了。我又不是真瞎，能看不见吗？更要命的是，她给我戴了顶绿帽子，第三者是个老外，还是个女的。我就想跟她分手，她也察觉到了，就卷走了我的存款，没多少，二百多万。她英语很好，还会说法语，理想是去欧洲生活。

可以报警，但我没报，懒得报。我想，她是能猜到我不会报警的。那个事对我算不上什么打击，其实是个好事情，它让我再度睁开了眼，我有点活明白了。虽然还没太明白，但至少知道我不过是在学着别人的样子生活而已，活成了一个多一个不多，少一个不少的中产阶级，活得都没有一张自己的脸。难道在万幸之中，生而为人，就是为了做一个只知道挣钱，只知道享乐的有钱人吗？这就是我的理想？我越想越害怕，越想越羞愧。当年也曾意气风发，也曾认为自己是个有社会责任感，对人类有使命感的人，怎么就活成了这样呢？回想过去，特别怀念天天写作的那三个月。什么是人？那才叫人。跟那三个月相比，我后来的生活纯粹是虚度人生，耻辱！

我这么说不代表我又要当作家了，因为我知道自己写不了。没那个本事，空怀念，空羡慕是没有用的。那怎么办呢？我把公司一转让，手头更宽裕了，然后就在家看书，或者出去玩，开着车自驾游……那时候，我躺在星星底下想：我要干什么呢？其实早就想明白了，为什么又让自己玩了一个多月呢？想出去走走看看是一方面，更重要的是要让自己想得更明白一点：在我没有能力成为一个作家之前，我要怎样生活？也就是在那次，我决定不着急做，做了就别懊悔。

选择去大道之行，是因为我要生活。我需要多关心关心这个世界，要认识更多的人，听他们说话，看他们的人生。我也熟悉那样的生活，工作驾轻就熟，有大把的时间看书，思考，多好？人是需要工作的，成天游手好闲的是废人。结果证明，我的选择没有错，不来大道之行，怎么认识纪工呢？

还没见到纪工。在来这儿的路上，只跟他通了两个电话。我就想：要不要把他写进小说里？

没见着他之前就很气愤，见了之后更火得不行。不瞒你们说，要杀人不犯法，我真想一枪轰死他。但是，咱也是读过书的人，脑子还是能转几个弯的。遇上这种人，你得想，这是个什么东西？为什么会有这么个东西出现？孕育出这个东西的土壤又是一个什么成分？

我当时并没有什么写作计划，只是觉得应该了解，也想去了解。就先跟吴工、王主任他们聊了聊。这一聊，真是大有收获。

人到三十以后，会渐渐看清一个东西：天赋。我也敢说，我明白了什么叫天赋。天赋，很简单，就是你的与众不同之处，超出常人之处。我都三十多岁了，依然不能把一个故事写完整，你说我有什么写作天赋？但我并不后悔花了那么多时间读书和写作，因为读书和写作教会了我做人，教会了我如何发现事物的本质，教会了我解决问题的方法，开拓了我的眼界和胸怀。

我想半天也想不出该怎么写这个东西。几易其稿，还是没法儿看。算了，只能先丢一边。当不了作家，当个商人也不错。我有很好的分析能力，能比较清楚地看到市场前景，还有很好的策划能力，执行力也很强。我知道怎么让我的想法落地，并且赢利。上班的时候，我策划了好几个项目，大多是帮朋友忙，这不就是吗？（保罗的手随便往窗外一指，窗外就是足球场。窗户上装着窗棂子，从颜色到样式，浓浓的复古风）我也在想，什么时候做自己的项目，什么时候辞职？

之前没想到，一辞职就会来大城，因为我的项目书早有了，好几套产品都设计出来了。跟几个朋友也谈得差不多了，只要我想干，这事就能启动。研发、融资什么的都不是问题，他们几个正等着我呢。这个就不细说了，肯定不是书店。书店只是临时起意，和几个朋友合伙的。可为什么突然到大城来，非跟纪工过不去呢？只因为一个人，就是书里的"女人"。

就像书中结尾写的样，和她，是那天来找纪工签字时，坐小公共认识的。她就坐我前排，孩子犯病了，带孩子去医院。真的是很不容易，一个人带一个病孩子，还得打工挣钱。也就是遇见她之后，我才决定辞职的，这样我才能帮她一把。可我很快就发现，她的客户里有纪祥云。就是这个纪工，拿货不给钱。

她也是做销售的，在一个小公司，帮人家卖开关、电容什么的。纪工的工程公司总是拖欠她货款，也不是不结，多少结点儿，但必须好话说尽，才能网开一面，好像多仁慈一君主似的。要不来钱，老板也挤对她。我说这事儿的时候，眼泪唰唰往下掉，不用说我也知道，指不定受了多大委屈。我就想，纪祥云这小子这么可恶，是不是该死啊？但不管他有多么该死，你都不能打死他。打死他，你也活不了。我没傻成那样，再说，也没地儿买枪去。所以，我决定把他写死，这没问题吧？

从那之后，我就开始构思。直觉告诉我，这次一定成，而且，会非常好，非常畅销。其实，我很快就发现，畅销不畅销根本就不重要了。当一个人被一个强大的念头攫住时，他还会关心那些旁枝末节吗？这是一个非常有意思的想法，非常棒的创意，比我不管是曾经做过的还是将来要做的那些项目不知要有意思多少倍！它的意义也是其他事情没法比的，会是我从出生到现在所写过的最好的作品。想想我就坐立不安。

知道我想清楚之后第一个跟谁说的吗？纪工！

我跟他说，我要把他写进小说里，而且是实名实姓，连地名，连工作单位都是实打实的。他一听就愣住了，问我："你会写小说？就你这个熊样，还会写小说？"说完，笑得满脸褶子，好像听说他当选了国家主席一样。当然，书里也有这一段。不过，编辑不让我说脏话，我就换了个说法。

接下来我就不多说了，书里都有，一个意思。

书里有什么呢？书里有不一样的开场。

保罗想杀人，想了好久，并为此制定了详细的计划。当他认为他的计划已完美到无懈可击的时候，他决定着手实施。计划的第一步，就是告诉大城县供电公司仓库管理员纪祥云，有人要杀你。

纪祥云问："谁？"

保罗回答："我！"

纪祥云很镇定："你怎么杀我？"

"我要写一部小说，在小说里杀死你。"

愣了五秒钟后，纪祥云开始发笑："你会写小说？就你这……我……你这模样的还会写小说？你还要在小说里杀死我？我的那个娘！你不是要杀死我，你是想笑死我！"他笑得上气不接下气，玩了命地想把自己笑死。可结果呢？笑完，还得问保罗："哎，我没死啊！你看，我这不还坐这儿吗？要不我再笑会儿？"

保罗微笑着看他，看他怎么表演。

他也觉得无趣。可是，演戏这东西，只要你上了台，不管演得多烂，观众喜不喜欢，不管他们拿什么样的眼光看你，你都要演下去。脸面告诉你，你不能中途跳下台，一跑了之。

保罗是个厚道人，不管对谁，都不喜欢为难人家，便说："纪工，不会演就别演了。"

避免了更大的舞台事故的纪祥云没说一句感谢话，反而绷着脸问："你写过什么小说？"从满面笑容到一脸鄙夷，变化之快，令人惊心动魄。

"《追忆似水年华》《悲惨世界》《名人传》《幻灭》《红与黑》《局外人》《文字生涯》……就说这些吧，多了你也记不住。"

人在半信半疑中，往往会叨叨几句废话，比如："可以啊！都是你写的？"

保罗一本正经地回答："都是我看过的。"

至此，笑容和鄙夷全都不见，屈辱和愤恨涌上心头。纪祥云从牙缝里挤出一句："有本事就拿出点自己写的东西来，没有就滚蛋，别让我再看见你！"

第二天，保罗又来了，给了他一张 A4 纸，纸上就是上边的这几百字。纪祥云边看边哆嗦，咬牙切齿地说："你耍我！"

"不，我不像你，我不耍弄任何人，包括你。你认为我在耍你，其实，我是在创作。我的创作态度认真，连跟你说话的态度都是认真的。你跟我认识这么久了，不知道我是一个不喜欢耍笑别人的人吗？"保罗边说边观察纪祥云的表情，"不信我没关系，有人信。我跟他们说，再让他们告诉你，看你信不信。"

"你他妈的算老几啊，跟我玩这个？知道我是谁吗？分分钟捏死你，知道吗？"边说边喷着唾沫，像头反刍的牛，嘴角一圈白沫。

老赵说："你说你没耍他，可在我看来，你就是玩弄他于股掌之间。或者是我读书少，没看懂？"他又看向小李。

小李说："别看我呀，书又不是我写的。一个读者一个理解，一千个读者心中有一千个哈姆雷特嘛！"

"你的理解呢？"

"别问我。作者在这儿，您不问作者，问我，您可真行！"说完，还比画了一下大拇指。

"不，跟案件没关系，咱就说作品。聊的不就是小说吗？随便聊，论读书，你是我师傅，说得不到位，还有作者给你补充，怕什么？"老赵的态度是诚恳的。

　　小李喝了口已经凉透的奶茶，正了正身子说："我认为，保罗确实没有要纪祥云，他的态度是认真的。他的本意是要拯救他，要他回头。可他不回头，这就赖不得保罗了。"

　　老赵看了看保罗，保罗不言不语，不点头，只微微一笑，无任何意义，除了表达礼貌。老赵跟小李说："保罗是挺一本正经的，可他找的那几个业务员呢？他们是在帮助纪祥云吗？是想拉他一把吗？要我看，这分明就是要耍死他嘛！一个个坏的水平不低！"

　　保罗开始点头了。

　　他们是怎么坏的呢？小说里有交代。小李还给翻了出来。

　　　　有人给纪工打电话："不给钱也行，把你的哈雷看好。你不是技术好吗？我跟你说，哥们儿技术不也次，给你搞个刹车失灵不是多难一事……不信？不信你就天天骑！"

　　　　有人坐他办公室，拿个手机看电影。等他进来，按下暂停，扭脸跟他说："纪工，你老这样，就别怪兄弟跟你动手动脚了。听说你还找人打过老王，我要如法炮制，不算不讲究吧？"纪祥云办公室，他想来就来，想走就走，跟自己家似的。

　　　　有人给他发微信，告诉他，他的手机已被装上了监听软件，不光打电话，微信也能看到，包括语音和视频。

　　　　……

这跟警察说的可不一样。

老赵问："他们真这么干的？"

"艺术创作嘛！"

"这怎么看怎么不像是灵魂拯救，没给吓出病来都不合情理。你是怎么给这帮人煽呼起来的？"

保罗说："保罗说的也是我说的，就说我吧。我找他们，最怕他们不跟我干。我琢磨半天，想出一套说词儿。然后挨个跟他们讲，公道为什么可贵？因为本就是你的，却被那些强权之人生生抢走。今天抢走一点，明天抢走一点，渐渐地，你就越活越卑微。公道不是一种可有可无的东西，更不是我们死活都要不回来的。就像别人欠你的钱一样，你都没开口，怎么就知道要不回来呢？而我们没有行动，丢掉的岂止是公道，那分明就是勇气！"

小李笑问："书里有这词儿。这套词儿管用吗？"

"可能不管用，因为他们嫌我啰唆，要我来点直接的，他们能听懂的。我说，找纪工要回你们的钱，那就是他欠你们的公道。就这样，他们决定跟我干，而且都是自掏腰包。"

"没提你的小说？"老赵问。

"没提。"

"为什么？"

"话说太多，就没人信了。"

"此话怎讲？"小李问。

"以前，少不更事，跟好多人说过我要当作家，可几个人信你？我爸我妈都不信，以为我脑子坏掉了。你们是没见，那种眼神，尤其我爸妈，听完后那反应，你自己都不敢相信你说的是要去当作家，而似乎是，明天地球就要完蛋了，人类就要毁灭了一样。别人嘛，没那么夸张，但也好不到哪去。那笑容，不尴不尬。你跟人家说你要当作家，那简直就是为难别人，话都没法接。所以，我不能跟他们说那话。我要说写小说，再把他们写小说里，这事还能干吗？"

"能预料到他们是怎么对付纪祥云的吗？"老赵问。

"大事料得到，小事料不到，也没预料的必要。纪工都干过什么，你们不比我知道的少。兄弟们的威胁恫吓是有条件的，那些条件又都是正当的，是让你做个好人。你放着好人不做，怨得了谁？别忘了，纪工也没少恫吓他们。"

"你有没有想过，这事是违法的？"

"所以在小说里，他们没名没姓。"

"你和他们比，有过之无不及，清楚吧？"老赵不知不觉中从一个读者变回了警察。

"清楚。"保罗也没觉得有什么被冒犯，回答得自然。

"可还是要写这本书。"老赵说出本该保罗说的话，其实也是问了一个本该保罗回答的问题。

"是。其实，说了这么多，无非是要回答您二位的问题，为什么要写这么本书。为什么？当然不是为了你们破案用，但也不是没有用。先不说有用没用，还是说动机。动机是多层次的，实现作家梦的那个我就不说了，已经说得不少了。为女朋友也不说了。为赚钱？写小说赚不了几个钱，尤其写这种小说。别看整个社会都有病，但有几个吃药的？正经的小说不是拿来打发时间，可有可无的东西，它是能治病的药。我能治好一个病人就满足，哪怕一分钱不赚。本来，我也不缺钱，大钱没有，最近这四五年的开销还是有的。只是，可惜了，我不仅没能救了他，还实打实地弄死了他，这太讽刺了。"

面对保罗的长吁短叹，老赵无动于衷，明显是在想下一个问题。突然，他说："兄弟，问你个不太礼貌又不得不问的问题啊，虽然问得有点低级。您到底是不是凶手？"

保罗一笑，表情轻松自在，早有预料，回答："不是。"

"不是因为我是警察才问这个问题，而是，我相信，每一个看过你小说又多少了解点这个案子的读者都会有这个疑问，你说是不是？"

"是。这个问题我在创作之初就想到了，所以，我也特别希望你们能破这个案。"

老赵看向小李，拿眼神问他，还有没有要问的。小李心领神会，对保罗说："我看完小说的第一反应是，你干的！而且，你有十足的把握，我们抓不到你。你刚才说的都是创作动机，而我想知道的是你的杀人动机！"

"保罗的！"杨保罗纠正道。

"对不起，保罗的。给我的感觉是，保罗杀人，为的就是这本书能畅销。"

"还是说我吧。假定我是凶手，这没问题。只是，你们不搞刑讯逼供吧？"

"哪个警察敢动你一手指头，我弄死他，之后自杀谢罪。"老赵恨恨地说。

"早不是那个年代了。"小李也急于安抚他。

"幸亏遇上你们。这个问题我想过，尤其是跟你们说了这么多以后，你们更倾向于我。可我为什么还要这么写呢？因为我知道，这个嫌疑太刺激了，太刺激读者了。读者太想知道是不是作者干的了。你说，作为作者，我能放弃这个想法吗？很大胆，是吧？走钢丝，是吧？"

"老鼠逗猫！"小李说。

"是，我敢这么写就因为一点：我不是凶手。不是凶手，有什么可怕的？我又不是神经病，又没站在大街上喊，我杀了人，我是杀人犯！我搞艺术创作，写小说，怕什么？假如我真的杀了纪工，我就真敢断定没留下蛛丝马迹，就那么大把握？这不拿自己的命开玩笑吗？疯了？其实，我都没必要跟你们说这些。你们要不信就去找证据，证据比嘴皮子好使。"

老赵笑了，嘴巴一点没歪，说："看完你的书，我一直在反思：读书太少。我当警察这么多年，从没拿着书本破过案。这哪儿是考验我的办案能力，分明是在考察我的文学修养嘛！保罗啊保罗，真有你的！"老赵一副恨铁不成钢的样子，向他指了指，其实心里满满的佩服。

杨保罗也笑了，但笑得有所保留。因为他看得出，这两位还是不相信他，至少是半信半疑。

从书店出来都快六点了，老赵和小李去了单位，交上了杨保罗的指纹。技术很快就给出了结论：杨保民的指纹与仿真枪上的指纹吻合。

可这又有什么用呢？正能说明人家保罗没撒谎。小说里写得明白，仿真枪就是保罗带去并留给纪工的。采指纹时，杨保罗一笑，不就是笑你们多此一举吗？

给孙工去了电话，再次证明保罗没说假话。孙工说，五千块钱收到了，杨保罗昨天转给他的，并且跟他说得明白，这就是被纪工敲走的那五千块。杨保罗还跟他讲了《畅销书》，他已经从网上下了单，但暂时还没有收到。

从单位出来，老赵带小李回了家。他老婆正包饺子，劝他俩都睡会儿。他俩非但不困，还精神头十足，继续分析着作者的创作动机和书中人的杀人动机。

老赵说："咱在分析他的动机之前，有没有思考一个问题：纪祥云这个人是救得了的吗？"

"好问题。如果杨保罗认为，纪祥云是无可救药的，那他对他的苦口婆心只能理解为障眼法。"

"人不就是他逼疯的吗！"

"您是不是觉得，保罗这局做得够大？但是，以他对纪祥云的仇恨，光是敲诈勒索还不够啊？！是不是，保罗也恨他从人贩子手里买孩子？"

老赵一拍脑袋，惊叹："人贩子！人贩子的问题怎么没问？这么大的事居然给忘了，猪脑子！"又连拍了好几下，小李看着都疼，"你也是，我忘了你也忘了，怎么不问？"

小李可怜巴巴又委屈地看着他师傅，要知道，这问题还是我提醒你的呢，我要不说，你不还没想到吗？

老赵焦躁地说："快别看我了！看见你那样就跟我照镜子似的，俩傻子有啥可眉目传情的？"

小李只好不去看他，但不知不看他会不会又犯什么别的错。

老赵的大嗓门把他老婆都惊着了，拉开厨房门："不来帮我包饺子，发什么神经？当上局长了，涨这么大脾气？"

老赵乖乖地洗了手，小李也去帮忙。师娘不让他干，师傅嘟囔："还老说自己出了徒，出什么徒？出土还差不多……"

师娘大喝一声："你给我闭嘴！"

师傅一声不吭，徒弟也是一样。不过，徒弟暗自偷笑，心情比当师傅的可要好上那么一点点。

趁师傅不说话这功夫，小李给师娘讲开了案情。师娘听得认真，一直到饺子下锅都没顾得上教训老赵。三五个饺子下肚，老赵刚把他偷瞄媳妇的眼神移到小李身上，师娘说话了："杨保罗没杀人，他不可能杀人。"

"为什么这么说？"老赵问。

师娘说："照你们刚才说的，杨保罗是个聪明能干的人，还不是一般聪明，是吧？"

"可以。"

"既然是聪明人,怎么会杀人呢?"师娘问。

师傅眼看着天花板,叹道:"有道理。"

小李说:"师娘,您没看过小说,您不知道。这杨保罗就是把自己一分为二,一个是保罗,一个是'男人'。在现实中,杨保罗的同性恋女朋友卷走他的钱,他把公司转让给了别人。在小说里,'男人'的公司被朋友骗,又被甲方赖账,生生把资金链给赖断了,只好做了杀手。这剧情,多像他自己?杨保罗自己都说了,他就是在中巴车上认识现在的女朋友的,跟小说里写的一模一样。他女朋友抱着孩子,带孩子看病,他出手相助,这才认识的。小说里的'男人'也就是这么认识'女人'的。他小说里的所有情节都和现实对得上号!"

师娘看着小李,看得他都不好意思了才张口:"建国!"

"哎!"

"干傻事的人算聪明人吗?"

"不算。"

"杀人这事是傻呀还是聪明?"

"傻。"

"既然杨保罗都那么聪明了,他怎么会犯这种傻呢?"

"师娘高见,不愧为金牌高中的物理老师,大牛!"小李把大拇指举得高高的。

老赵赶紧说:"这书你帮我们看一下,案子能不能破就靠你了。"

吃完饭，师娘回卧室看书去了。小李和老赵洗碗，边洗边聊。

"师傅，您说，他要真是凶手，干吗还要写本书？这不不打自招吗？"

"这就是聪明人对自己智商的自信。他认为，只要他藏好了，就是给你画好地图，你都找不到他。"老赵若有所思地答。

"照您这么说，写他自己我理解，写她女朋友是不是没大必要？把女朋友搬上来不算，还带上孩子，也太真实了吧？暴露狂呀？"

"没发现这是作家的勇气吗？连女朋友都敢写，还有什么不敢写的？放这儿控一控。"

小李把碗和盘子放到碗架上，问："师娘教的？"

"是她的命令！"老赵一副遵章守纪的表情。

小李饱含同情地看着师傅，问："您说，保罗在家是不也这样？"

"应该不会。"

"羡慕？"

"钦佩。"

"他要是凶手呢？"

"一样抓他。就算他是凶手，就不值得钦佩了吗？"

"那就有点过分了。就算您说的，为信念杀人，可太平盛世哎，你把法律放哪里？"

老赵没答话，擦完灶台，洗出抹布，说："走，客厅说。"

他一边给小李倒水，一边说："警察这个职业，说好也不好。

好呢，给你个机会看清各行各业，世间百态。不好呢，看到的多是恶的那面，不管是哪行哪业。警察这行干得久了，看得多了，想得也就不一样了。拐卖人口的案子，接触过。有那人贩子，那种冷酷、丑恶、麻木、无知、愚蠢，给你一种感觉，就是这世界怎么会有这种垃圾存在？别说碰他一下，看一眼都嫌脏，恨不得他立马钻地底下消失。要么你自己跑到百里之外，再也见不着这号货色。以前有一案子，两口子，农村的，偷人孩子。据交代，偷了十多个，还有那种被他们给活活憋死的，因为孩子哭闹，怕被人发现。可这两人并没有被判死刑，知道为什么吗？"

"一，过失杀人；二，找回孩子，算他们立功。"

"他们都不拿偷来的孩子当回事。在他们眼里，孩子就不是人，丢了，死了，有什么关系？再生一个呗？又不是不能生。我是个警察，但也是人，我就是希望能把这些人渣埋了，再也见不着，不好吗？不对吗？"

小李低头不语了半分钟，说："您以前说过，这种行为是对法律的伤害。"

"是吗？那我改了。因为这本书，我改了！我认为，这是对法律的促进。"

"可是这人吧，你越琢磨越觉得不简单，不善也不恶，不是一个轻易就能下断语的人。你看他的书名——《畅销书》，多浓烈的华尔街的味道！他不就是想通过制造神秘感让这本书畅销吗？"

"作家写书不想着卖，不成傻子了吗？"

"为了制造神秘感，把女朋友写进去，把吴工、老王……把那么多人都写进去，也太商业了吧？太毕其功于一书了吧？"

"你刚才不也说了吗，这不是一个轻易就能下断语的人。你怎么知道他起这个书名，这么写，就只是为了多卖点钱呢？"

小李没了话，想了想又说："我是不知道，可我知道，杨保罗这人不简单。我们监听老王和吴工，他是怎么知道的，还写进了小说里？"

"也许是猜测，也许是被老王或吴工给发现了。"

"还是有内线？"

老赵目不转睛地瞅着小李，问："谁？"

"我哪儿知道？不就是猜吗？"

老赵半天没话，小李只好等着他。过了大半晌，老赵才开口，"别的不说，就这本书吧，你跟我看懂的有多少？"

"我……"

"小武行吧？"

"小武？文艺女青年，可自命不凡了！"小李的话里有明显的不屑。

"别看不起人嘛！给她打电话，让她看看这本书。"

电话打了没接。正编着微信呢，小武的微信来了：在书店。《畅销书》，杨保罗的书。一会儿说。

老赵开始盛赞小武，小李听得昏昏欲睡。老赵的盛赞还没结束，小武的电话来了。小李摁开免提，听见小武说："我在莱布尼茨书店，就是供电公司老仓库的……"

"书店是杨保罗的。"小李说。

“是吗？你怎么知道的？杨保罗写了本《畅销书》……”

“我和我师傅都看完了，你也看完了？”

“没呢，刚翻了十来页。我在书店见着杨保罗了，他在弹吉他唱歌，会的还不少。”

“你怎么知道《畅销书》的？”

“朋友说，供电公司的老仓库改造之后，开了家书店，挺有意思的。我下了班就来了，一进门就看见这本书了。正看着呢，有人上去唱歌，店员说，这就是书的作者。”

“挺会玩。”

“很有才。”

“还很帅是吗？”

“是啊，你不觉得吗？”

“不成熟的小姑娘一看见个男的弹吉他就当才华盖世，要再弹个钢琴还不上天？”

“你有才华你弹一个？”

“我当然有才华了，只是举世重其风流，所以才华……”

“你俩能聊点别的吗？”好脾气的老赵也有听不下去的时候。

小李要她赶紧看书，看能从书中看出点什么，也是想看看她有才华几许。

老赵连忙说：“小武，请相信一个老警察的嗅觉。这书里一定有线索，跟这个案子一样，一点都不简单。这就像《非常嫌疑人》里的凯文·史派西，杨保罗可不是你以为的那个样子。好好看看这本书，翻出点有价值的东西，嗯！咱们局最文艺的姑娘，

破案就靠你啦！不，大城县最文艺的姑娘！"刚才还说他老婆
是大城县最有文学修养的女人的老赵，转眼之间就改了口。

小武谦虚一番之后，通话结束。老赵教训起小李，说："连
本书都看不明白，还笑话人家小武，你又比她强了多少？来局
里都三年了，一点不稳重。都什么时候了，还跟那儿闲聊，心
里一点不着急吗？"

小李默不作声，低头给小武发起了微信：我师傅遇上对手了，
像涨奶的女人一样暴躁，咱都小心点儿！

小武收到后，转发给了老赵。

12.　人贩子

第二天是周六。一早，俩人就到了老王家楼下的小餐馆。
老王不好意思怠慢，匆匆下来，共用早餐。小武也来了。

书里说，保罗是从老王嘴里得知纪祥云参与买卖幼儿的。

老赵没工夫跟他客套，喝着豆浆问："书看完了？"

"看完了。"

"姓纪的真的是买过孩子？"

叼着油条的嘴巴突然不动了，剩下一截只好放进紫米粥里，
说："我就猜着你们是为这来的，这杨保罗不知要害多少人。我
也是道听途说……"

"听谁说的？"

"听我老婆说的……现在的老婆。"提到这个老婆，他露出了笑容，显得越发年轻了。

书里也是这么写的。

书里说，买来的孩子死后，张秀莲带着自己的儿子去看纪祥云的母亲时，老太太对她亲口所说。

张秀莲为人和气，多能让人，不像她大姑姐那般咄咄逼人。老太太跟自己女儿不对脾气，跟媳妇倒是无话不说。并且她还爱自己的小孙子。至于闺女的孩子，叫多少声姥姥，她也从来没把人家当自己家孩子。张秀莲早就觉得不对劲，还以为是因为母女不睦，牵扯得她连外孙也不待见。

老太太心直口快，知道儿子和儿媳不和，也知道儿子外头有人，但她不知道儿媳妇也有，不然也不会跟媳妇明确达表态度，表示坚决要与媳妇站在一个立场。所以，张秀莲每次带孩子来，老太太必定准备一堆礼物，除了给孩子的，还有给大人的，包括亲家的。秀莲知道老太太对她好，主要还是为了多看几眼孙子。所以，只要没有特殊情况，她每个月都会带孩子去一趟北京，住一宿。老太太逢人就夸儿媳妇好。她公公说得更直接，"秀莲，我们俩对你没别的，只有感恩戴德。"

老太太对儿子不满意，对闺女也不满，对姑爷的怨气更是不小。全家人都知道，高战天生不了，可居然跟小三整出一个来。老太太想知道，到底是谁生不了，闺女只好承认，是自己不行。老太太不信，非要带她去医院检查，她死活不去。为这事，全家一度闹得鸡飞狗跳。后来，老太太又劝闺女离婚，她闺女还死活不离。平心而论，这两口子是有感情的，尤其是有了孩子之后，夫妻和睦，再没听说闹过什么别扭。

张秀莲很少和大姑姐见面。得知大姑姐有了孩子，还以为是她生的。问起纪祥云，纪祥云也是打马虎眼，顺着她的思路说。后来，孩子都四岁了，她才从别人那儿听说，孩子是从福利院领养的。张秀莲再不好打听事，传舌头，可也忍不住她的好奇心，就问她婆婆，孩子到底是生的还是领的？老太太就说："养人家孩子，种人家地，早晚都是人家的。"

纵然老太太有天大的不乐意，她的女儿女婿是满心欢喜的，对那个孩子也是极尽疼爱的。但是，好景不长，那个孩子后来死了，是被车撞死的。有一天，高战天的司机送孩子去上课，碰上一醉驾的。宽敞的马路，也没什么车，正要拐弯，后车闪电一般撞上，给高战天的车撞得原地打转。那孩子坐后座上，没系安全带，直接从窗户飞了出去，还没送到医院就断气了。

孩子一死，老太太的不满彻底爆发了。婆媳二人聊起这档子事儿，婆婆还叨唠"养人家孩子，种人家地"那套话，还反复强调她是怎么从一开始就不同意的……

那么，这孩子是怎么领来的呢？这事还得回到纪祥云这儿。为了讨好姐夫，也为了帮自己的姐拴住这个金主，他动了给姐姐领养一个孩子的念头。开始，他确实是打算从福利院领养的，去了，一个都没看上，这才动了买一个的念头。

因为这事儿，老太太不仅对儿子、闺女不满，对老头子也不爽。买孩子的主意，最终就是这老头子出的，还为此向她炫耀了好久。

知道了这事儿的来龙去脉之后，张秀莲决定不再带儿子去看他们了。老太太不赞成买孩子不假，但这事从头到尾，她一点没觉得伤天害理，只认为是不划算，是买卖干赔了，仅此而已。张秀莲残留的一点亲情责任，她觉得到这儿，就算尽完了。

对于杨保罗的这一写法，老王多少是有些意见的，这不是出卖他老婆吗？也太真实了。将来真就一面都不见了？太狠了！发挥点想象不行吗？

对此，二人探讨过。保罗承认，不是不想虚构，而是没那本事，只会实打实地写。再次重申，他只是充当了回记者，真不是干作家的料。

书中所写多是真实的。小家伙长得好看，纪女士可喜欢他的小模样了，天天亲不够。买的那些衣服，多得都穿不过来。小小年纪，又聪明又勇敢，啥事一教就会，轮滑滑得可棒了。还会游泳，爱画画，钢琴也能弹两下。每次去上英语课，也总是高高兴兴的。家里雇着保姆，但洗澡从来都是爸妈的活，如果非要叫作爸妈的话。从抱回他那天起，就一直跟爸妈睡，三个人睡一张床。这两口子没白疼，孩子懂事，有好吃的先给大人吃一口。小嘴巴会说着呢，大人夸他好看，猜他说什么？衣服好看，妈妈买的。

时间过得快，五年前抱来的，转眼就快六岁了，再有半年就上小学了。突然就没了，纪女士痛不欲生，看了好长一段时间的心理医生。

"到底是谁拍板要买孩子的？书里没写。"小李问。

"我老婆不知道，我也不知道。可能保罗也不知道，所以……"老王回答。

"知道是谁家孩子吗？"小武问。

"那你得问她。我想，应该是不知道，纪祥云也是从别人手里买来的。"

老赵叹道："好些孩子被人贩子层层转卖，连人贩子都不知道孩子是谁家的。"

小李说："书里说，纪女士还给孩子办了个葬礼，实际情况是这样吗？"

"是，葬在他们纪家祖坟里，就在大城。"

"作孽呀！"老赵叹道。

老王也长叹一声，道："谁说不是。"

之后，半天没人说一句话。

老赵见大家都吃完了，掏出手机买单。老王要抢，被他一个眼神给摁了回去。结完账，老赵问："老太太糊涂吗？"

"不糊涂，七十岁不到，上哪儿糊涂去？脑子很清楚，老头和她的工资卡都是她拿着，取钱就自己去。麻将打得好着呢。会发微信，手写，拿语音给你回复什么的，都没问题。"

"为什么要跟保罗说这个？"老赵又问。

"说什么？"老王不解。

"说孩子是偷来的。"

"我就说这小子要害死人嘛！"老王放下伸向一碟咸菜的筷子，正襟危坐，"那时候，他已经辞职有些日子了，就住在他女朋友家。动不动就来找纪工，有时也到我这坐会儿。我问他干吗呢，他说来要钱。一开始他没跟我说他的拯救计划。他要拯救纪工，你们知道吧？后来，他的计划执行不下去了，拯救半天没拯救了，又来找我，这才说出他的计划，让我帮他分析分析。我就感叹，我说，兄弟，你可真敢想！

"书里有这句话吗？"老赵捅捅小武的胳膊。

"有。"小武说，翻开的书摊在膝头。

"我告诉他，纪工这玩意儿是无法拯救的，神仙来了都没治。他不信。不是不信吗？我就说起那孩子的事。我手机里有照片，我老婆发我的，你们看！"

仨人轮流看过，小武感慨最多，小李看得最专注，老赵只一眼就转过了头去。人岁数越大，心肠越娇弱。

老王接着说："所以说，这样的人，你能救得了他？为了一个小小库管员的职位，为了能肆无忌惮地捞钱，居然可以参与贩卖人口，来孝敬他姐姐！这才是他为什么能为所欲为，而他姐姐、姐夫还得极力维护他的原因！惹不起啊！不对，他不是为了库管员，他是为了当主任，他是要当主任的。而他姐夫没能满足他，也说明了供电公司里还是有正派人的，不然，这国家还不毁在他们手里？我们都以为，仅仅因为他是高战天的小舅子，就无法无天了，其实，人家还有更深一层的关系。你们说，这小子算的得有多清楚？再说了，那孩子是他买来的，还是偷来的，你知道吗？他爹他妈是谁，你知道吗？嗯，有些丢了孩子的家长都疯掉了。就他妈的这么一玩意，你还要拯救他？书读太多，脑子读坏了吧？"

认识老王这么久，第一次见他怒火中烧。

老赵静静地听着。"保罗怎么说？"小李问。

"就像书里写的，他没话说。之后，他就去调查，找到了那家福利院，查无此人。回来后，他又去找纪工，要他说出那孩子是怎么来的。纪工矢口否认，怎么都不承认。我就不懂了，这种事能承认吗？这样的人能救得了吗？太天真了吧！"

"杨保罗为什么不报警？"小武问。

"你们问他，我哪儿知道。"

"您为什么不报警？"小李问。

老王低下了头，又抬起来，说："警察要查不出来呢？要被纪女士收买了呢？纪工报复我不算，我在供电公司还干不干了？供电公司姓高，不姓王！再说了，这种事，中国人有报警的习惯吗？"

"那后来，纪祥云和你们住一起，为什么不把他轰走，既然已经那么讨厌他了？"小武问。

"那时候，他像个丧家犬，无处可去，很可怜的。杨保罗给他逼得够呛，可能还有别人要对付他，我再给他撵走，他岂不疯掉了？"

"你们收留他，不会是杨保罗的主意的吧？"老赵问。

老王竖起大拇指，夸赞："领导就是领导。咱也不是那种别人可怜兮兮的时候还能跟人撕破脸的人，就让他住下了。从法律上说，那也是人家家。之后也跟保罗沟通过。"

"纪祥云参与买卖幼儿的事，还有谁知道？"老赵又问。

"好些人知道。"

"哪些？"

"具体哪些人，我说不好。像吴工、老冯他们是知道的。"

"谁传播的？"

"我。"

"书里说的可是保罗。"小武说。

"那他是不知道。他说没说，我不知道，但我自己说没说，我还不知道吗？"老王的脸上写满刚毅，一扫平日的谦和，像个当过兵的人，虽然还在微笑示人。

"为什么要传呢？"老赵穷追不舍，小李和小武都有些替他担心。

老王异常平静："我没有撒谎，没有造谣，怎么听来的，怎么说，有错吗？高主任跟人说孩子是福利院抱来的，可福利院根本就没这孩子，这也说错了？错不错，你们查去，不用问我。我为什么要传，是因为我想知道孩子的父母是谁，我也想从纪工的嘴里听一句实话。有什么不可以吗？"

"得罪了！"老赵拿起豆浆敬老王，老王跟他碰了下碗。老赵把豆浆喝了个一干二净，老王也把粥喝完了，说："谈不上。

您是警察，忠于职守，我敬佩还来不及呢。"

"那我就冒昧地再问一句，这些事为什么当初不说？"

"老哥，咱也不是一次两次见了，不管您怎么看，我是早就拿您当朋友了。您要是那种趾高气扬，傲慢无礼的警察，我才懒得跟你说这么多呢。您爱给我定罪不定，那是你们的事，我也管不着。既然您问，我就实话告诉你。当我一听说纪工死了，还是被枪打死的时候，第一个想到的就是杨保罗。杨保罗是谁？那是我弟弟！亲弟弟！我弟弟杀了人，我能跟警察说吗？"说罢，老王冷冷一笑，显然没把警察放在眼里，"别看他写了个《畅销书》，把我们一帮人都扔到坑里头了，可说心里话，我一点也不怨他。因为我清楚，他干这事，不是为他自己。所以，就算这事对我没好处，我也得帮他。"声调都不一样了，再会控制自己情绪，也听得出来，看得见。情到激扬处，急湍甚箭，猛浪若奔，哪里是想控制就能控制得住的？连他自己都发觉了，所以，缓了缓之后才说："后来，我给他打电话，他也很吃惊，说不是他干的，让我放心。其实，你要仔细一想就知道，不可能是他。保罗是个聪明人，跟纪祥云又没多少实际的利害关系，何苦做糊涂事呢？还有，他也不是那种暴戾之人，干不出那种事，不是吗？"

老赵没了话。小李突然想起，既然保罗口口声声说他只是个记者，不会虚构，那您和张秀莲的情史写得跟教材一般详细，似色情小说那样诱人，也是真实的？

老王恍然大悟，脸红了个彩霞满天。当然是虚构的啦！这种事情谁会跟他讲？

大伙儿一笑而过，这种事，何苦深究呢？

买卖幼儿的事，小李昨天还是问过杨保罗的，他只是轻描淡写地那么一答，听者也就没当回事，连事后老赵问起，小李都给忘了。杨保罗是这么说的："小说嘛，没点虚构情节还叫小说？"

小李问他，哪些情节是虚构的？他一一历数，数完了还说："可能有落的，不敢保证。"

为人要老实，行文须狡诈。如此看来，杨保罗不仅行文狡诈，为人也不甚老实。既然他敢把纪工买卖幼儿的事说成是虚构的，怎么就不能把结尾处的吴工也说成是虚构的呢？

关于吴工的结尾是这样的：

知道你会问，枪是谁放的？好吧，咱就说说。

案发前的那一晚。

月嵌在云间，风吹过树梢，奏响只有小县城里才有的轻音乐。这样的夜晚是美妙的，美妙在空无一人的街道，美妙在朦胧的夜色，美妙在你想做什么就可以做什么。

但你万万想不到，此时还会有人走进供电公司的老仓库，走向垃圾箱。垃圾箱方方正正，硕大无朋，可容得下几吨垃圾藏身。也结实，铁板的，尽管锈迹斑斑，脏污不堪，但五百年都不带烂的。上方有个盖，盖上又留着口，像一个张开的，黑洞洞的大嘴巴。但里面却啥也没有，空空荡荡，只有腐臭的味道，经年不散。那人从挎包里掏出把枪。枪是装在塑料袋里的，袋口有不干胶，轻轻往垃圾箱的内壁上一拍，就粘住了。深夜里一声轻响，传出好远。三楼楼道上，一条还没来得及收的粉红色小内裤微微一摆，算作回应。

　　藏枪的人转身四下观望，或许觉得无人相伴，太寂寞，便点起一支烟。火光照亮一张脸——是吴工。他边走边吸着烟，微小的红斑在暗夜中安静地一明一灭。他打定主意：这是他生命中的最后一支烟。所以，有些小小的兴奋，在他的血管里荡漾。

　　和老王吃完早餐，小李给吴工去了电话。吴工说他刚踢完球，正要洗澡。说你要着急就来仓库找我，不着急，等他洗完澡跑一趟也没关系。小李连这话都听不明白，岂不白长这么大个子。再说了，这世上，哪有求人不跑腿的？除非你是领导。

　　到了吴工办公室，他刚洗完澡。见老赵后面还有个小武也跟了进来，惊问："还有别人吗？"即便得知后面没别人了，还是不禁感叹："这阵势，好家伙，受宠若惊啊！"

　　小武忙说："我是小学生，学习来了。"说着，从无纺布的大挎包里拿出早餐，恭恭敬敬地放到办公桌上，"请前辈笑纳！"

　　"我就说是受宠若惊嘛！"他这次是真的受宠若惊了。

　　"怕凉了，放包里，可能跟化妆品的味道有点混合。您就凑合吃吧！"小李说。

　　小武连忙回道："谁跟你说放化妆品一块的？这包是我专门

背跑步鞋的。不知道别瞎说！"

吴工半张着嘴，听呆了。老赵劝他："没事，那个包她平时也装吃的。不光她自己吃，还分给大家吃。警察嘛，什么人间百味没尝过？"

吴工就在这样的鼓励下吃完早饭，吃得满嘴流油，欲罢不能，连说："买多了，买多了。"却吃了个干干净净。

吃饱喝足的人，往往心情大好，这也是人们为什么要在饭桌上谈公事，论买卖的原因。小武帮忙收拾好桌子，小李烧开水，吴工给沏上茶，文学之旅又开始了。

老赵问："保罗把你写成藏枪的人，你是咋想的？"

"乍一看，挺蒙的，又气又怕。但咱那一段还不算结尾，只是临近结尾。真正的结尾是他自己，他都把自己写成凶手了，给咱写成个藏枪的，有啥？兄弟之间开个玩笑，跟你过得着才跟你逗呢，而且开的还是这么高级的玩笑。不是亲兄弟，谁跟你玩这个？"

"这理解力，超凡逸群！"老赵叹道。

"还有一层意思，就是，他在帮我……"

"帮你？怎么帮的？"这话可有点挑战老赵的逻辑推理能力了。对那俩也是一样，一个个皱起了麻花眉。

吴工洋洋得意地说："他在帮我树立一个形象。什么形象呢？悬崖绝壁处，临风而立，头巾、袖子、裙带再飘起来……"

"再背把剑！"小李提醒他。

"恰当！荡荡然有英雄气，正义的化身嘛！日后有读者拿着

《畅销书》来供电公司，找到我，问，'您就是吴工？藏枪的那个人？'仰慕之情必溢于言表。你们说，这不是帮我吗？"

"好家伙，原来你都是这么理解问题的！"老赵都要高山仰止了。

"理解有误？"

"没有，没有，很有启发。这么看世界，世界太完美。你把杀死纪祥云看成是一桩正义的事业，自己作为一个组织和策划者，自然也是一身荣光。我的理解没错吧？"

"没错。通过这个结尾，作者还在暗示另一个事，不知道你们看到没有？"

"啥？"捧着书的小武瞪大双眼，仿佛下一刻老师就要划重点了。

"书里的吴工只是个代表，他代表着所有的人。"

小李拊掌赞叹："说得好！就像《东方快车谋杀案》一样，一个是全车都是凶手，一个是整个仓库都是帮凶。"

小武不免失望，轻轻咳了一声，问小李："你才看出来？"

小李拿手指着小武说："办正事，瞎逗贫，家里家外分不出来。一会儿让老赵教训你！"

小武白他一眼，默不作声。

老赵笑问："一个人干了什么，会激起如此之大的民愤？只是敲敲供货商的竹杠，利用关系开公司赚赚钱，这些跟同事们有什么关系？中国人什么时候这么有社会责任感了？除非他触碰了人性的底线——不尊重生命了。"

"赵队分析得太对了。狗日的，用买来的孩子孝敬他姐姐，用伤天害理的方式来贿赂权贵。这事儿不仅我知道，老冯也知道，老刘、小乔、大穆……他们都知道。别说他姐姐那么目空一切，就算她是个好人、好养母，我们也没必要给他藏着盖着吧？这事儿，往小了说，害了人家孩子一家。往大了说，是败坏了我们整个社会的风气！"老吴越说越生气，似乎刚刚吃过的饭都白吃了。

"你是听谁说的？"老赵不管他的情绪。

"他自己。"

"纪祥云？"老赵简直不敢相信。

"您看，有些事就这么巧。那天，我去正义路装货。咱哥们儿就是一干活儿的人，忙一下午，累了，我就钻进大车躺了会儿。那车驾驶室是两排，后排是卧铺，我就睡在后排。那还是我第一次坐那种车的后排。没想到，又脏又臭，臭袜子、臭鞋、臭毛巾，还湿乎乎的，根本睡不着，也就将就着歇会儿罢了。因为实在太味儿了，躺也躺不住，我顶多也就躺了两分钟。刚要起来，有人进来了，坐上副驾就打电话，一听声音就是纪工。他说的原话我记不怎么全了，但有些话还是能背下来的。他说：'姓杨的知道孩子的事了！他怎么知道的？操他娘的他找到我，问我哪儿买的孩子，买的还是偷的，孩子爹妈是谁？你说，要不要弄死这杂种操的？'意思全对，最多不过错五个字儿。他边说边骂，脏话一车车的，恨不得把后槽牙都咬碎了，听着都瘆人。"

"对方是谁，知道吗？"

"没听出来。他的朋友我也不认得。"

"什么时候的事？"

"他死之前两三个月？差不多。"

跟书里的时间是吻合的。

"纪祥云买卖人口行贿，保罗没跟你提起过？"

"提过。不对，是我先跟他说，他才跟我说的。开始，他还有点把握不住，琢磨着搞不好，是老太太一时糊涂，讲错了。照书上写的，保罗一听说这事就来找我了，其实不是，是我找的他。当时，他已经去过福利院了，也质问过纪工，可还是不太有把握。听我这么一说，保罗踏实多了。别的不说，就冲纪工那要死要活的狠劲就错不了。还用别人说吗？自己都证实了，怕人不信还签上了字，盖上了章。我就给保罗出主意。姓纪的不想弄死他吗？我说，你别担心，我给你四处散去！我让全供电公司的都知道姓纪的跟人贩子勾搭，买卖人口，创新行贿。不然，他姐和他姐夫能这么不要脸不要皮地挺他？我跟保罗说，如此，他还敢对你下手吗？他想了想说，不反对。好，这活就交给我了。他们好几个都是听我说的，不信你们问去吧！"

"还真是死有余辜了！"小李叹道。

"那书里写的是冯工，为什么不是您呢？"小武问。怕吴工忘了，还故意翻到那一页给他看。

吴工无奈一笑，说："这个事啊，说实在话，我相当不满意。一看完书，就问保罗了，保罗却跟我大谈做人的道理，说有了好事，得懂得让人，不能是金就抹自己脸，有屎就糊别人头。关键是，不管是金还是屎，都是我自己的，我不愿意抹别人脸上。这不明摆着不尊重事实吗？见在做人上说不过我，又说起小说的创作方法，说如果所有的事情都围绕着我发生，故事性就不强了，读者也不容易相信。我真想问问他，老冯给了你多少好处？"

"你没问老冯？"小李笑了。

"没问，不需要问了。他现在到处不要脸地跟人说，就是他，就是他偷听到纪工电话的，就是他跟保罗说，纪工是人贩子的。都这样了，我还需要问吗？"

大伙儿一笑，老赵紧接着问："纪祥云报复保罗了吗？"

"不好说。那段时间，杨保罗也很小心，不住女朋友家了，连他女朋友都不住自己家了，另租了个房子。他怕纪祥云绑他孩子，就是他女朋友的儿子，所以……"

"因为找不到他，所以没报复成？"老赵问。

"应该是。"

"也是打那时候起，纪祥云开始回家睡觉了。回他自己的家睡觉，是吧？"老赵又问。

吴工笑了，说："这种事，你得问那两人，我怎么知道？我又没跟他睡过。"

"这不是忘了问吗！"老赵自己都觉得好笑。

13. 解　读

从吴工办公室一出来，老赵就开始反思，上了车就检讨，说：

"我必须检讨，我太着急了。从一听说保罗出了书，就急得不行，跟饿了十天的狗突然见着吃的似的。其实，我们应该先冷静下来，自己人先开个会，探讨一番，搞明白这本书到底在说什么，在暗示什么，重点是什么，之后再看它与案子之间的联系，通过这本书，我们能获得什么信息。等这些工作都做完了，再去找保罗、老王、吴工这些人也不迟。那样，才能问出点真正有用的东西。"

小李认为，主要还是觉睡得太少。小武则认为，主要还是马屁精太少，不然，这案子早破了。小李没说话，表情木然，看不出是宽容大度还是在等待时机。

老赵问："建国，你一年能读几本书？别说书了，就说小说吧，你一年能看几本？穿越和挖人祖坟的不算。"

"我从不看穿越和挖坟的。今年看的有《东方快车谋杀案》《霍比特人》《达·芬奇密码》《肖申克的救赎》……"

"你看的电影还是小说？"小武问。

"小说。还没数完呢，打断我，讨厌！还有《刺客信条》……"

"又是电影！"

"小说！好几本呢。你这人，懂不懂？"

"人家说的真没错——想了解一个人，就看他读什么书。你就整天看这个，还……我真服了你！"

老赵不说话，乐于观望。

"你好！你看啥书了，说给我们听听？"别忘了，小李也是自命文艺青年的。嘲笑一个文艺青年的文学品味，就像嘲笑一位政治家的智商。尤其在自诩聪明的人看来，智商这东西，可比良心上档次。

"说什么呀？说出来你都没听过。"小李若是文艺青年，小武就是文艺女青年。在文艺女青年看来，文艺男青年等同于伪文艺，假道学，跟男球迷看女球迷一样，踢都不会，看也是瞎看。

"你说呀！你要不说，我哪儿听去？"

"《伤心咖啡馆之歌》听说过吗？《狄金森诗集》《小团圆》，听说过吗？"

"女性文学！"

"女性文学怎么了？你还搞性别歧视？脑子里脏东西不少嘛！"

"这跟性别有关吗？事实就事实！十个张爱玲也赶不上一个钱钟书……"

"你敢嘲笑张爱玲……"话没说完，巴掌就拍到了小李肩膀上，老赵赶紧给拉开。小李咒她嫁不出去，她祝小李打一辈子光棍。

老赵打断他们，问："还想聊文学吗？"在得到肯定答案之后，老赵又问："知道我一年读多少书吗？"

"多少？"他俩一齐问。

"从过年到现在，就看了一本，《欧洲现代史——从文艺复兴到现在》，还没看完。至于小说嘛，说来惭愧，好几年没看过一本完整的长篇小说了。"

小李和小武半天没话。突然，小武说："我倒有个主意！咱不是读书少嘛，咱找读书多的，请教请教他！"

"谁？"小李问。

"杨保罗啊，书还是他写的呢！问他不比……"

"那他要是凶手呢？"问得小武张口结舌。小李乘胜追击："他在人贩子的问题上已经骗过我们一回了，你还指望他说实话？怎么想的，你？"

小武可怜巴巴地看向老赵，老赵一撇嘴，脑袋伸出车窗，抬眼看向天空，说："一个个的，比天上的云还高傲。别人辛辛苦苦写出的书，自以为随便翻翻就能看个明白，真当自己是金圣叹了？请问，金圣叹看了几遍《水浒传》？"

比郭德纲还能说的年轻人终于闭上了嘴。

破解相对复杂的问题，方法和顺序往往是至关重要的。老赵认为，正是方法的不正确，才导致了当下的一头雾水。而正确的方法是什么呢？重新看书，好好看，一边看一边划重点！小学生上课都知道划重点，老警察怎么就不知道呢？那重点是什么呢？

几个人到书店买了两本书。回到局里，啥话不说，开始看。到了饭点，叫来外卖，吃饭时都手不释卷。老赵认为，保罗和纪祥云的四次对话至关重要，小李和小武也连连点头称是。

从保罗辞职到纪祥云死于非命，俩人总共见了四回，书里无一遗漏。第一回我们都看过，不再多说。第二回只提了个开头：

纪工害怕了，可又不想被看出来。装出一副无所谓的样子，却装得很失败，连问的问题都透着恐惧。他问保罗写过什么，出版过还是发表过。

保罗提醒他，这已是他第二次问他同一个问题了。即便如此，保罗还是很有耐心地告诉他，且实话实说：他既没出版过，也没发表过任何作品，但出版社的朋友还是认识几个的。最后还提醒他："你要真能改邪归正，我可以不写这部小说。"

纪工说："你写吧。有本事就出，出了你就摆摊卖。但有一样，不许白送人，一个读者一本书地卖，我就看你能卖出几本去！"

保罗问他，有没有想过，金钱这东西到底能给他带来多大的幸福。见他不说话，保罗就说起自身的经历，实打实地告诉他："一想到我曾经为了赚钱，忙得四脚朝天，又低三下四的那个样子，我就满心羞愧。弯腰我不怕，低头我也行，但怕得是，钱已经不少了，还要弯腰，还要低头，还要跟兄弟们急赤白脸。人异化了，且不自知，不可怕吗？"

纪工说，他没有异化，也不懂什么叫异化，他只知道钱多的感觉。他说，有了钱才是大爷，有了钱才有自由，才能想去哪儿去哪儿，想干吗干吗。说完这些，他还拽上了，说："人类的发展不就是一条不断追求自由的道路吗？"

保罗说："你那不叫自由，叫践踏自由。你拿着非法所得去自由，那别人怎么办？你多一份自由，别人就少一份尊严，多一份不自由。你光着屁股满街跑也叫自由？那叫臭不要脸自由，而你现在享受的正是这种臭不要脸自由。别人为你这点自由都纷纷捂上眼睛了，冒着掉坑里，撞车上的危险捂上了眼睛，你还以为你这是自由？”

此时，纪工已经不害怕了，恐惧让位给了疑惑，而且是深深的疑惑，他问：“你想干吗？”

保罗平静地告诉他：“为了让你改邪归正。”

“我归不归正跟你有什么关系？”

“你有碍这个社会就是有碍于我。”

“你身上有什么东西吗？”

保罗拿出手机，给他翻出录音机，明显地关闭状态。又脱下外套，浑身上下拍了拍，尤其是口袋，提议：“带你洗个温泉？对你这种特工来说，澡堂子里最安全，是吧？”见纪祥云还是不放心，也不说话，保罗又说：“不想说就算了，不说就代表你对我写作计划的支持。告辞了。”

保罗穿上衣服，走出房间，纪祥云噘着能拴头驴的嘴，沉着脸，一言不发。

第三回，还是在纪祥云的办公室。

保罗得知他买孩子行贿的事之后，问他：“你他妈觉得你还有救吗？”

纪工像只疯狗一样喷着唾沫大骂，各种脏话如大粪车栽倒了一样狂泻出来。

等他喷累了，泻没了，保罗若无其事地说："实话告诉你，本来，我没想把你的名字写进小说里，也没想把你们单位写进去。可现在，我必须得改改主意了。知道我为什么改主意吗？"

"因为你他妈的写不下去了，你个傻……"

"因为我知道了，你姐的孩子不是从福利院领养的，而是你送给她的。也许她还给了你钱，你可能也收了。你这种人，有钱怎会不要呢？现在，我想知道，孩子是打哪儿弄来的？不管怎样，得给孩子的父母一个交代吧？你难道真的没发现，这是你最后的机会了吗？"

纪工瘦驴拉硬屎，强颜镇定地奚落他："还挺能忙乎，知道的不少！去吧，去跟警察说。我偷孩子了也好，我买孩子了也罢，你去跟警察说，让警察来抓我！"他说这些的时候，有点口干舌燥，手指尖也被冷汗打凉了。饶是这样，他还不忘冲保罗勾了勾他的手指头。

"你自己也是有孩子的人。如果你的孩子被人偷走，上天入地找不着，几年后又被车撞死，你做何感想？"

"去找警察，不关你的事！"纪工在这句话之前还低声夹带了一句恶毒的叫骂。

"你要不买走孩子，孩子就不会死，你他妈就是一凶手，知道吗？还没发现吗？"保罗的脸已经贴到了纪工的脸上。

突然，纪工似乎平静了下来。他保持着刚才的姿势，一点没因为杨保罗的逼近而后退，并轻声提醒他说："我可以当你神经病，不跟你计较。你要出去瞎说，毁我名誉，我就告你诽谤，你那狗屁小说也就别想写了。"

第四回。

保罗得知孙工要去签字，就从网上买了把仿真枪，能打出豆子的那种。当天下午，他把仿真枪揣包里，就坐在老仓库的大门口，看一帮老头下棋。不管下棋的还是看棋的，都两眼紧盯棋盘，没谁想到，旁边还站着个带枪的。

孙工一走出仓库大门，保罗就进去了。院子里没人，只有流浪猫爬在开关柜的空壳子上打盹。保罗三步并两步地上了楼，正要推办公室门，门却开了，纪祥云正要往外走。狭路相逢，两人都吓一跳。

保罗说："去，坐回去！有话跟你说。"

纪工乖乖地坐回椅子上，保罗坐到他对面，问："又发财了？"

"书写不下去了？能写就回家写，不能写就找地方再读两年书去，别没事老往我这儿跑，我又没请你。"

"对你这种人，我想好了，得改改路子。好说歹说听不懂，怎么行？"说着，他从包里掏出一本《新约》，放在左手边，"它的话你不听，"又掏出一把手枪，放在右边，"那它的话，你总该听吧？"保罗明显看到纪祥云的身体往后一仰，面孔瞬间拉直，僵硬得好像粗笨的木雕面具。

"你小子别乱来！"恐惧让声音变了调，变得沙哑，干涩，好像出自一个得了癌症的喉咙。

"仁义的武器在左在右，随便你挑。哪个对你都有用，都会让你不再作恶。"

"你想干吗？"

"我问你，你又敲诈了天下通衢孙工多少钱？"

他一时没说话，保罗举起枪。

"五千。"

"果真五千？"

纪工从小手包里掏出个信封，丢给保罗，说："自己数！"

保罗掏出钱，大概看了看，放进信封，并将信封装进了自己的包里："你什么时候能做个正经人？"

"我早就知道你是奔钱来的，还要装个治病救人的模样，比我活得累！"听声音，纪祥云有点放松了下来。

"被钱迷住了眼，瞎上一辈子。你不光瞎，还蠢！等着吧，我会再来的。想赚黑心钱没那么容易！"保罗起身走了，留下《新约》和仿真枪。

而此时此刻，"男人"，就在对面的楼里，手举望远镜，看得清清楚楚。保罗走后，纪祥云纵身扑向那把枪，举到眼前。他左看右看，之后就是摇头晃脑地谩骂，还把枪指向他对面那把空无一人的椅子，胳膊伸出老长，射出了十把枪的子弹，椅子被彻底打死了。男人放下望远镜，其实就隔着一条街，不用望远镜也能看个大概。他穿起西装，戴上手套，出了门。

　　到了老仓库的楼梯口，男人从垃圾箱里摸出一塑料口袋，拉开封口，掏出一把枪。他把塑料袋装进西服兜里，边上楼梯边检查着枪——弹匣中的子弹满满当当。到了纪祥云的办公室，他推门进来，见他还在破口大骂，并且满房子转悠，边走边踢着地上的豆子，手里还拿着枪。

　　男人拿枪指着纪工，命令他坐回他自己的椅子上，纪祥云乖乖照办。他问他：“还有多少钱？”

　　“什么多少钱？”

　　“我问你身上还有多少钱？”男人坐到保罗之前坐的椅子上，但很快他又站了起来，扫掉椅子上的豆子，重新坐下。他放下枪，捡起《新约》，边翻边说：“有人出四十万，要你的命。你打算出多少钱，让我放过你？”

　　纪工没说话，盯着桌面上的那把枪看。

　　男人说：“别看了，不假，跟你手里的不一样。说吧，能给多少？”

　　“你想要多少？”纪祥云绷着一张灰里泛白的脸。

　　“你认为你的命值多少？”

　　“枪是真的？”

　　“说过的。”

　　“四百万，怎么样？”

　　“若枪是假的，你又打算出多少？”

纪祥云直愣愣地盯住了男人。男人瞟他一眼，继续翻着《新约》。那一边，被强压住的火气渐渐开始复燃。

男人抬起头说："送你首诗吧，四百万买不到的——只有当神圣的自由／和强大的法律合为一体／只有当法律的厚盾保护众人／只有当公民们忠诚的手／紧握利剑，毫无选择地／在平等的脑袋上方挥过／高出众人的罪恶／将被正义的一击斩首／只有当他们的手不被收买／不为贪婪和恐惧所动……知道这是谁写的吗？普希金！一个被你们这样的人开枪打死的可爱的人。你曾经有无数次机会挽救自己，可你视若无睹，也不屑一顾。今天，给你机会的人失去了耐心，彻底失去了耐心……"说着，黑洞洞的枪管举了起来。

"且慢，谁让你来的？我……"

话音未落，一声枪响，没说完的话再也说不完了。

男人装起手枪，拿起扫帚，扫干净地上的豆子。从兜里掏出装枪的塑料袋，把豆子倒进袋子里。又掏出块抹布，擦干净桌椅。他去楼梯口的厕所拿来墩布，墩干净屋子里的地板。临出门还不忘带走垃圾，不忘对着纪祥云，哦不，是纪祥云正在慢慢变冷的尸体说："只有当他们的手不被收买，不为贪婪和恐惧所动。"

可能，他连楼梯里的地也墩干净了。既然没人看见，既然是最后一次登场，何不更潇洒一点呢？

　　杨保罗承认，仿真枪是他的，《新约》也是他的。但现场只见仿真枪，不见《新约》。《新约》长什么样，他俩忘了问。

　　杨保罗凭什么把凶手的藏身之处写到对面楼里？他俩也忘了问。

　　为什么把天下通衢的孙工写成幕后指使？也忘了问。

　　为什么要把吴工写成藏枪的人？又忘了问。

　　小说里的现场和案发现场是一模一样的，杨保罗是怎么知道凶手打扫过现场，且一点线索都没留下的？不是忘了问，是故意没问。现场有没有线索，怎么能跟嫌疑人说呢？

　　普希金的那段诗出自哪里？也没问。幸好小武知道——《自由颂》。

　　小李说："杨保罗是个普希金迷，'男人'不过就是他的化身。他现在的公司就叫作'十二月党人文化传播有限公司'"。

　　"你怎么知道的？"老赵问。

　　"他书店吧台后头贴着营业执照，我看见的，他是法人。"小李说。

　　"观察挺细致。"老赵夸他。

　　"视力好而已。"小李调皮地一挑眉毛。

　　"男人要是不存在,杀纪祥云的就只能是杨保罗。"老赵推断。

　　"那他要带两把枪去，一把假的，一把真的。假的给纪工，真的留给自己。很有可能，还是纪祥云先开的枪，打出了一堆破豆子，正好给了他一个打死他的理由。"小李连分析带猜测。

　　小武叹道："可以啊，你也能写小说啦！"

"不是创作，真有可能。"老赵眉头紧锁。

"可为什么呀？不觉得多此一举吗？"小李又问，"杨保罗把小说写出来，足够让纪祥云抬不起头来了。或许，通过此举，还真能挽救他，让他看清自己到底是个什么东西，是吧？"

老赵点头，说："也是。再说，开枪杀人，不是一般人下得去手的。"

"我就不行，想想那场景就害怕。要哪天小李背叛了革命，我决不杀你，下不去手……"

小李拿白眼珠瞪着小武，问："我招你惹你了？"

老赵斜着眼睛笑看他俩，小武笑道："赵队笑了，可给您逗笑了！要不就一直这样……"她学着老赵皱眉头的样子。

小李说："我师傅自责呢。也难怪，案子放下大半年了，再拾起来，难免忘点什么……"

"关键还是读书的本事太差。"老赵抹了把脸，就像是刚睡醒时那样。

"他把天下通衢的孙工写成幕后指使，孙工知道呢还是不知道，看过小说吗？"小武问。

"孙工能算幕后指使？真正的幕后指使是天下通衢的领导吧？不对，天下通衢是国企，国企怎么能干这种事呢？"小李分析。

"就像结尾写吴工一样，跟人开个玩笑。"小武猜测。

"吴工未必不是帮凶。真凶都不承认是真凶，帮凶又何必承认是帮凶呢？"小李分析，老赵点头。小李又说："孙工可以不代表天下通衢，他会不会代表那一群业务员呢？"

"一帮业务员集资雇凶杀人？挺有钱！"小武觉得小李挺荒谬。

"出钱不是业务员，而是业务员背后的公司。"小李继续在自己的逻辑里前行。

"那这个局也太大了吧？得多少人知情啊？怎么保证不走漏风声？会有这么多人赞同这个计划吗？这可是杀人！"虽然荒谬，但小武还是忍不住参与辩论。

"你不敢信，不代表别人不敢干。你怎么知道别人心中所想？你又没有被敲诈过，怎么能知道别人的感受？"小李越发坚信自己的推断。

"不可能！这么多人，有一个酒后失言，传出去……不可能，不可能！"各有各的逻辑。

"是不是可以听听孙工怎么说呢？"小李提议。

老赵点点头。

"打电话？现在？"小武问。

"打通电话，说什么？"老赵问。

小李和小武都没了词。

老赵说："还是好好想想吧！"看一眼手表，"下午三点的发布会，都去。完事请保罗吃个饭，请教请教。都好好想想，要问什么。孙工的先放放，一个个来。"说完，又拖来把椅子，脱了鞋，两腿摆上，双手抱肩，说了句"袜子新换的"，然后闭目凝神，再不言语。

小李和小武见状，也学他的样子，闭上眼，一动不动，禅定了起来。

小李突然睁开眼睛说："晚上请他吃什么呀？"没人理他。他抄起桌上的书，敲了自己脑门一下，闭上眼，也闭上了嘴。

14．采　访

下午的活动没在书店，临时改到了球场上。原因嘛只有一个——读者来得太多。其中不乏熟悉的面孔，比如：大道之行的卢大山，挺着大肚子的张秀莲，开哈雷的郑家琦……如果没记错的话，魏晓荷可是说过，他们不认识杨保罗的。那，郑家琦的出场算怎么回事呢？

保罗首先感谢了各位读者的莅临，之后是供电公司仓库的朋友们，说没有他们的宽容与支持，就没有这本书的面世。当然，也不能忘记感谢死者纪祥云。

他说："有人问我，为什么要写这本书。不记得当时怎么说的了，好像说了不少，也不知道有没有说到点子上。今天跟大家讲一个我遇到的真事儿吧。以前，我老去图书馆写小说，北京的国家图书馆，紫竹院北边那个，离我家不远。我很喜欢那个环境，尤其是北馆，新建的，里里外外特别恢宏壮观。好多人去拍照，录视频，有直播的，还有拍电影的。但里面很安静，不让接听电话，桌子上立着牌子。可就那样，还是有打电话的，还有打起来没完的。有一回，我前排桌坐一个，男的，戴着耳机打，压低了声音，还挺自觉是吧？其实，他打起来没完，可烦了。四周没人说他，我也不想理。可他没完没了，你根本没办法集中精力。我本来就不会写，让他一吵更不会了。我就过去了，我说：'老哥，别打了，好吵。'你们猜他说什么吗？'不行！'我还以为听错了，就等了等他，他果然不打了，我说声'谢谢'就走了。过了一小会儿，这哥们儿又打上了！管理员也发现了，过去很文明地轻轻拍了拍他。可这哥们儿呢，声音调低一个档，算是给了管理员面子，但就是不挂断电话。不光有打电话的，还有秀恩爱的，坐在我面前，正对着，小伙子在姑娘光溜儿的胳膊上摸来摸去，摸着不过瘾，还撸上撸下。"

听众的笑声渐起。

"图书馆哎！都是免费的。我又没掏钱，真不好意思看。"

听众的笑声更加奔放了。

"秀恩爱还是可以偷着看看，可打电话的，我真没兴趣听。大家可以想想，为什么我们的身边老有这样的人？他们是怎么想的？你们知道他们是怎么想的吗？他们根本不认为他们的行为有多么可耻，也根本不在乎会给别人造成多大的伤害。这个问题我问过纪工，纪祥云，也就是咱们这本书里的那个被害人。纪工说，那是他的自由。因为他的这句话，我有段时间甚至想给这书起名叫《自由》。我们是不是有必要想一想，我们做了什么，我们这个社会上才会有那么多人想要一种那样的自由？别说什么都没做，我们一定是做了什么。要不是为了写这本书，很可能我也不会找他什么麻烦。我没有什么了不起的，也没有敢跟恶势力做斗争的勇气，千万别高看了我。

"还有人问我：'你到底有没有杀纪祥云？'问这问题的都是至爱亲朋，是真正关心我的人。我对他们讲，我当然不能承认自己杀了人。可对广大读者呢，那就不一样了，我完全可以跟你们说……"他故意停顿，看大家的反应，"你们想去吧！"

有人大笑，有人鼓掌。

"作家是靠写的，说什么，一点不重要。我有没有杀人这事，就别听我说了，还是听警察怎么说吧。但有一点我需要承认，如果我不写这小说，纪工很可能就不会死，不会被一枪爆头，很可能！这个理儿我是认的。

"还有朋友问我，为什么小说里要出现那么多真实的地名、公司名称和真实的人物？其实，跟真实的事件相比，这些都算不了什么。既然不是那么重要，是不是可以换个姓呢？搞得现在好多书里的人物坐在底下，就坐在我们身边。他们中有一部分人，恨不得现在也一枪爆了我的头……"下面哄堂大笑。

"那我为什么非要这么做呢？因为，我要做一个实验，想看看一本书对改变一个社会能起多大作用。有人说，文学无用，哲学无用，好，那我就让他们看看文学——好的文学——有多有用。有多有用呢？比如现在，就有警察把这本书当作破案工具……我看到了，有人在笑，能告诉我为什么笑吗？小艾！"他把手伸向老王的秘书，那个曾经说老赵和小李费死牛劲也破不了案的小姑娘。

　　小艾站起来，大大方方地接过麦克风，说："我没笑你，我是笑警察。"意识到说错了话，忙看看四周，有点心虚地问："今天，这里，有警察在吗？"

　　小李举起手。

　　小艾笑得低头弯腰，台下都快沸腾了。她连说了好几个"不好意思"，才把大家叽叽喳喳的议论声压了下去。她说："不好意思，警察叔叔，我没别的意思。都赖保罗，我笑笑怎么啦？还点我名！"她指着保罗，"你把我写进小说里，写成那样，我没找你算账，还敢点我名！"

　　保罗作苦笑状，问："都等着你呢，说不说吧？"

　　"不说！"回答得那叫一个响亮，众人哄然大笑。

　　小李站起来，宽厚地劝她："妹妹，没关系，怎么想的就怎么说。我们当警察的脸皮厚，听得了。"

　　小艾只好说："警察叔叔，您别听保罗忽悠，那本书是他，怎么说呢，是他编的。您要照着书上的线索破案，得先把保罗抓起来。"

　　站在一旁的老王发话了："小艾，胡说什么呢？赶紧坐下！"

　　小艾吐了吐舌头，交出了话筒，不服气地坐了下去。现场气温瞬间低了十度。

　　小李接过话筒说："相信大家对小艾的笑容都已经读懂了，是吧？笑得多明白！这案子不管是不是照着小说破，你们警察都破不了。是不是这意思？"

　　"是！"众人齐声回答。

"破不了归破不了，总得努把力，是不？"

"不是。"回答得虽不如刚才齐整，但效果却非同凡响。小李知难而坐。

保罗见时机已到，赶紧进入现场提问环节。读者问题不少，但主要还是围绕着那个——作者是不是凶手展开的。有读者分析："作者不是凶手。如果作者是凶手，那他就太低级了。为写一本书，去杀一个人，太不可理喻。"

有人持反对意见，说："可他要偏偏拿个笨办法挑战你们呢？手段再笨，就是没人能想到，也没人抓得着他，那不就是最高明的方法吗？"

还有人认为警察破不了案，不为别的，就为那滴水不漏的现场。

有人立马站起来反驳："滴水不漏是小说里的现场，而不是现实中的现场。作者如何确知现场真的滴水不漏？就算作者是凶手，他就一准确定现场没留下一点痕迹吗？"

对于聪明的见解，向来不乏掌声。保罗也立刻竖起了大拇指。

有人说："滴水不漏的现场不是难点，最难的是齐心协力的院子里的这帮人。这攻守同盟，可比东方快车车厢里的乘客们严密多了。想破案，门儿都没有。"

这么说，老王不干了，说："我可得代表大城县供电公司仓库的兄弟们说句话了，我们真的……很胆小，很怕事，没人拿得了那把枪。别说拿枪了，看一眼就吓尿了。还杀人呢，也太看得起我们了。"

已经有人笑得前仰后合了。

吴工接过话筒，说："主任，我得批评您了。您身为领导，也太玩世不恭了，还当着这么多记者呢，能说点真话吗？"就像下一个大潮涌来前的平静，就像过山车快要爬到顶端时的缓慢，现场顿时安静了。他顿了一下，稍微扫视了一下全场，说："您虽然没杀人，但您总知道谁知道吧？有个人他肯定知道，这是明摆着的……"

"谁？保罗？"有人按捺不住。

"不，"吴工平静地说："上帝！只有上帝知道谁干的。只要你能找着他，他肯定告诉你……"

有人鼓掌，有人打口哨，有人表示反感。真是一个闹哄哄的下午，但主要是快乐，更何况还有免费的茶水和小点心呢。

保罗认为该严肃点儿了，文武之道，一张一弛嘛。他跟主持人，也是他书店的店长耳语了两句，主持人上场，告诉大家，负责纪祥云案子的赵队长也在，不妨听听赵队的看法。

老赵没想到会点他的名，匆忙中只好实话实说："大家的判断大都是从动机出发的。分析结果从动机出发，没有错。但大家有没有发现，我们的出发点往往是缺少证据的，往往是以自我感觉为中心的，还有一些是很善良的。但事实上，动机这个东西很难捕捉，打个比方说，张学良活捉老蒋。谁能想到，一个把东北四省拱手相让给日本人的土匪的儿子敢把老蒋抓起来？连老蒋都想不到。这就是证据的缺乏，对动机的不了解，或了解不充分的结果。苏联解体，东欧裂变，美国人和中国人都惊呆了，连他们自己都始料未及。谁能想得到呢？道理是一样的。不能因为留给我们的证据少，我们就可以不去寻找证据，只在动机里猜测。过去，许多冤假错案就是这么来的，非常可怕。我看到大家对保罗非常喜爱，有人把他假定成杀人犯，也是开一开善意的玩笑。就算保罗真的杀了人，也有人依然喜欢他。为什么会这样呢？因为有个前提，就是说，本案的受害人是一个坏人。我知道，很多人不喜欢纪祥云，我也不喜欢。但是，我想说的是，我反对私刑。林肯说过一段话，原话我说不上来，大体意思是：我明知我的当事人有罪，但还要为他辩护，为的是人的尊严，法律的尊严和社会的公平！保罗是不是杀了人，我不知道，但我知道保罗有他的秘密，没有跟我们说。直说了吧，他跟我们撒了谎，我们已经验证了，在某些问题上。他的秘密是什么呢？我们还不知道，也可能他藏在了书里，我们一时还没找到。说实话，他的书就像座迷宫，不好走出来，没看过的可以试试。最后我想说，也是这两天给我的一个很深的感受：读书太少。我个人，包括我身边的同事，读书太少，文学修养也差点意思。所以呢，还得向保罗请教请教……"然后，他指着保罗："你不许跑！"

老赵的发言赢得了热烈的掌声，保罗也连连点头。

提问之后是签售环节，老赵瞅了一眼小武怀里的书，说："要签签去吧，有什么不好意思的？"

有了这话打底，对小李撇到耳根子后面的嘴巴也可以视而不见了。

半个多小时后，终于签完了。小李在一旁小声嘀咕："签个名还要拍照，现在的作家跟演员似的。"

"他会借这本书一举成名的。"老赵小声回应。

"纪祥云要真死在他手里，他可就把作家这行糟蹋烂了，远胜郭敬明和于正。"

"别着急下判断，判断下早了就是误判。"

签售之后，还安排了记者采访。一位电视台记者仪态万方：大长腿配一袭红裙，脚下是一双尖头红色翻毛平底鞋。中间露出的一截儿小腿，没有丝袜的粉饰，依然冰雕玉琢，光洁温润。小李看得目不转睛。

记者问："你写这本书，你的家人理解吗？"

保罗突然看向远方，好像只要看得远就能看到过往。说："我父母并不知道这本书。"

记者有些惊讶，问："你们之间有隔阂？"

"磕磕绊绊了很多年。"

"就因为写作？"

"部分是。不管什么工作，愿意做是你自己的事。指望别人理解，是不成熟的表现。"

"有没有想到他们以后也会看到这本书？"

"有。"

"不会为你担心吗？"

"当然会。"

"怎么办？"

"我会跟他们讲，不必担心。但假如他们非要担心，我也没办法。唯一能指望的就是警察，希望他们早点找到真凶。"

"真心话？"

"真心话！但这也是一个很矛盾的心理。我当然希望警察能完成他们的工作，可凶手要是个好人呢？他要是一个替天行道的人呢……这些……真的很难讲。"

"你是凶手吗？"美女的表情很迷人。

"不能说。"

"为什么？"

"因为悬念是每个人都喜欢的，破坏悬念就像你在看电影或电视，旁边老有个碎嘴子不停地剧透一样。带着悬念阅读会让你更好地理解作品。悬念也是作品的重要组成，不要轻易破坏它。"

"是怕说了之后影响销量吗？"迷人的面庞又浮出一抹笑颜。

"说到了点子上，怕的就是这个！"记者笑得更迷人了。但是保罗并没有沉浸在这迷人的诱惑里，他陷入了沉思，说："在一个猛吃猛喂快餐文化甚至垃圾文化的时代，老想着销量，不觉得可笑吗？但是，又有哪个作者会对销量漠然视之呢？"

记者莞尔一笑，转而问道："我们都知道，大城县供电公司仓库真的发生过一桩命案。您在书的扉页中也提到了，这是一桩真实发生的案件，连时间，地点都是真实的。您还说，"她拿起书，照着念道："'死者姓纪，千真万确。'那我想问您，死者的姐夫真的是华北电网的一把手吗？我这个问题不算破坏悬念吧？"

"不算。是不是坐的第一把交椅我不知道，但在最高领导层是可以确定的。"

"那个领养的孩子真的是死者生前买来的？我这可不是剧透啊，其实大家都知道，有这段。"

"没关系。这个事，是纪祥云亲口跟我讲的。"

"但书中并没这么写。"

"是的。"

"好了，不再剧透了，我也要收敛一下的我的好奇心，更多精彩内容还是等待读者自己去发现吧！不过，咱们可以聊聊职业规划的问题，也可以给年轻人一点启示。如果这本书畅销，您还会接着写小说吗？签售会上您说，这很可能是您唯一的一部小说。还说，您将来并不打算做一个作家。为什么不继续做作家呢？是因为写书不赚钱吗？"

"不当作家是因为我没那个本事。这部小说之所以能写出来，还有人喜欢，无非是因为我掌握了太多的真实，这本身就是一件很偶然的事情。你不可能再这么幸运，再遇上这么档子事。我说过，我不是一个很有写作天赋的人。"

"我看了几页，语言很流畅，情节很有吸引力。"

"写作最需要的是想象力，而我没那么多，甚至可以说，完全不够用。"苦笑。

"如果这本书畅销，也许你会成为大城县的英雄。"

"怎么讲？"

"你在用一本书实实在在地惩恶扬善。现在很少有人这么写小说，你不觉得吗？在大城，这本书的出版比这位库管员的死还要轰动，我好几个同事都在谈论你。有人说，因为你的书，廊坊的空气干净了好多。你看，整个廊坊都在谈论你。"

保罗用自嘲的口气说："从来没想过这个问题，我说的是当英雄那档子事。好家伙，吓死人，还英雄呢！左拉为德雷福斯振臂一呼，那叫英雄。我算老几？"

"有没有想过，你的小说会被拍成电影？真有人想拍，大城县的领导一定会支持。这样一来，老仓库还能成景点呢。听说，这里以前不是这样的，是你给出的主意……"

之后的采访就奔着造神的方向去了，不是保罗想拦就能拦得住的。好些事情就是这样，一旦车轮滚起来，不管你是推车还是坐车，都难以控制。

发布会结束，老王给他们几人请进了自己的办公室，又去超市买了水饺。吴工从楼上借来锅，电磁炉和碗筷，给他们烧上水，小武赶紧过来帮忙。吴工说："我和老王就不陪你们了，你们想聊多久就聊多久，走的时候锁上门。钥匙给楼上 306 的林工就行，锅和炉子也是他们家的。"

几个人打眼一看，好嘛，买的饺子够四个人吃三顿的。保罗和老赵非要给他钱，他说什么不要，也不逗留，交代两句就走了，说还要回家给老婆孩子做饭呢。

小武负责煮饺子，小李负责倒茶，老赵负责继续客套。聊着聊着，就聊到了孩子。如书中所写，保罗女朋友的孩子有癫痫。老赵问："怎么样？老发作吗？"

"没有，现在吃着药，挺好的。过两天带他去北京复诊。小家伙可爱去北京了，一听说要复诊就高兴。"

"能治好，是吗？"

"能治好。快一年没发作了。我们再坚持两年，不发作的话，就可以慢慢停药，就跟正常孩子一样了。"

老赵笑笑，就像他不但见过那孩子，而且跟他还有好深的交情一样。

"说起孩子想起一事，李警官最早给我打电话，我有点不耐烦，很对不起。谢谢，谢谢。"接过小李递来的茶，保罗说，"那天，他妈出差不在家，孩子跟我睡。电话一来，差点给孩子吵醒了。他有这病，我就特别害怕吓着他。"

小李连忙道歉，保罗再道歉回去，中国人就是这么讲究礼尚往来。

老赵又问："在北京有房？"明知故问。

"有房。"

"没想着带他们回北京？"

"想过，但她爸妈都在这儿。她妈身体不太好，她得帮着她爸照顾她妈。"

"你就常住大城了？住得惯吗？"

"住得惯，世外桃源一样。河北省唯一不通火车的县城——

多有名的地方！”

　　大家在闲聊说笑中吃完了饭。小武去洗碗，保罗说：“我跟你去，这儿我熟。”

　　等他俩出了门，老赵说小李：“瞅瞅，跟人学学！还想着追姑娘呢，眼里一点活儿没有，谁跟你？”

　　“我要去，小武不让！”

　　“半天才站起来，谁看不见似的。”

　　“你连站都没站起来，还说我！”小李嬉皮笑脸。

　　“我承认，我也差得远。但你有没有发现，这家伙深得人心？”老赵可没开玩笑。

　　“我也喜欢他。人人都爱雷蒙德嘛。”

　　“什么？”

　　“一美剧。”

　　“别跟我整那没用的。再看老王和吴工，发现什么没有？”

　　“发现什么？”

　　“这俩人关系正经不错。很显然，不是今天才不错的，以前也差不了。可为什么之前他们给我们的印象是那样的呢？”

　　“嗯，谁也看不上谁，好像有多大仇似的。”

　　“很明显，在分散我们的注意力。跟商量好了似的，是不是？”

　　“这个暗示那个是凶手，那个暗示这个是杀人犯。其实，俩人都知道谁是凶手，故意互相陷害，就是怕我们找到真凶……”

　　二人同时看向窗外，紧张的表情就像复印的一样。随即，窗外现出两个身影，有说有笑。屋里的两人才算放了心。

再次落座，老赵给保罗倒上水，说："保罗，你这书要不出，我们这案子就没人管，没人问地过去了。可你的书一出，还上了电视，我们的压力就大了。要再破不了，我们哥几个就不光是丢人的问题，就是脱不脱这身警服的事了。所以，今晚咱有啥说啥，帮帮我们！"

保罗连声道歉。但他也知道，道歉不当饭吃，今晚你要不竹筒倒豆子——倒个干净，这帮人是不会放过你的。

老赵率先发难，问："纪祥云确实是从人贩子手里买小孩了？"

"确实是。"保罗回答。

"为什么第一次说是虚构的呢？"

保罗想了想，正襟危坐道："赖我，没仔细想这问题就脱口而出了。其实，我是想保护某些同志的，因为之前答应过他们。"

果然有发现，大家纷纷直起身子，小武还翻开了笔记本。

保罗问："你们知道魏老板家的事吧？"

"纪祥云买的孩子不会是他们家的吧？"小武问。

"当然不是啦！但她知道纪工认识人贩子。"

"魏晓荷知道他认识人贩子，还参与买孩子？知道还跟他好？这女人也真够可以的！"小武气愤得左顾右盼。见老赵和小李都没啥反应，甚至连看她一眼的意思都没有，这才闭上了嘴巴。

保罗笑着解释，魏晓荷并非她想的那个样子，而纪祥云也不如人贩子那般可恶。他说："毕竟只联系了一次！"

之前，保罗并不知道魏晓荷家丢了孩子。这种事，还是一个外来户，怎么会到处跟人讲呢？

那保罗为什么要去找魏晓荷呢？因为他要活命，这也是吴工计划的一部分。供电公司的人，有吴工去协调，别人，由他来想办法。

吴工告诉他，魏晓荷是个勤快人，每天第一个到店，能早别人半个小时。

不用半个小时，十分钟就够了。

一进门，魏晓荷以为他是来理发的，要他稍等，她先去烧热水。他告诉她，他不是来理发的，而是来找条活路的。他也不求她帮他，只求她给几分钟时间，听他说两句话。

她一定以为他不正常，看得出来。但没关系，他自会三言两语把话说明白，让她知道他是谁。还有，她的相好，纪祥云都干了些什么。当他说到他辞了职，和几个朋友天天骚扰纪祥云，要他还钱时，魏晓荷说："怪不得他这些日子老自言自语地发狠，还说什么要杀人呢！"

保罗问她，看上了他哪里，愿意跟他好？

魏晓荷反问："这就是你要跟我说的？说了你就能活？"

"他姐姐的儿子死了，您知道吗？"

"知道。"

"那个孩子就是纪工买来送给他姐的，这，您知道吗？如果您知道他和人贩子有联系，还买'赃'行贿，您还能跟他好，那我就啥也不说了。"

保罗要走，被魏晓荷叫住。她想知道，那孩子叫什么名字，几岁了，是从哪里买来的。每个问题都问得迫切，迫切得保罗摸不着头脑。他当然不明白，她为什么要问这个，所以建议她自己去问纪祥云，那样会问得更清楚。没想到，魏晓荷竟突然吼了起来，还威胁道："要你说就说，不然，别想走出这个门！"

他实在不明白，她凭什么让他走不出这个门？不过，他还是告诉了她，孩子的名字，几岁了，但从哪儿买的，他不知道。她要看照片，他给了她。她看得仔细，眼神是那么的迫切和惋惜。她问他，孩子是怎么死的，他也如实奉告。

几个问题过后，保罗发现她没了交谈的兴趣，神情恍恍惚惚的，便起身告了辞。到了下午，吴工给他打电话，告诉他，魏晓荷来找。

保罗匆匆赶到，魏晓荷迫不及待地跟他讲，她的儿子就是被人贩子偷走的。保罗尚在惊讶之余，魏晓荷就心平气和地道出她的分析与发现：纪祥云为什么要跟她好？为什么给她那么些钱？为什么在她面前是那个样子，那么帮她？她想，这不单单是可怜她，而是想赎点什么回去吧——钱可不能是白花的！

她说，以前她总以为，他是在真心帮她，现在仔细想想，不过就是装装样子。她把纪祥云称作畜生，甚至连畜生都不如，说，畜生都不会干这种事！

她问保罗："如果我回去质问他，他会不会发了疯地报复你？"

吴工认为不会。他认为，纪工顶多就有砸个电动车的胆量。买卖儿童，这性质可不同于敲竹杠，不可能有什么保护伞愿意为这事保他。所以，知道的人越多，他就越老实，保罗就越安全。

保罗同意吴工的意见，那样会让他好好反省反省。魏晓荷赞同，说："是，他是该好好想想，他到底是个什么东西了。"

所以说，保罗想保护魏晓荷一家的说法应该是没错的，连老赵这样的外行都看出来了。小说里要是告诉读者，魏晓荷丢了儿子，这书可能还会精彩几分，可是保罗偏偏不写，足以佐证。老赵相信自己的推测，但他还是希望从保罗这里得到验证。

保罗回答："是，我找过他俩。说起我正在写的小说，问他们，要不要把他们的孩子写进小说里。如果小说卖得好，就会有更多的热心人看到，说不定就有谁就会帮上他们。"

他们商量了，最终还是决定不写。他们担心，书被人贩子和买主看见。要是被人贩子和买方看见了，他们的孩子不就更危险了吗？就算没危险，可再想去找，岂不是更困难了？

人贩子看书吗？就算买主看到了，买主知道孩子是谁家的吗？但不管怎样，还是要尊重家长意见的。

老郑说："对我们来说，没有消息就是好消息。养在别人家里也比他出了意外要好。没有消息，我们就当他是安全的，健健康康的。就算孩子一辈子没找回来，在我们的脑子里，孩子也是活着的，直到我们死那天，他都是活着的。你可以笑话我们自欺欺人，可我们不自欺欺人又怎么办呢？在大城，除了纪工就是你，我们没跟别人说过我们孩子的事。"

说那话时，纪工已经死了。

迄今出场的所有人中，魏晓荷两口子是与小说中的形象差别最大的。

小说还隐藏了秘密，这个秘密是重要，还是不重要呢？

保罗一定是看出了他们的疑问，便说："我虽然没有十足的证据，但我还是认为，魏老板两口子不可能杀人。要杀了人，再被你们抓住，孩子谁去找？想知道他们有没有杀人，对你们来说，太简单了，不用我废话。我只是想提醒你们，多看看书，对你们有用。"

"为什么不直接告诉我们，答案在哪一页哪一行呢？"小李有点懊恼。

保罗笑答："书不是这么读的。"

老赵说："那你给我们讲讲读书之道，也行！"

保罗问："知道大清为什么亡吗？"

"因为颁了《宪法》不用，还组了个皇室内阁，又养了个袁世凯，不亡才怪呢。"老赵说。

"赵队长史家之言，说得好！史家之言您说了，我就说两句小说家的话吧。大清亡，亡在小说写得太差。"见众人面面相觑，保罗笑道："大兴文字狱，拿着审查制度当口罩，生怕会写字的写出大实话来。结果呢，整个社会真就不会写了，会写的也不敢写了。除了个《红楼梦》勉强能看，整体而言，比明朝都不如，跟欧洲，美国更是差了十万八千里。知道法国十九世纪的厨娘看什么吗？巴尔扎克。别说十九世纪了，就是现在，中国的厨娘也不看巴尔扎克啊！一不会写，二不会看，一个民族没有文学修养，跟没开化有什么区别呀？庚子事变，清军装备不比八国联军差，克虏伯大炮、机关枪、毛瑟、来复枪有的是，连义和团都有枪有炮，为什么打不过外国鬼子呢？因为人傻，都不知道怎么瞄准，不知道怎么架炮，不知道现代战争是如何排兵布阵的，能打着谁？给台量子计算机也只会斗地主，了不起了看看穿越小说，能干什么呀？"

"照您这么说，不会打仗是因为看书少，而不是因为看小说少。"小武说。

"好几千人打不下一小教堂，为什么？子弹都打天上去了，不会瞄准，拿着洋枪当弹弓使，能打着谁？洋枪就是洋枪，弹弓就是弹弓，小说就是小说，而不是用来对号入座的。您老拿着它当弹弓使，怎么能破得了案呢？"保罗笑道。

"有点听明白了，但能再明白点吗？"老赵若有所思，若有所察。

"我不知道我的小说能不能帮你们破案，我只知道，只要认真看过的，都能丰富他的思路——这对读者是很重要的。同时呢，我也非常希望我的书对你们有用，就像一枚炸弹，好歹要炸出点动静，让有些人乱了方寸，你们也好趁机下手。这也是我在纪工死后的一种写作动机。最后说一点，写谁就是谁，我写谁我就是谁。我想，写小说跟读小说是一个方法。"

"领教了！多谢，多谢！能再多教点儿吗？"老赵讨好的样子。

"我会的也就这么点儿了。"保罗装得谦虚而低调。

再说孙工，为什么要把孙工写成幕后指使，当初是否想拉孙工入伙？

保罗承认，他跟孙工讲过，要拉他入伙，可他不干，还笑保罗痴心妄想。保罗这才想到，可以把孙工写成一送钱的。至于，真正的幕后老板是谁，你们想去吧！

老赵说："你这属于公报私仇。"

"孙工绝不会这么想。你们见过孙工吗？"

"见过。"

"了解这人吗？"

"一点点。"

"知道他是怎么干上业务员的吗？"

"不知道。"

"那还是不了解。我讲给你们听，可有意思了。"

保罗认识孙工，还是卢大山介绍的。卢大山和孙工是酒友。他一喝酒就叫上保罗，因为保罗不喝酒，能给他开车。卢大山是五两到一斤的量，高度的五两，低度的一斤，还挡不住。孙工比卢大山还能喝，他自己都说："我从来没喝醉过。"

干业务员以前，他是他们单位研究所里正经搞科研的。后来怎么就干上销售了呢？因为对所长不满。他们所长窃取基层研究员的成果就像搬楼道里别人家的蜂窝煤一样，在所长看来，整栋楼都是他们家的。孙工是一位基层研究员，被所长窃取个把研究成果，按理应该自豪才是，怎么能心怀不满呢？所以，所长一开会就表扬自己，奖金是他的，标兵是他的，什么都是他的。孙工却很不应该地怀恨在心，还利用一次聚餐的机会，在饭桌上，愣生生给所长喝出了胃穿孔，在送医院的路上吐血不止，差点儿没把命给丢了。同事就笑孙工，说你这哪儿是喝酒，活脱脱的谋杀！您想，他这样，在所里还能待下去吗？没地方去，只好干销售了。嘿，凭他的酒量，还真比做研究员挣得多。

这情节，和小说相差无几。

"您这么说，是暗示孙工是凶手，还是送钱的，还是……"小李求证。

"我什么也没暗示。咱们还是以小说的角度看小说吧！"

孙工是个大嘴巴，可爱聊他们单位的事了，讲得活灵活现。不过，他说的都确有其事，并没有添枝加叶，更没有胡编乱造。经过他的讲述，桩桩件件，都足以令人喷饭。孙工这人，好读书，视保罗为同道，常跟保罗谈天说地。保罗也爱听，因为他经济、政治、军事……多有涉猎，且讲得有理有据，有板有眼。这要开个网课，不会比薛兆丰的经济课差多少。他把他们单位看得很透，也把国企研究得很明白，提出了许多独到的见解。保罗认为，这家伙是个人才。能把自己的单位研究这么明白的，不多见。如果能录下来，发到网上，是多好的案例？可他不干，说死不干。

他俩还探讨过纪工的问题，说一个单位怎么才能杜绝像纪工这样的人出现呢？在孙工看来，要建立职工代表大会，作为企业的最高权力机构，企业各级领导应由职代会进行选拔。同时还要完善选拔制度、测评制度、监管制度……保罗尽管认同，但是觉得过于漫长，所以问他，就现在而言，怎么才能把纪工从供电公司踢出去呢？孙工说，现在？肯定是没办法。保罗又问，既然踢不出去，那怎么能从纪工手里把钱要回来？而且，要保证他永不再犯。孙工还是说没办法。保罗说出他的想法，孙工认为根本行不通。保罗说："记住你说的话。我会让更多人听到的。"

孙工不以为然，说没问题，而且他也记得住。

小说里的描述比这个详细。

所以，杨保罗说，不管他能不能接受他的新身份，都不能有怨言。有，也得收回去！

照理说，杨保罗该给孙工寄本书去的，可他却让孙工自己买，可见关系还是不错的。

那么，给吴工放在结尾又是怎么回事呢？

这就是小说本身的问题了。小说需要有个内应，不然，就凭"男人"单枪匹马，难度太大，不合理不说，还失去了喻义和震撼力。

此话一出口，众人均默然——太有道理了！保罗知道他们在想什么，却不做解释，继续等着下一个问题。

"为什么是吴工呢？"老赵率先打破沉默。

"吴工这一角色最合适。吴工可是纪工的接班人,是实实在在有好处的人。在别人看来,这点好处不算什么,但对吴工不一样,他的生活从此就不一样了,他说了算了!他说了算了,这还不够重要吗?当然,我说的只是小说。"

"老王不行吗?"老赵又问。

"用老王就太颠覆读者的世界观了。世界观的颠覆太容易带来虚无主义的降临,那是对读者不负责任。"

"您写的时候,跟吴工商量过吗?"小武问。

"没有,没那必要。"

"知道纪祥云给孙工打了个对折吗?"老赵突然问。

"什么?什么对折?"保罗没听懂。

"孙工说,照以前,纪工会敲他一万多,可那次,只要了五千。"老赵解释道。

"就是他给我,我又还给孙工的那五千?"保罗皱着眉头问道。

"是。"

"有这种事?"声音小得像雕塑,继而陷入马可·奥勒留式的沉思,在沉思中嘀咕:"他没跟我说。"

老赵说:"孙工不明白,我们也很奇怪。后来,我们就给供货商们挨个打电话,发现好几家都遇上了这种好事。搁以前,想都不要想……"

"什么时候的事?"

"从他死前两个月左右吧?还有两家没要钱,因为货款金额小，不到十万。"

"有名单吗？"保罗环视着他们三个。

小武看向老赵，老赵点点头，小武说："有。"

"能发我看看吗？"

老赵又冲小武点了下头。小武打开手机，点出文件，把手机递给保罗。保罗盯着手机，眯起眼，越眯越小，渐渐地闭上了。只见他左手握拳，支着额头，低声说："没人跟我说。这太扯了！是真的吗？"

"上头有电话，随便你打。"老赵说。

"能发我一份吗？"把手机递给了小武。

小武又看向老赵，老赵说："行！"

小武发给了保罗。

保罗叹道："书白写了。"

"你认为他正在由恶向善？"老赵问。

"嗯！"保罗沮丧至极，这懊悔的沮丧！

"你的拯救计划见效了？"

"是啊！书白不白写尚在其次，人是白白地死了！"说完话，嘴都没闭上。什么动作都慢了半拍，好像瞬间老了许多。

"那我还是不明白，既然要做一个好人，那为什么还要要人家钱呢？要一半也是要啊！"老赵又问。

"可您别忘了，还有两个一分没要的。"

"那是为什么呢？"

"我有我的理解，但不一定对。你们也可以问吴工，看他怎么说。咱之前就聊过，我要写纪工这个人由来已久，所以，跟好多人聊过，包括他们仓库的工人。我第一次来，就发现他跟那些干活的工人关系不错。第一次跟他打交道，是捡卢大山的剩，他非说那批电表箱的尺寸不对，让他们的工人帮我们改了。其实就打了几个孔，我也不知道有没有必要。因为我们的箱子是照着图纸做的，没有错，错也是他们的图纸给错了。一见面，他就跟我讲过这事，还带我看，说他们的工人忙了一下午什么的。我问他要多少钱，他说二百。我当然知道这钱是没必要给的，因为不是我们的错。可我当时还是掏出了二百块钱给他，希望他赶紧签了字完事。结果，他还不要，要我直接给工人。我坚持给他，以为他跟我装呢，可他就是不要，还义正词严的样子。好吧，那我就给工人。那个工人倒是接了，姓黄，我一直记得。"

"好记性。现在还在？"老赵问。

"没办法，就这点出息。不知道在不在，应该在吧？不然他干吗去？我有他电话，发给您。没您微信，发李警官吧。"

"叫我小李就行。"

"那不合适。"

"叫建国吧，我们都叫他建国。"老赵做了主。

"好，发您了，建国警官。"

建国无奈一笑。

"说真的，你们这几个人，真是没得说。警察我见过好的，也见过赖的，但像你们这样一点架子没有，又一心扑在案子上的，我还头一次见。第一佩服吴工，第二就是你们。"

"我还以为第一就是我们呢。"小武开着玩笑。

"我这人跟别人不一样，我当着吴工说，第一是你们。好了，说正题。那个黄师傅是个好喝酒，好聊天的人，尤其一喝上酒，天南海北的话可多了。我请他吃饭就是想知道纪工是个什么人。他说，纪工是好人，为什么呢？因为他老请他们吃饭，老给他们分钱。到这儿我才明白，他们是一伙儿的。只要纪工想从我们这儿敲钱，他就得有借口，借口就是必须有人给他托着。谁托着？就是管安装的这些工人。山哥负责的时候，他敲他，说东西装不上，得改。山哥也是电力圈的老人了，国网公司的高层不认识，廊坊的领导还是熟悉的。他不服啊，派技术来了。你不是敲我钱吗？我就是不给！要改给你改，但改了你还不给我签字，那就是违约了，我就得去廊坊供电公司说道说道。结果呢，技术是去了，去了两回，再不去了。为啥？他把货给你发乡下去了，这个村一个，那个村俩，你开着车满世界修去吧。吃住不是钱？加油不要钱？那费用大了去了。村里的电工再不配合你，十天的活，你一月也干不完。"说到这，保罗苦笑了一下，"山哥只好投降，加上性格又高傲，就把纪工托付给了我。说到这儿，您该明白了吧？要孙工那五千块钱，是给工人们要的。谎已经编了，活已经干了，不给人钱不合适。我猜，他要来的钱，至少有一半是给工人的。工人们为什么说他好，是有好处的。"

"这么说，他就是一个利益集团的大家长，有可能想退出这个利益集团。"老赵分析。

"是不是有点身不由己？"小武说完又环顾众人。

"你想多了吧？"小李不以为然。

"这可不好说。"老赵转脸去问求证："保罗怎么看？"

"依我看，在供电公司，唯一跟他过得着的就是这帮工人了。想理解他们的关系，得先谈一下人员编制的问题。供电公司有三种人：正式工、合同工、临时工。像纪工、吴工这种人，都是正式工，从入职干到退休，只要不作奸犯科，没人能辞退你。就算作奸犯科了，还有刑满释放又回来的。合同工就是劳务派遣来的，跟劳务公司签合同，一年或两年一签，随时可能被解除合同，待遇跟正式工没法比，差多了。临时工更扯了，连社保都没有，说白了，就是非法用工。在仓库真甩着膀子干活，一身臭汗湿透工作服的都是临时工。我问过，临时工工资两千都不到，没证的更少，一千多一点。我听有的临时工说，'在供电公司，我们这种人，狗都不如。'黄师傅说，纪工一个月差不多能分他七八百块钱，一千多的时候也有。不光他，每人都有份，所以，这些人没有说纪工不好的。赵队长说，他是大家长——用词准确。他管了他们这么多年，要说突然不管了，挺难的。"

一时，大家都没了话。

老赵和小李结伴去抽烟，站在楼道里，扶着栏杆，看足球场上年轻人你追我赶地踢着球。只可惜，球技太差，屡屡踢到跑道上遛弯的人身上。遛弯的人也不恼，以更加离谱的脚法踢回去，找地方接去吧！篮球场上，有人扣篮，引来片片叫好声。打乒乓球的多是老年人，别看年纪大，身手却一点不比年经人含糊。还有踢毽子的，踢得花哨，使个夜叉探海还能屡屡踢着，不服不行。

小李说："师傅，您这牌打的，对他触动挺大。他那表情，杀错了人似的痛苦。您说，他会是凶手吗？"

"不像。他是不是凶手，猜来猜去没意义。他说了好几回要我们仔细看书，我觉得说得很对。我们现在唯一能借助的不就这本书了吗？"

"他也想知道凶手是谁。"

"仔细想他说的话，他向我们推荐的写小说，看小说的方法。小说里的凶手是躲在对面那栋楼里的，"老赵突然转身，后背倚着栏杆，指着曾经是纪工现在是吴工的办公室，"拿望远镜看到这屋里发生的一切，认定了他下手的时机。保罗一走，他果断冲进来，开枪打死了纪祥云。写凶手的那一刻，我就是凶手。我们怎么就没想到呢？回去好好看书，明天主攻对面的居民楼。"

"我还是想知道，他为什么要写这本书，为什么要起名为《畅销书》？"

"回去问他。"

"我还想去趟北京，见见他爹妈……"

"也见见他同学。"抽完最后一口烟，把烟头丢进不锈钢的垃圾桶。垃圾桶盖上装着水，专门收集烟头的。要回去了，老赵边走边看着楼下的风景，突然驻足，叹道："多好的风景，可惜，纪祥云没看到。"

"看到了是不是能明白点，比他本事大的就在眼前？"

"这问题，就不是咱爷们考虑的了啦！"

老赵和小李在楼道里探讨案情，小武在屋里和保罗聊起了八卦。小武问："杨老师，你俩真的是在公交车上认识的？"

保罗说过，跟书里写得一模一样，而且写得很详细。可小武还要问，无非是对童话故事的向往，没正经谈过恋爱的男女都信这个，还梦想着有朝一日自己也能童话一回。保罗只好告诉她，他老婆也看综艺节目，爱转发鸡汤文，好吃个垃圾食品，喝可乐，水果蔬菜几乎不动，体育运动没一样喜欢，不然也不能那么胖。

"嫂子很胖吗？小说里怎么没说？"

"你说呢？"

小武很开心，有人陪她八卦，再以亲身经历披露情感话题，多带劲！听说他前女友还是个同性恋，这怎么没写进小说里？这要写里，该多有意思？不过，没写也没关系，聊聊也行。这种事，说的比写的有料。可是，杨保罗却答非所问："不觉得耐心这东西很重要吗？我对纪工要有对别人一半的耐心，他可能就不会死。"

没听上情感故事，怨不得保罗，要怨就怨老赵，一记断魂枪，断得保罗魂不守舍。

老赵和小李一回来，保罗就迫不及待地跟他们讲，他与纪工的最后一面不像小说里写的那样。

前面提到，小说中说，保罗辞职后，和纪祥云有过四次对话。

前三回没什么可说的，大差不差，但真正的第四回就跟书里写
得太不一样了。我们应该还记得小说中的情节：保罗刚要推门，
纪祥云就把门拉开了，俩人彼此吓一跳。随后，保罗气势汹汹
地要纪祥云坐回椅子上，纪乖乖照办。其实不是这么回事。

　　真实的情节是，纪祥云摸着胸口问："你想吓死我？"

　　保罗也惊魂未定地问他："急急忙忙干吗去？"

　　"你啥事吧？"

　　"屋里说！"

　　纪祥云坐回到自己椅子里，保罗坐他对面。

　　纪掏出烟，问："抽烟？"

　　"不抽。"

　　"喝茶？"

　　"不喝。"

　　"啥事？说吧！"

　　"孙工来过？"

　　"来了。"

　　"给了你多少钱？"

　　"就为这？"

　　保罗低头不语，半晌，突然从包里掏出把手枪，丢在桌子上，
扫了纪祥云一眼。纪祥云身子一晃，保罗连忙说："甭害怕，假
的。知道我想干吗吗？想拿它吓唬你。我是这么计划的：你不
是要了孙工的钱了吗？我跟你要，你肯定不给，我就掏出它来，

那你给不给？但我发现，我干不了这个。"他吞了口唾沫，"除了这把枪，我还准备了一道具，"从包里掏出《新约》，举起来，给纪祥云看了一眼后，放到了桌子上，"要子弹还是要《圣经》？这就是我的设计。怎么样？"在《新约》和玩具枪面前一挥手，"仁义的武器在左在右！"指着《新约》，"里面的话，想看送你。"

纪祥云斜坐在椅子上，表情平静，好像以这样的表情和姿势坐了一下午了似的，说："有人说你人不错，我却觉得你挺贱。不管你是好是坏，至少你没说错——我不是个好人。你的书写好了？"

"写一半多了。"

"给我写死了？"

"你一出场就是死的。"

"有意思。那谁杀的我呢？"

"这我不能说，我也不知道。"

"不是你？"

"是我不就知道了吗？"

"你都不知道谁杀的我，你怎么写呢？"

"不知道也能写，你就放心大胆地等着看吧！"

"我知道谁杀的我！"

"谁？"

"我自己。"

"你想自杀？"

"不会，我这么贱的人怎么会自杀呢？我是说，不管是谁杀的我，都是我杀的我自己。"

"明白了。什么时候有这想法的？"

"不知道。你不是要钱吗？孙工的钱，都在这儿。"说着，把一厚厚的信封丢了过去。信封在桌子上滑了一段，最终滑进保罗的怀里。

保罗往信封里瞅了一眼，问："孩子的父母是谁？"

"真不知道。"

"人贩子手里买的？"

"不从人贩子手里买，哪里买？超市又不卖。"

"人贩子电话还有吗？"

"不瞒你说，你上次走之后我打过，空号。就这个。"胳膊平行于桌面，手机屏幕平行与保罗的脸，足有十秒钟。

"敢报警吗？"保罗问。

"不敢。"

"好吧，你再想想。"

"想都不用想，不敢就是不敢。"

"为什么你不报警呢？"小武问。

"我要报了警，我的小说还怎么写？你可以定我知情不报的罪，没问题，但我一定要把小说写出来。在我看来，小说出版比事后去报警这个事，要重要得多。何况，我现在这情况，不也等于报了警吗？"

"拿到了钱，怎么没给孙工打个电话？"老赵问。

"我早晚会给他。早给，万一他跟你们说了，你们再找我，我小说还写不写了？晚给，他还能买我本书。"保罗笑得惨淡。

"早给也许还能帮我们破案呢！"小武并没有抱怨的意思。

"想过，但没想到怎么才能帮上你们。"

"纪祥云的转变，你不吃惊吗？"老赵问。

"在找他之前，我已经从老王那儿听说了，他的变化不小。洗碗，擦地，擦桌子……以前啥都不干，睡醒了连被子都不带叠的，就知道吃。我也着实没想到他会把钱给我，可能他也没想到我会带把玩具枪去找他，还明告诉他是假的吧？说实话，他在我心目中已经不那么讨厌了，可我还是把他写成了那样。因为，那一段在我去之前已经写好了。更加让我不能不这么写的是，之后'男人'的登场我也写好了。没想到，他真的被打死了，跟小说里写的……简直了！"保罗有点说不下去了。也难怪，对他而言，这不只是思而不得的问题，更多是混杂着恐惧的沮丧。

"害怕了？"小李问。

"有，有害怕的成分，但更多的是惊讶。当我知道他死之后，那个惊讶的感觉就像一车水泥从头浇到脚，直接给我定那儿了。我还敢改吗？我出来就有人进去把他打死，我就是这么想的，也是这么写的，绝不是我听说了他被人打死之后，才那么写的。你们……我觉得没有谁能够理解……甚至我都怀疑我是不是有第六感，太不可思议了！我不是唯心主义，也不信什么通灵之类的东西，可就因为这事儿，之后，什么都不想了，都照着之前设计好的那么来，一气呵成。我知道我这么说，你们会怀疑我。不过，没关系，因为事实就是如此。"终于说完了，保罗深深地叹了口气。

老赵笑叹："厉害，厉害！"

"谁？"保罗问。

"你。"老赵回答。

"我有啥厉害的？"

"什么都被你想到了，还不厉害？"

"赵队长是在暗示……"见老赵不说话，只笑嘻嘻地看他，"狡猾！是暗示老王和吴工被监听吗？"

"可以，让人不佩服都难！"老赵除了叹服，真不知说什么好了。

"这个不难，他俩嫌疑太大了。老王是动机太充足，吴工是丝毫不掩饰。被监听很正常，要不监听，那才不正常呢。"保罗解释道。

"写作期间，你的小说给谁看过吗？包括写作计划，向谁透露过吗？"

"我爸教过我：屎还没拉下，就别把狗叫来。纪工死之前，我只跟纪工说过一嘴，只有那一次，也只说了那么一点点，小说里写得很明白。别人，没有。纪工死后，我跟魏老板两口子说过，别人再没讲。当然，这就不算了。"

"也没跟纪工说，他在小说里是怎么死的？"老赵知道他的问题很多余，其实就想听一句肯定的回答。

"没有。"回答得干净利索。

"没有把创作灵感或写作计划写到本子上的习惯吗？"小武问。

"灵感几乎不存在，一个速记员要什么灵感？写作计划是有的，但那东西没啥可看的，应该没人看过。"

"随身带着？"小李问。

"随身带着，没人知道我记的什么，也没人感兴趣。"

"有几本？"小武问。

"就一本。"

"嫂子看过？"小武小心翼翼地问。

"不好说……不会吧？我没发现她有翻我东西的习惯。"

"也不能确定。"老赵说，这才是一个有多年婚姻生活经验的男人的正确见解。

"是，这种事没法儿确定。"保罗表示认同，"但是，我的字很潦草，时间一久，我自己都不一定认得出来。你们想看，我送你们。"

"好，谢谢。欣赏欣赏。听谁说的纪祥云死了？"老赵换了个姿势，也换了个话题。

"吴工。老王也跟我讲过。"

"之后你就关机了？"小李又问。

"当时没有关，纪工死后第三天关的。不然，我也不会知道你们那么多事。也正因为跟吴工他们聊了那么多，所以我才决定关机，不想让你们找到我。"

"也跟老王和吴工说了，我们会监听他们？"老赵问。

"是。"保罗承认，没见他有多不好意思。

"就没怀疑过老王或是吴工？"老赵问。

"怀疑过。他们也怀疑过我，我说我不是，他们信了。他们说他们不是，我也没道理不相信。我从没想到过纪工会被人打死。也问了那五位兄弟，他们也说没有。本来就没道理嘛！"

"有怀疑对象吗？"老赵又问。

"想不出来。"

"有没有想过，你的一举一动都在凶手的监视之下？不害怕吗？"还是老赵敢想敢问。

"想到了，所以害怕。怕的是，我不知道他杀纪工的原因。他死了，那我呢？我一不知道凶手是谁，二不知道怎么得罪了他。我在一个稀里糊涂的世界里莫名其妙地恐惧，不知道会不会得病。但愿我别自己把自己给吓死。"保罗自嘲地一笑。

小李问保罗为什么起名《畅销书》。保罗记得他们第一次见面时就聊过这个，小李说那次聊的只是作品。小说中说，保罗和书商是为了书好卖，所以起名为《畅销书》。

保罗稍加思索，说："如果你对这个解释不满意，那我建议你留意一下高战天。如果这本书能畅销，最倒霉的人就是他。有人说文学无用，哲学无用，我最烦这种说法。说文学无用的都是狗屁不懂的，没用的是他们自己，不管他是作者还是读者。是他自己没用，文学才没用。他的文学没用，不代表别人的文学没用，文学对他没用，也不代表对别人没用。不信就拭目以待，看它有用没用。"

15. 房 客

周日加班，局长招集原班人马开会，重启纪祥云的案子。

一上来，局长先感谢老赵，感谢老赵没跟他早讲，让他踏踏实实地过了个礼拜六。老赵面无表情，小歪嘴都懒得动。之后又感谢了小武，说："真是个好孩子，真心疼我。我只是跟她客气客气，没想到她真给送来了。大晚上的，都快十一点了，她把书送来了。到了家门口，门也不进，水也不喝就走了。我本不想看的，我老婆也说，太晚了，早点睡吧。但多少总要看一点吧？妹妹大晚上送来的，看两页再睡。没想到，越看越放不下，不知不觉就看到凌晨四点，天都亮了。"

众人纷纷嬉笑，小武直接趴在了桌子上，可不能让大家看到她是哭还是笑。

最该感谢的还得是杨保罗。这家伙，吃多了撑的，业务员当够了，挣足了钱，转身就扒了国网公司的小内裤。捅马蜂窝就捅吧，还专挑个大的捅！你是名利双收了，一屁股屎谁擦？"他要不写这小说，这案子就过去了。谁正经关心过，除了咱们几个？现在倒好，尽人皆知。这么做人也太不讲究了！"身为局长，自有他不满意的理由。

"领导说得对，杨保罗是够给咱们添乱的。但是，我总感觉，要是这案子真能破了，我们最要感谢的可能就是这位坑兄害弟，做人不讲究的杨保罗。"老赵提醒他。

"何出此言？"

"我说的不一定对，因为没有验证，只是感觉。感觉他写这本书是在暗中帮我们。书里说，凶手是从对面楼里观察纪祥云办公室的，观察了两个月才决定下手。为什么我们没想到？您看到凌晨四点，我回家也没闲着，又看了一遍。这是第三遍了，越看越觉得，不管有用没有，是真是假，这个细节都值得一查。"老赵回答。

"有道理。他不是在给我们画图吧？"局长眼睛瞪得像铜铃，老赵的分析让他既惊又喜。

"领导就是领导，跟我想的高度一致。"老赵的话貌似玩笑，实则真心。

局长连忙说："能跟你老赵高度一致一回，我这辈子就算没白活！"

"我能在您手底下当差，我们一家子八辈子都不白活。"说完，小歪嘴又来了。

局长笑着摇头，无奈地问道："我现在转入正题，不算输给你吧？"

老赵连说："不算，不算。您的意思是说，他在牵着我们的鼻子走，是吗？"

"是不是他知道什么，又办不了，只好写成书，把线索埋到书里，引着我们去发现，帮我们破案，给我们指道呢？"

"真要那样，他自己也够危险的。不过一本书而已，我们能从中发现线索，凶手岂不是更能发现？"

"凶手会不会再对保罗下手？"局长问。

"杨保罗也有这个担心。"老赵说。

"书越卖越火，杨保罗就是咱大城县的名人了。死一个纪祥云已经够我们喝一壶的了，再搭上个杨保罗，各位……"

小李举手表态："我跟着他，保管不让他出事！"

"还是我去吧！建国年轻，能四处跑，干这个憋得慌。"老方说。

局长说："行，老方有经验，稳妥。建国，我跟你师傅商量过，你去趟北京，找找杨保罗的父母，查查他以前的公司，他的同事，同学什么的，多找找。"

"行，听首长的！"小李说。

听不下去的局长闭上了眼，再睁开时，看向老方，说："老方，再给你找俩人。这是大事，你要觉得俩人不够，我再给你补充，反正听你调遣。带上枪，注意观察，跟好他。他去了哪里，见过谁，都要记录好。保持警惕，有情况及时呼叫。至于怎么干，就不用我教你了。但要注意，不能被发现！"

"这不还是教我呢吗？"老方笑着回应。

局长板起脸说："不开玩笑。老方，为什么让你去，你要比我明白。我多余问你一句，为什么让你去？"

"不能让杨保罗死。"

"对嘛！无论如何，杨保罗是不能死的。他要一死，动静大了去了。对你们可能没什么影响，可我呢？我想，我这局长就别想干了。只有杨保罗不死，我们才有工夫破纪祥云的案子。他要死了，就乱成一锅粥了，还想破这个案子？还想争口气？都不给你机会。"

"书看了吗？"老赵问老方。

"没看。"

"看看！"局长命令。

"一定看，这就看。"老方回答。

局长看着小武，说："向局里所有人下达我的命令：两天内看完《畅销书》，不，一天内。看完献言献策，每个人都得说出点什么来。你呢，跑一趟廊坊，再去趟保定监狱，魏晓荷两口子一定要查明白，尤其要确定时间，纪祥云死的那天，他们到底在哪儿。老赵，你在家，照你的计划行事，人员随你调配，我全力配合你。"

"行，开干！"老赵说。

"有什么要补充的吗？"局长问。

"没啥，就是想说，这案子得破了它，我觉得有戏。要是破不了，这辈子抬不起头来。书卖得越好，咱哥几个名气越大。"老赵说。

局长看着大伙儿，说："老赵说得对，这案子得破了它。但是，别以为这案子会老在我们手里。这书要卖火了，国网公司的领导还坐得住？高战天的罪名真要坐实了，必定双规。他老婆就算不进去，也得被骂死。极有可能，我们的上级领导会插手，要嫌我们不打粮食,案子就提走了,人家办去了,咱们这些人的脸往哪儿放?所以,一定要快!"说到"快"字时,双眼还紧紧地闭一下,帮着使劲呢。

老仓库的街对面是栋四层的老居民楼,年岁不比老仓库小多少。和老仓库的楼有点类似,临街的是窗户,各家门前是一溜共用的楼道,但不是过去的那种筒子楼,房间比筒子楼的宽敞,各家有各家的厨房和卫生间。

两楼之间是条标准的小县城里的老街道,双向单车道,加上自行车道和人行道也没见宽多少。站在街这边打个喷嚏,街对面保准听见。而街对面吃的是炸酱面还是豆腐脑,要眼神不太次,也定能轻而易举地分个明白。

老赵坐在保罗的书店里,透过窗户,看着对面的楼。局里派了两位兄弟,配合派出所的两位片警,正在里面挨家挨户地打听。工程不小,够他们忙活两天的。刚坐下没两分钟,张秀莲挺着个大肚子就来了。他本想在电话里跟张秀莲聊几句,可张秀莲坚持要见面,这让他很是感动——还有不到一个月就该生了。

寒暄之后,张秀莲向老赵道歉,说之前生怕杨保罗是凶手,所以没跟他讲太多——这个"太多"里,当然就包括了实情。可老赵并没有工夫追究这些,还是赶紧替保罗问个问题吧:"您知道,纪工在他死前的两个月里只收了乙方一半钱吗?保罗认为,这钱是给工人们要的,他并没有装到自己的口袋里。您知道这事吗？"

"不知道。"

"保罗认为，这是纪工良心发现，日后可能就不再敲诈乙方了。您认为这是他良心发现吗？"

"良心发现，可能有。但我觉得，更多的是害怕。"

"为什么这么讲？"

"他很紧张，怕得要死。不然也不会跟我说保罗要写书的事。"

"你知道保罗要写小说？《畅销书》？"这是一个难掩惊讶的发现。

"知道。但那时候不知道书名。"

"老王也知道了？"

"知道，我跟他说的。"

"老王又跟别人说了吗？"发现进一步放大。

"有可能，他这人是个大嘴巴，藏不住什么话的。"

"杨保罗知道你们知道吗？"

"他应该不知道。都觉得他写小说这事很滑稽，也不觉得他能写出来，也就不好意思……真去问他。怕他觉得是在笑话他。没想到，他写得这么好，还有这本事。"

"纪工除了跟您讲保罗要写小说，还说别的了吗？"

"没跟我说，跟佛祖说了。"

"什么意思？"

"他死之后，我们在他屋里找出了一铜佛。他以前从不信这些东西。"

"你们仨住一起时，他用的？"

"是，还有一香炉。"

"他怕谁？"

"不知道。保罗对他还是不了解，容易把人想得太善良，也把自己那套法子想得太高明了。我不认为他这种人是能变好的，生就的骨头，长就的肉，会因为这么点事就变好？我不这么认为。"

"你的意思是，纪工怕的人不是保罗？"

"不像。"

"你对高战天夫妇有了解吗？"

"见过几次，高攀不起。"

"是高生不了，还是他老婆生不了？"

"高生不了。他有好几个情妇，都没孩子。至于高夫人能不能生，我也说不好。"

"不是有一情妇给高生了个闺女吗？"

"有，但不是他的。那女的不知道他生不了，跟别人怀上，骗他的。他怕丢人，只能忍了。"

"够乱！"老赵有点儿晕，一会儿这个生不了，一会儿那个生不了，到底谁生不了，还是问大夫吧。当警察的还是得关心点别的："那孩子几岁到他家的？"

"不到一岁。"

"纪工的母亲糊涂了？"

"有点儿健忘，但不糊涂。老太太爱孙子，老给我打电话，我就时不时带孩子去看看她。老太太对我不错，是个家里家外说了算的人。户口本上，她是户主。老爷子不管事，一天到晚就知道玩。"

"高战天对那孩子好吗？"

"非常好，可比纪祥云强多了，是个人就比他强。高战天是个好爸爸，也挺惯孩子的，经常带着出去玩。听说，孩子死的那天，就是他开车带着出去玩，没坐安全座椅，被个醉汉把车撞翻了。他有安全带，又有安全气囊，孩子有啥？救护车赶到时还有点气，到了医院就不行了。"

"不是说是司机开的车吗？"

"电网公司是这么传的，我更相信是他开的。他很少派司机接送孩子。"

扫楼的兄弟们效率挺高。第二天午饭前，就交给老赵一份报告。四层楼，一楼是底商，位置不好，观察不到被害人的办公室。所以，从二楼算起，一共三十六家，都问遍了。

这些人家大多是老户，大多是老人，大多是自住，只有五家是出租的。

405，一家四口，甘肃来开拉面馆的。带着孩子，孩子的奶奶也在。租两年了，没转租过。

307，一家四口，从农村来上学的。孩子的奶奶在，管做饭和接送，孩子的父母在本地打工。租一年多了，没转租过。

311，一对农村来打工的小情侣。凶案发生前不久租的，没转租过。

204，一个理发师，是魏晓荷的员工，四个月前租的房。之前的房客也是她的员工，租了一年多，说是去廊坊了，姓秦。

208，出租车司机，六十来岁，老婆一年前得病死了。他两个月前租的房，为了给刚结婚的儿子腾房，媳妇不喜欢跟公公住一起。208 的老师傅对房东意见很大，因为房东骗了他。房东跟他说，这房子一直是他们家自住的，等他住进来，和邻居们一聊才知道，这房子是房东的爹住的，三个月前，这老头一个人死在屋里。

不管 204 还是 208，都是极佳的观察位置。凶手若不是仓库里的人，那他确实需要这么一个房间，临街，带窗户的。关键是 204，是魏晓荷的人。

再去分析作案动机，已没有意义了。当务之急，奔赴廊坊，要能从理发师手里搜到那本《新约》，十之八九就是凶手了。那本书长什么样呢？小说里是这么描述的：

> 绿色的硬塑料封皮，不足一巴掌大，不厚，字很小，就是教堂里免费发放的那种。扉页中有段娟秀的钢笔字——坏习惯不加以抑制，很快就会变成你生活中的必需品。

可要是他拿了书，又把书给了别人，比如魏晓荷，你怎么办？再去搜？不管是谁，留本《新约》在手里干吗？只为证明自己是凶手？光荣的标志？魏晓荷跟这有关系吗？

保定监狱的狱警跟小武讲了，老郑是个规矩人，话不多干活是把好手，进来也没别的想法，就想着怎么找儿子。狱警们都很同情他，也很照顾他。他们不认为老郑会杀人，更不相信他会参与这种事，因为在他的生命里，没有什么比找儿子更重要的了。杀人，太偏离方向。

纪祥云死那天，老郑出狱，魏晓荷和老郑的弟弟接的。直接回了廊坊老家，午饭都没吃，并且先去给老郑的母亲上了坟。当晚就住在他弟弟家里，第二天住在魏晓荷的娘家，双方家人都可以作证。不仅如此，当地派出所也有记录，老郑出狱当天的下午就去了派出所。

但局长说："不管希望有多渺茫，总得试试吧！"

上了车，老赵就开始打盹。《畅销书》搂在怀里，搜查证夹在书里，就夹在"坏习惯不加以抑制，很快就会变成你生活中的必需品"那一页。

当地派出所的警察带他们找到了小秦。小秦个子中等，瘦瘦的，梳着小辫儿，胳膊上有段文身，但衣服穿得还算规矩，没穿七分裤，也没光脚穿皮鞋。

小秦和几个同行朋友合伙开了家"互联网+"理发店，正在店里给客人理发。老赵拿出搜查证，希望他能配合。小秦又蒙又紧张，问老赵为什么搜他。老赵问："能搜完了再说吗？"

"行，没问题。"回答得爽快。

店里只有一本书——《马云传》。老赵那颗本就没抱多少希望的小心脏又凉了半截。去了小秦的一居室,兄弟们搜了大半天,又搜出本《扎克伯格传》,不愧是干互联网理发这一行的。

小秦问老赵:"你们到底在找什么?我犯什么事了,搜我?"

啥话没有,一走了之,不是老赵风格。想想,只好觍着脸,搂着小秦问:"兄弟,知道纪祥云吗?"

"知道。"

"知道什么?"

"大城的,魏老板的那什么嘛!"

"知道他干什么工作吗?"

"知道,供电公司的库管……你们不会怀疑我是杀人犯吧?我跟他有仇?"小伙子往后一撤身,甩掉老赵的胳膊。

老赵一笑,说:"别紧张,我们只是了解了解情况。问几个问题,行吗?"

"行啊,问吧!"冷冰冰的,不情不愿。

老赵就当没看见,接着问:"你在大城住哪里?"

"荣华路。"

"供电公司老仓库对面那栋楼上?"

"是。"

"房间号还记得吗?"

"204。"

"住了多久?"

"差不多有……两年吧。"

"什么时候搬走的?"

"五个月还是四个月前？差不多吧！我一走就给了一新来的
兄弟，魏姐店里的。你们问他也行……"

"你住的时候，租给过别人吗？或是有什么人来住过吗？"

"没有。"

"确定没有？"

"确定没有。"

"有人和你合租吗？"

"没有。就我和我女朋友。"

"女朋友呢？"

"上班呢。"

"还住一起吗？"

"住。我们计划明年结婚。"

"祝贺你们。"

"谢谢。"

"女朋友做什么的？"

"以前是超市收银员，现在在一小公司当会计。"

"我们跟她聊聊，可以吗？"

"可以。只是，我能问个问题吗？"

"问吧！"

"为什么怀疑我？"这问题可是憋了好久了。

"因为……"老赵笑了，也是给自己个思考的时间，"你的
窗口最适合观察案发地点。"

"适合观察案发地点的房间多了，205、206 不行吗？为什么

非得是我？"

"那些都是老户，年纪也大，跟供电公司又没什么关系……"

"年纪大？多大？"

这问题可给老赵难住了，知道自己说错了话，只好勉强解释："都是些四五十岁，老实本分的当地人……"生怕对方会问，四五十就老得不能杀人了吗？

理发师突然不客气地打断他说："三楼四楼我不清楚，可就二楼，我的左邻右舍可不全是四五十岁的。206的闺女不是二十出头？203的两口子也没到四十吧？208的小儿子也就三十来岁……"

"208还有个小儿子？"老赵迅速警觉起来。

"是啊，平时也不来，就纪什么，纪祥云死那会儿，大概有两个多月吧，老去他爸那儿。"

"是纪祥云死之前还是之后？"

"之前。"

"老爷子呢？"

"不在。说送去旅游去了。"

本来，老赵还想来廊坊见见孙工的，想问他有没有看完《畅销书》，可如今，顾不上了。他记得，老房东只有一个儿子，不管是大儿子还是小儿子，绝不是三十来岁。

他打回电话，让局里的同事立刻去查。不过两分钟，同事回电话，告诉他，208的现任房客四十五岁，一头白发。他只有一个妹妹，这个妹妹还在外地。

老赵按捺住兴奋之情，问："有照片吗？"

电话刚挂掉，身份证照片就发来了。老赵拿给小秦看，小秦说不是。老赵怕他看错，又问，他说："肯定不是。那人老戴个帽子，有时还戴个墨镜，整得跟王家卫似的。但那人比这位大叔胖，脸也更圆，也更年轻一些。"末了，他肯定地说："这绝不是同一个人！"

老赵突然想起杨保罗，小武跟杨保罗合过影。小武就在身边，要来照片，给小秦看。小秦说："也不是他，这人我认得，去魏姐的店里理过发，大概是魏姐的朋友。"

"知道他的名字吗？"老赵问。

"不知道。"

"你在魏晓荷的店里干了多久？"

"好几年了，她还在廊坊的时候，我就跟过她。"

往下就闲聊了。小秦还告诉老赵，那人的个子没有杨保罗高。真要那样，老王和吴工都可以排除了。

回去的路上，老赵给局长打电话："一定要找着这个小儿子！要不是他杀的纪祥云，我，我一顿吃十只烤鸭，我撑死！"

小武也说："戴着帽子又戴墨镜，此地无银三百两啊！"

老赵问小武："你说，这算不算是杨保罗给咱指的道？"

"小秦认得杨保罗，也知道他叫什么，故意说不知道。"小武有些吃惊，却还是顺着老赵的思路大胆猜测。

"一定是小秦跟杨保罗讲到过这个人，不然，他怎么会写到小说里呢？"老赵也觉得自己的推断蛮有道理。

"这杨保罗够厉害的！"

"管他厉害不厉害，抓了凶手再说。真能破了案，请他吃饭都行！"

大伙儿都心情大好。不早了，回大城也天黑了，老赵决定请大伙儿吃个饭。这人啊，不怕吃苦，不怕受累，怕只怕没方向。不管是不是杨保罗给指的道，都得感谢人家。没人家写的那本书，你北都找不着！

16. 哈利路亚

就算是杨保罗指的道，只要能破了案，又有何妨？最好再给我指指，指明白了，不还是能早点破案吗？

和弟兄们匆匆吃完，老赵给老方打去电话，问杨保罗在哪儿。老方回答："在家。"

他又给保罗去了电话，约在保罗家楼下，告诉他，正因为他的书，案子有了进展。

一见面，保罗就恭喜老赵。又说，案子有进展跟他没关系，巧合而已。为什么会有巧合呢？因为勤奋。

警察有纪律，不能随便向外人透露案情。老赵自然不会跟保罗讲，他们今天都干了什么。感谢过保罗的称赞，又问了一遍："给纪祥云的《新约》你没带走？"保罗只好再次回答说，没有。

老赵又问："凶手带走的可能性极大。如果被凶手带走了，你认为，他会保留吗？"

"如果我是凶手，我就保留。"保罗都不带想的，脱口而出。

"为什么？"

"因为我叫保罗。"

老赵脑袋一歪，嘴巴又撇了起来。

保罗一笑，说："我觉得，凶手留着它，因为它是《新约》。如果它是一本别的书，凶手很可能连拿都不会拿，但这本书，他就拿了。既然拿走了，会不会时不时地翻两页呢？也很有可能。更有可能的是，现在这本书还在凶手手里。"

跟老赵分析的一样，但老赵没说，又问："还有别的原因吗？"

"以前有本书，挺畅销，外国的。我没看，听人说的。就是读者从图书馆借书，看完写了读后感，写得很短，写完又夹在了书里，也不知道他是有意的还是无意的。书还了之后，下一个读者来借，一翻，还有个这。仔细一看，还挺有意思，写得不错，那么，是不是我也得写点儿？就这么着，一个又一个读者，一篇又一篇地给续上了。听说，书写得不咋样，但卖得挺好。"

"你是说因为书里有字？"

"对。而且，字很漂亮，还是女人的字。一眼就看得出来。"

"送你《圣经》的姑娘真姓刘？"

"姓刘。"

"信徒？"

"信！信得虔诚。"

"你俩怎么没成？"

"因为信得虔诚嘛！"

老赵一笑，很快重回案情："可是，这个刘姑娘写的这两笔，训诫意味太浓：'坏习惯不加以抑制，很快就会变成你生活中的必需品'。这种字，有人愿意留着吗？"

"其实，她写的不是这个。"

"写的什么？"

"我背一个试试，"保罗想了想，开口："不可否认，我们每个人都是有罪的。洗刷罪过的唯一方式，就是走近你，我的主。哈利路亚！"

"一字不错？"老赵问。

"有可能。"

"行啊，旧情难忘！"老赵叹道。

保罗笑而不语。

"哎，"老赵突然想起什么，"那姑娘真是教美术的？"

"是，也画画，做设计。"

"模样呢？"

"可以，瘦瘦的，白白的。"

"性格？"

"不错。"

"还没结婚？"

"应该没结吧，有日子没联系了，要结了应该跟我说一声。

怎么，介绍对象？"

还真是。自封的文艺青年当太久，眼光不高是不可能的。而且，还一点不着急。在老赵眼里，小李就像自己亲儿子，不操心能行吗？

保罗一边给老赵发着姑娘的微信，一边问："刘老师在北京，这恋爱怎么谈？"

"建国也在北京。"

"干吗去？"

"调查你。"

保罗吃惊地看着老赵，老赵若无其事地给小李转发保罗推来的信息，同时发问："那话怎么说来着？不可否认，我们每个人都是有……"

杨保罗的父母都是工人，父亲是钳工，母亲是开电瓶车的，在一个工厂。父母都不赞成他当作家，但也管不了。他跑到大城，跟一个离了婚又带着个病孩子的女人结了婚，他们也不同意，还为此大吵了一架。他出了《畅销书》，寄给他们一本，看得俩人两头雾水，最后得出结论：写得不好，儿子确实不适合当作家。直到小李来，他们才多少有点明白，原来，儿子一直都在暗示自己是凶手！这不有病吗？有这么写小说的吗？就这脑子还写小说？

老两口被吓坏了。小李告诉他们，杨保罗不是凶手，凶手另有其人，画像都画出来了。他们不信，跑到卧室给儿子打电话，被儿子教训了一通，终于从难以置信回到了半信半疑。

小李向同去的片警感慨：别再嘲笑中国足球了。在中国，会看书的比会踢球的还要少。

不管怎样，打了电话就比没打有底气。老太太一坐下就开启夸儿子模式，说："咱不敢跟人家比能说会道，也比不了人家溜须拍马，但要说仁义忠厚，我们家孩子，您可以随便出去打听，街坊邻居没有不夸的。他打小就不会挤公交车，什么时候都是人家都上去了他再上，还跟我说：'妈，公交车上有小偷，就等着上车时下手，我最后一个上，他偷不着我。'"

老杨补充："路上看见邻居的爷爷奶奶买菜，一定帮着给拎回来。打小这样，没人教他……"看来，这样的故事，他俩能从早说到晚，不带重样的。

可能认为老伴的故事不够有分量，老杨忍不住充当了主讲嘉宾："以前，我们家住平房。住过平房的都知道，那小燕儿就爱在房檐底下做窝。保民小时候喜欢小动物，老问我：'爸，咱家房檐下面怎么没有小燕儿？'我记得特清楚，他说完那话没几天，小燕儿就来了，还不是在房檐下面，是直接飞家里了。他妈嫌小燕儿脏，老往地上拉屎，就要关窗户，把小燕儿挡外头。可保民不干，哭着喊着不让关，直到小燕儿在屋里做上了窝。做上窝就生了一窝小仔儿，可喜兴了。然后呢，这小燕儿一拉地上，保民只要看见，就扫了，把地擦得干干净净。后来，他又弄了个纸箱子，铺上报纸，报纸拉脏了，一收，完事儿。"

把地擦得干干净净！案发现场的地板不就擦得干干净净

吗？除了仿真枪上的指纹。老赵跟他说得明白：至此，还不能确定保罗不是凶手。

　　说的一多就发现，母亲是一家之主，好管事，爱唠叨，没少唠叨保罗。但保罗不听她的，娘俩儿没少拌嘴。父亲性子暴，保罗小时候没少挨他揍。父亲退休后，大病一场，基本就是保罗伺候。从此，父亲再也没跟保罗大声说过话。保罗开起公司，钱越赚越多，父母才渐渐认识到，孩子比他们聪明，也比他们能干。他做的好多事不是他们能够理解的，还是少发表意见为好。

　　保罗的母亲说，这孩子从小老实巴交，上到高中都不会打人，净被人欺负。说到这儿，杨师傅插话："上了大学就会打人了。"

　　别看保罗是个理科生，却老爱做那些文艺梦。大学时还留起了长发，梳起了小辫儿。本想借小辫儿吸引点女生的目光，令他没想到的是，女生一个没引来，倒引来不少男生的钟情。有个大三的小子，校园里横行惯了，自认天下无敌，就学校这点人，好像都不够他欺负的。自打保罗有了小辫儿，就被那小子盯上了，只要遇见，就要过来挑逗一番。保罗是个老实孩子，被人捋着小辫儿，挑着下巴，一声不敢吭，都不记得被那小子欺负了几回。但不管什么事情，总得有个最后一回吧？最后一回，在食堂，保罗正排队打饭呢，那小子又来了，弹一下保罗的小辫儿，问："大闺女，今天吃什么？来点铁棍山药？"保罗不吭声，他接着来："听过那广告吗？老公吃了，老婆受不了。老婆吃了，老公受不了。老公，老婆都吃了，床受不了。你是算那老公啊还是老婆？

还是床？”

一旁的女生都忍不住笑出了声。也许就因为隐忍着的吃吃的笑声，让保罗的脸红到了耳朵根，最后终于挂不住了。他猛然一挥手，本来只是想打掉对方的手，没想到却打到了他的脸，打得那叫一清脆，直接给武林盟主打傻了，一动不动地看着保罗，好像董卓见了貂蝉一般。短暂的愣神儿之后，作为堂堂一男儿，保罗也能想明白，这样的时候，伸头也是一刀，缩头也是一刀，怎么办呢？打吧！只见他一蹦老高，抡起饭盆，直接砸在了董卓的头上，打得董卓撒腿就跑。保罗也豁出去了，在后面穷追不舍。

从那之后，保罗也开始横行校园了。当然，这话老杨是不会说的。在他眼里，他儿子就是当了贼，也是燕子李三那种。

关于保罗从被同学霸凌到霸凌同学这段，小李从保罗的同学那里听过一次了，跟老杨的版本差不多，但之后的故事就不一样了。保罗的同学告诉小李，保罗很能打，不仅身手敏捷，还敢下手，很快就打出了名气，打成了领袖，还带着同学跟外校的打，差点儿叫学校给开除了。那之后，他开始老老实实地学习，小辫儿也没有了，就像换了个人一样。

保罗没有撒谎。他工作过的外企，开过的公司，乃至他帮人策划的项目，都是真实存在的。小李第一天见的是保罗的大学同学，也是室友。他想了解一下保罗的文学梦，结果这位老兄哑然失笑，说：“我百分之百相信，这事要不是真的，他根本没办法写出来。你是没见他以前写的那东西，啰啰唆唆，不知所云，看得人想睡觉，他还在那等着你夸呢。"他还告诉小李，保罗是个极其自律的人，食堂里打人之前，他天天练俯卧撑，单手都可以。

他曾经的员工告诉小李，他们不知道他会写小说，更不知道他的作家梦。如今，公司已经不存在了，但那位朋友说，那曾经是一段美好时光。

和保罗的父母聊完，小李就约了刘老师，这是他北京之行的最后一站。在小李看来，刘老师并不瘦，长相不能说可以，而是漂亮。刘老师已不记得她在《新约》的扉页上写了什么，也不知道保罗出了新书的事。听小李说完，说："一定买一本，支持他。"

小李问："你认识保罗那会儿，是不是刚信教？"

"果然是警察。是。那时候，我可爱跟人聊基督了。"笑吟吟地。

"要换个时间相逢，你俩一定能成。"

"也许吧！"她突然换了个坐姿，让自己更舒服地蜷在沙发座椅里，"你不觉得跟我聊半天，对这案子一点帮助都没有吗？"

"也许。但你看了他的书之后，兴许就不这么想了。"

听了小李的解释，刘老师似乎有所认识："知人论世。"

小李没懂什么意思，刘老师解释道："对文学和艺术作品的解读方法之一，就是了解作者的身世和创作背景。但这方法不一定有用，甚至在很多时候是没有用的。"

"那什么方法有用？"

"还有种方法叫文本主义。就是什么都不要管，紧紧盯住作品本身。"

"给我个地址，我网上下单送你一本。你看完了帮我分析分析？"

"你不是想追求我吧？"

这么轻易就被人看出来，小李愣在了那里，脸红得都赛过刘老师的红毛衣了。

17．湿　婆

回到大城的第二天一早，老赵就在派出所见到了 208 的新房东。这是一个看上去至少有五十岁的精瘦男人，他说："实话说了吧，老头是死在洗头房里的。"

老头是他爸，也是这套房子的上一任房东。当然，那是在他继承这笔遗产之前的事情。他在十五岁以后，就没喊过老头一声爸。他妹妹还好些，但嫁到外地以后，尤其是她妈死后，也极少跟老头联系。老头年轻时凭着一张好看的脸，勾搭了不少女人，光他妈知道的就五六个。知道也管不了，管了就挨打。这样的家庭环境，房东也没怎么好好念书，十八岁就出来工作了。人就这样，一上了班就开了眼界，胆量也不一样了。原来不敢替他妈撑腰，后来竟然敢跟他爸动手。打了老头两次之后，他就从家里搬了出来。老头也知道害怕个人了，不敢再打老婆，但恶言恶语有增无减。然后，他那些相好的也都老了，老头没有了固定情人，就开始跑洗头房。

他后来一结婚，就把他妈接走了。老太太再没回去。两年前，老太太得了子宫癌，老头在病床前哭得泪人一般，父子这才冰释前嫌。

老太太死后，老头老了许多，似乎也消停了一阵子。可几个月前，他突然跟儿子说，他差一岁就七十了，得出去旅旅游。儿子虽然不放心，可毕竟，他平时也不怎么管他，而且他还是跟团去，又不用他掏钱，所以也就没多说什么。后来他才知道，老头根本就没去旅游，而是住进了一家洗浴中心，一住就是两个月，这得有多大瘾！

洗浴中心一回来，这瘾是彻底给勾了起来，家里就住不下了。三天两头往洗头房跑，足疗馆也去过。四个月后，终于心脏病发作，死在了洗头小妹的身上。

新任房东说："我是个规矩人，从不去那些地方。我嫌丢人，所以，一直说不出口。给你们添麻烦了，对不起。"

看模样就知道，又一个把旁人眼光当法律的，老实巴交的小老百姓。

老赵问："有人租了他的房子，他才去的洗浴中心，是吗？"

"是，我问过他，他承认了。"

"租金多少？"

"我没问。我跟他，不说这个。他的钱，我不管，跟我没关系。他不跟我要，我也不跟他要。"

"什么人租了他的房子？"

"他说那人跟老婆离婚了，有房，但没装修好，没地方住，先租他俩仨月。是谁我不知道，也没见过。这些也都是我事后才知道的。"

老赵明白，眼前的这个人知道的也只有这些了，想知道更多，问别人吧。

邻居们告诉他，那个租户不老来，感觉不像上班族，晚上也很少跟这儿过夜。不爱说话，你不主动问他，他是不会理你的。真说不好他长什么样，帽子和墨镜就像长在头上一样，而且，老是那一顶。没见别人来过，两个多月的时间，出来进去就他自己。供电公司仓库死了人之后，就再没见着他。

这回，局长亲自出面，请了廊坊市公安局的画像专家。领导问他："案子能破吗？不能破就交上来，不丢人。可要是硬撑着又破不了，你我就都交不了差，那麻烦可大了！"

局长说："有希望，只要画像专家能画出像来，就大有希望。"

"我要的是把握，不是希望。"

"有把握，没把握敢麻烦领导吗？"咬碎了牙的话还得轻描淡写地说出来，不然，怎么说服领导呢？

画像专家画了五张像，相差无几。只是，这样的画像有什么用呢？专家说："有用，他戴上帽子，再戴上眼镜就有用了。"

"那人得多傻呀，不戴帽子出不了门了？"小李笑问。

"你认为他这辈子再也不会戴帽子了吧？但也很有可能，他戴帽子戴成了习惯。"老赵说。

"别杀人杀成习惯就行。"局长一身焦躁，"一个小破县城，早装俩监控，有这么费劲吗？现在就说怎么找这个人吧？市局领导又催了，问行不行，破不了就交上去。交吗？"

"你就是交了，我也接着查。"老赵说。

"怎么查？"

"去查洗头房。一个六十九岁的老头去洗头房，不能嫖完了就走，总得跟小妹聊点什么吧？"

"我觉得没啥用，你要想去就去，可以试试。但你有没有想过，我们干的事，凶手会不会正在暗中观察？他只要看了书，就会发现保罗正在揭他的底，他不会没有准备吧？"

"很可能他没看书。别忘了，这是大城，全河北都通火车了，我们这还没有呢。这么个破地方，有几个人看书？"

"这本书不一样。"

"我觉得，凶手不像看了书的。"老方说。

局长眼前一亮，道："说来听听！"

"跟了四天了，没发现可疑人员……"

"别放松警惕！"局长提醒道。

"不会的，我们换了好几个潜伏地点。"

"杨保罗发现你们了吗？"局长问。

"没有。"

"他这几天都在干什么？"

"在家做什么不知道，出了门是看得一清二楚。通过这几天的观察发现，他的生活极有规律：一早骑自行车送孩子。送完孩子去超市，买的菜不多，够当天吃的。在家待一天，五点前出发，接孩子，然后带着孩子，和老婆一起骑车回家。晚上七点钟前后，一家三口去公园，九点前回家。"

"公园你们也跟？"局长又问。

"那当然，跟了才有发现。"

"发现什么？"

"一连四天，天天跟郑家琦聊天。"

"聊什么？"

"太远了，听不到。"

"监听一下？"局长问。

"他们是边走边聊的。"

"郑家琦还送外卖？"

"刚出来那会儿，送了一段。现在不送了，开着个哈雷老往农村跑，可能是在找孩子吧？"老方说。

"这个杨保罗，搞什么鬼？我怎么老觉得，要没有他，纪祥云死不了？！"局长的两条眉毛都快挤一块儿了，"建国，你去了北京，他们都怎么说？"

"大上学时，他一个人拿俩酒瓶子跟七八个人打架，还能把人打破了头，其中有一个缝了十多针，但是没人不说他是好人。他也确实给人策划了不少项目，说明这个人善于谋划，谋划得还都挺靠谱。就像卢大山一样，他以前的同事都不知道他写小说，说明他也很会隐藏自己。"

"我就说他牵着我们鼻子走吧！老赵，204的剃头师傅一定认得他。没他通风报信，杨保罗会把凶手写到对面楼里去？他真有那么聪明？不就是给我们画图吗？我猜，他都见过208的租户——那凶手，直接跟我们说了不完了吗？我跟你说，他这叫知情不报，分明就是犯罪！"局长越说越激动。

这时候，敢说话的也就老赵了。他说："领导，我们都知道你被市局领导逼得够呛，我们同情你，也感激你，但咱不能不讲证据，是吧？"

局长挤出一丝苦笑，说："说说吧，谁有招？谁有招，我感激谁。感激与被感激，我更喜欢前者。"

小李说："刘老师看完了《畅销书》。她说，捡到《新约》的人会不会正在看《畅销书》？看了《畅销书》，会不会去教堂？他杀的毕竟是个人，不是只鸡。不管《新约》还是《畅销书》，都不会白看。"

局长微微点头，说："有可能。"

老方说："可以试试。"

"派谁去呢？"老赵问。

"我去吧。"小武说，"现在不管信基督还是信佛祖，大都是女的。女的去不起眼。"

"要真在教堂里找着凶手，谁还能否认是杨保罗下的套？"这次，局长一点没激动，"真要那样，就算破了案，我也会很沮丧，觉得我们就像从他的书里跳出来的一样。我们都被杨保罗算得这么明白了，还有自己吗？"

"领导够文艺的！"老赵嘴巴又微微歪起。

"这两天我看书，突然发现一问题。我觉得，我得感谢杨保罗，虽然我挺烦他的。我发现，在他这书里，你们不是有名就是有姓，唯独我，不是领导就是首长。我有名有姓，我姓孙！以后，你们最起码喊我声老孙，叫东哥也行，别再领导长领导短的了，对人有点起码的尊重，行不行？"

老赵的嘴巴歪得更厉害了，说："其实，我早就想喊你老孙了，领导没名没姓，算个什么东西？你也知道，我这个人最目无领导了，是吧？"

老孙笑道："我们总得活出点儿他写不出来的样子吧？"

洗头房是俩女的合伙开的，是老板也是小妹。本来是不想承认的，老赵报上老房东的名字，她俩都表示不认识。还是小李够狠，直接把老房东的遗照亮了出来。这回，她们想赖都赖不掉。

对于她们的生意，老赵没兴趣知道，想知道的只有这个老头的信息。比如，他有没有说起他的租客，如果说起过，是怎么说的。可这俩人说什么都想往她俩是怎么和这老头儿开展业务上面拐。

老赵怕给小李带坏了，连忙打断她们，说："行，行，我们没兴趣知道这个，我们又不写网络小说，跟我们聊这个干吗？我只想知道……不是，他一个六十九岁的老家伙，跟你们俩，还一个多小时，可能吗？"

"他吃了药的。"

"什么药？"

"不认得，好像是印度的，药盒上印着印度大象——一个人长着个象鼻子。"

"湿婆。"小李说。

"我不知道什么婆。她好奇，非要翻老头兜儿，找出来的。"穿豹纹紧身裤的指着穿斑马紧身裤的说。

"胶囊？"老赵问。

"嗯。"斑马回答。

小李看着他师傅，心里指不定想什么呢。

关于神秘租户，老头只字未提，只是曾经跟她俩说，人生在世，活一天，快活一天，不然就算白活。他还说，儿子、女儿不孝顺，他要是死了，一分钱都不会给他们留。又说，人死了，剩一分钱都是浪费。

问题是，他怎么知道他哪天死呢？结果，留下了五万多的存款，还有房子。

老赵挺失望，这俩洗头小妹都是直筒子，不像是那种会藏着掖着的主儿。再说，客户的租户，跟她们可以说，一毛钱的关系都没有，没必要藏着不说。看来，还是老孙的分析更靠谱，局长不是白给的。

虽然不想说，可还是得报告啊。电话里，老孙平静地回道："都是意料之中的，你不就是不甘心嘛！你也尽心尽力了，大伙儿也都够意思，可以了。"

老赵听着不对劲，问他为什么说这话，他说："廊坊电视台做了期节目，采访的就是杨保罗。你知道吧？"

"知道。"

"播了，领导看见了。"

"你是说这案子会被提溜上去？"

"不是会，而是已经。你就是写血书下保证，领导也不听你的。打来电话了，一点没商量，说得很明白，说这事要是没被写成书，没上电视，案子还会放咱们这儿。可写成了书又上了电视，关键是被写成了书，就不一样了。"

听完这话，老赵就像被人从头到脚浇了一桶空虚的水，空得浑身透明。从纪祥云死到现在，日子白过了，书白看了，人白见了，激动、兴奋、焦躁、气愤，还有动的脑筋，翻来覆去拧皱的床单，全都白白浪费了。举着早已被挂掉的电话，老赵两眼空洞地看着小李，但谁又知道，他到底在看着谁？

小李担心地问："师傅，真给提溜走了？"

老赵这才回过点神，说："已经定了，就差市局来人了。"

"他没来人就是没提溜走，咱就当不知道，抓紧时间接着干我们的。"

"干什么？"

"去找保罗，问他到底是谁干的。他不知道便罢，要知道，这时候还不说，就太不讲究了。"

"没用，他过去不说，现在也不会说，没有说的道理。我们倒是可以问问老郑，他没有道理不告诉我们。"

说干就干，要的就是争分夺秒。他俩给郑家琦去了电话，老郑说："我去公安局找你们。"

老赵说："不用客气，我们找你也行。"

"不是客气，我有情况向你们汇报。"

那就大礼不辞小让了。

回到局里，等了十分钟，卫门给老赵打来电话。老赵站在窗前，看着往楼上张望的老郑，也不知道老郑能否看见，还是向外挥了挥手，对门卫说："等的就是他。"

一辆哈雷驶进大院，小李问老赵："这家伙是不是有点招摇过市啊？"

"谁说不是！"

老郑一进门就问："领导，找我啥事？"

老赵笑道："我们都管我们局长叫老孙，你叫我领导，让局长怎么想？"

老郑茫然不知所措，就像旧社会的艺人突然撞进了新社会的舞台。

小李赶紧过来拉着他，说："叫什么都不重要了，还是说说你的新情况吧。反正，我是管局长叫东哥的。"

老郑更蒙了，一瞬间，不知该笑还是该哭。

老赵连忙说："时间紧，任务重。正题，正题。"

老郑老老实实地问："你们想知道啥？"

"先说你要汇报的吧！"

老郑想了想，说："赵队长，请教你一个问题：在贩卖孩子的这个链条里，谁的罪过最大？"

老赵不假思索地说："买主。"

"太对了！我在大城组了个寻子联盟，找孩子是一方面，更主要的是要找买主。我想明白了，我不能光为我自己，那样太没劲了。就算我的孩子找不回来，要是能找回别人的孩子，不也是一件值得高兴的事吗？今天来，我就挺高兴的，当然，还得你们帮忙。"

"有人买孩子了？"老赵问。

"是。"

"打击拐卖儿童有专人负责，不归我管，一会儿建国带老郑去楼下找老刘。"

"我知道。"小李说。

"老郑，我想知道，买孩子这个事儿，跟纪案有关系吗？"

"那我不知道，应该没有吧！"

"老郑，不怕您笑话我，我现在干什么都提不起精神来，搬个金山来我都看不见，一门心思就想知道，是谁杀死的纪祥云。能帮我吗？"

老郑笑道："我没那么大本事，这忙可帮不上。我倒是挺想把人贩子当凶手的。"

"理由？"

"这样，人贩子就可以判死刑了嘛！"见二位警官都没说笑的心情，赶紧又说："杀纪祥云不为别的，就怕他说出打谁那儿买的孩子。纪祥云一死，难找了。"

老赵一拍桌子，指着老郑，问："你说，我怎么就那么乐意跟聪明人打交道呢？"笑得那叫一得意，又问："这几天跟保罗都聊什么了？"

老郑惊讶地看着老赵，又看看小李。小李冲他一挤眼，他明白了，悬在半空的靴子可以落地了。所以，他不再多想，冲口而出："保罗也是我们寻子联盟的，我们群里有好多像他这样的好心人，虽然自己没丢孩子，但愿意帮助我们。我们群友彼此都认识。跟保罗没别的，就说买主的事。"

"成立寻子联盟是他的主意吗？"

"我们商量出来的。他说，有了这个寻子联盟，你就不是以前的你了。果然，现在我每天都知道我要做什么，也不孤单了。我是个有用的人，这多好！"

"买主是谁？"老赵问。

老郑问："您不说这事不归您管吗？"

小李正在喝水，笑得水都喷桌子上了。

18. 内 鬼

第二天，廊坊市局来人了，三辆大吉普装着满满的精兵强将。话说得很客气，共同办案，不分上下级。实际上呢，专案组组长是人家的，副组长好几个，老孙只是其中之一，也不过就挂个名。老赵这样的，号都排不上。

开会时，组长说："大城的兄弟们，没必要多想。这案子难办，领导也知道。没关系，破不了，锅是我的，跟兄弟们没关系。破了案，功劳是大家的，有面子，有票子。怎么样？"

同样的话分说给谁听，不要脸的人听了，自会喜滋滋地乐上心头，要脸的人听了，就知道他是骂人。大城的兄弟们本就够没精打采的了，一听这话，脸色一个比一个难看，老赵直接歪起了嘴。见状，老孙赶紧表态，说："没问题！没面子，没票子，也得往前冲！弟兄们才疏学浅，能力不够，但热情有啊，腿脚勤快呀！周局一声令下，弟兄们前赴后继，没得说。再说那锅，周局能背也别都背了，您背个大的，给弟兄们留下小的！"生怕人家听不出他在讲笑话，赶紧堆起笑脸。

组长很给他面子，陪着他笑了笑，说："大家齐心协力，不分彼此，只有这样才能破了案子，不然，就只剩下背锅了。"

两位领导争着讲笑话，老赵和他的兄弟们却依旧一人一副苦瓜脸，感觉有一丝笑容都会被人看不起。

领导有些坐不住了，尤其官大的。组长问："老赵，愁眉不展呀！我哪句话说得不合你意了？"

老赵先是苦笑两声，感觉躲不过，只好说："既然领导让我说，我就知无不言了。"

"好啊，要的就是你知无不言。"

"实话跟您说吧，我们这案子快破了，你们这时候来，是不是有点下山摘桃子的嫌疑？”

　　组长没说话，老孙火大了，抬着嗓门叫道："老赵，耍什么呢？能有点组织性、纪律性吗？"

　　组长一点儿没发火，冷静地问老孙："你们真到了那一步？"

　　"听他瞎说！"

　　"别整那没用的！正经的，有重大突破了，是吗？"组长嫌老孙支吾，指着老赵，"你说！"

　　"我们已经锁定重大嫌疑人了。"老赵说。

　　"谁？"组长问。

　　老赵眼珠子左右一转，扫过众人，张了张嘴，一个字没吐出来，又闭上了。组长一看就明白了，脾气也上来了，问："赵歪嘴，你什么意思？看不起我的人，连我也看不起，是吗？能给你泄了密，是吗？"

　　"要不是泄了密，福利院院长会吓得跑没了影？多大点儿事？至于吗？"老赵有个毛病，领导一跟他发威，他就说实话。

　　"没抓着是你们的问题，还怪着我们了？"

　　"没向你们汇报之前怎么没人跑？"

　　组长皱着眉头，一边生气，还要一边琢磨对付赵歪嘴的法子，一屋子人都等着看呢。还好，没让大伙儿等太久，他问："你说有人泄了密，老的少的都坐这儿，你说吧，哪个泄的？"

　　"周局长，案子到了关键时候，容不得有差错。我不知道谁泄了密，也不知道是你们的人还是我们的人，也不知道福利院院长为什么跑。我只知道，我们谨慎点，没有错。领导非让我当着这么多人指出谁泄了密，给我挖坑呢？"

"听明白了，不用多说了。当我们来，是跟你抢功了是吧？"

"我不要什么功劳。佛争一炷香，人争一口气。自己能干的，干吗麻烦别人？"

"就为这？"

"就为这。"

组长反而不生气了，善解人意地看着老孙，说："不是没给你们机会，不是没给你们时间，半年多了，久拖不破，我有压力啊！你当我愿意来？老赵，你要明白，事已至此，不是你让我回去我就能回去的，我回去怎么交差？"

老赵没了话。

组长想了想，说："既然你老赵有办法，还锁定了嫌疑人，那你来出计划，我配合你。怎么指挥你说了算，指挥不动的人，我给你协调，怎么样？但有一样，这个计划我得清楚，如果泄了密，我来负责。"

老孙赶紧说："周局大人有大量，不是我们这些小肚鸡肠之辈可以揣摩的。"

老赵也说："雄才大略，佩服，佩服！"

"别，谁跟你们说我不小肚鸡肠了？刚才不说泄密的事吗？福利院院长为什么要跑，是有人泄了密，还是看了电视又看了书给吓的？咱没调查，不了解情况，不瞎说，说也没用。要说，还是说点咱多少有点了解的吧。李建国，在吗？"

李建国站起来，喊了声："到！"

　　组长问："老赵的徒弟？"没一点让他坐下的意思。

　　"是。"站着回答。

　　"你跟供电公司的吴工，什么关系？"

　　"朋友。"稍有犹豫后回答。

　　"只是朋友？"

　　再犹豫，再为难，也得回答。领导问你话，敢不回答吗？只好说："从小一起长大的。"

　　此言一出，老赵紧盯着小李，好像以前白看了。老孙一声长叹，失望之情把一脸车辙填得满满当当。

　　组长又问："这关系跟你师傅和你们局长说了吗？"

　　"没说。"知道是明知故问，还得老实回答。警察被当犯人审，滋味好受不了。

　　"还是说说吧，为什么不说？"组长不慌不忙地问道。

　　"没觉得是个事，所以没说。"努力看向对方的眼神也变得有气无力。

　　"小说中，这个吴工可是个藏枪的人。你不觉得是个事，嗯？你师傅鼎鼎大名，破了不少一般人破不了的案子。你跟着这样的老师傅，整天学的就这个？回避义务都忘了，还当什么警察？"说罢，扭脸问老赵："老赵，这是你徒弟？"

　　"我有责任，没教好。"两眼只盯着水杯，垂头丧气地回答。

　　"同志们，保密工作不是拿嘴巴说的！"

　　"我也有责任。"老孙连忙说。

　　组长都不带听的，说："老孙，咱们和老赵合计合计他的计划吧！合计之前，我先说个事——李建国，别跟着了，所有工作都先停了吧。"

散了会，老孙火冒三丈，问老赵："怎么回事？到底怎么回事？"

"什么怎么回事？"老赵气短得像个考砸了的小学生。

"李建国跟吴工是怎么回事？基友吗？"

老赵一脸难色："我真不知道。"

老孙压低声音："他若故意隐瞒，这案子就复杂了。想想我就脊梁沟发凉，我们这些人都要跟着倒霉。"看表情就知道，如履薄冰，心惊胆战。

老赵低着头，拼了命地想，也想不出个为什么，只好问："能让我问问建国为什么吗？"

"想都别想，还是想想你的计划吧！"

开会之前，老赵还没有计划，而所谓已经锁定了的重大嫌疑人，也不过是一条没有确认的微信而已，但已经算得上是重大突破了。

开会之前两分钟，老赵收到小武的一条微信，说："我见到画像上的人了，可像了，戴着帽子和眼镜，坐在教堂里。唱歌，听讲，都很认真。"

老赵回道："继续观察，保护自己，跟住目标。"

小武回了个OK的表情，老赵就进会场了。一进会场就要交手机，老赵说，他有情报要跟踪，收手机的也不认得他，说："这儿没有例外！"

　　老赵也不知是怎么想的，怕人为难？还是觉得会一会儿就开完，到时礼拜还没结束，所以不着急？还是案子就要交上去了，没必要操那个心？说不清，反正是交上去了。可一交上去，谈不上后悔，却突然有了一种任人宰割的感觉。所以，当组长说起功劳是大家的，锅是他自己的那话时，他越琢磨越恼，越有一种儿时最爱的玩具被小朋友抢走了的愤怒，这才有了他所谓的，发现了重大嫌疑人一说。

　　组长敢让他当总指挥，他没想到。说组长雄才大略那话是发自肺腑的，只是，用词还不够准确，还是用"狡猾""甩锅"之类的词更准确一些，可你得敢说！

　　他不相信小李是内鬼，保罗小说写得真假难辨是人自己的本事，跟小李没关系。跟吴工的关系可以不说，谁都会为了保护自己而守口如瓶，什么都往外倒的是傻子。他跟老孙说完这话后，老孙命令他闭上嘴。

　　老孙的担心是有道理的。如果小李跟吴工串通一气，小李不就是帮凶吗？保罗和吴工他们要没合谋杀人，要个警察当内应又图什么呢？要真是那样，得牵连多少人？这局，不比《东方快车谋杀案》那个大了去了？

　　老赵认为老孙杞人忧天，想太复杂了。他也太不了解建国了，建国是个老实孩子。再说，他脑子也没在这儿，还着急看小武微信呢。打开一看，礼拜结束了，人跟丢了。

　　虽然，那一瞬间的确有一种天塌下来的空虚与恐惧，但是，老赵毕竟是个老警察，不会为这点事真得慌了手脚。向组长隐瞒实情的想法也曾一闪而过,可终究是一闪而过。他立刻给小武打电话下令:"去问牧师,表明你身份。问清楚,那人是不是以前就去过?叫什么名字?跟牧师说过什么?受洗过吗?现在就去问!"

老孙问他给谁打电话,他把情况说了。老孙表情凝重:"你把这活抢过来,我一点意见都没有。你说的也对,他去了第一回,就有可能去第二回,牧师也可能认得他。但你有没有想到另一个结果:牧师不认得他,也没人认得他?如果他再也不去了,我们怎么办?"

老赵也让他说得有些害了怕,只好问:"怎么办?"

"事到如今,只能进不能退,退后一步就被人看扁了。跟丢了人,也有他们非要开会的责任,一会儿争辩起来,甭跟他客气。越拿着他当盘菜,他越看不起你。"老孙越说声音越小,组长越走越近。

一进门,组长就说:"老赵干得很好。咱们三个在屋里说的话,定的计划,没我的命令,不许外传。"

组长的好态度给老赵打足了气,他原原本本地说出了案件的最新进展,说完又把责任往自己身上揽。老孙紧接解释:"要不是正好赶上开会,人也不可能跟丢。"

组长一摆手,说:"没关系,咱们三个最要紧的就是开诚布公,有什么说什么。老赵说完了,我来。不光是福利院的院长跑了,高主任和高夫人也跑了,刚刚得到的消息。"

"知道跑哪儿了吗?"老孙问。

"高夫人已经出境了,去了加拿大。高主任应该还没出去。"

"应该早些监控他们的。"老赵自责道,"保罗提醒过我们,要我留意高战天。这些天，我光想着凶手，把他给忘了。"

　　"不是说这个时候，"组长说，"福利院开的证明全是假的，牵扯了不少人。高战天就是个贪官，跑了正常。只是，他跟这案子有多少关系呢？他知道凶手是谁吗？"

　　其实，监控高战天夫妇的建议，老孙早就向市局提过。是他们自己协调不力，行动迟缓，怨不得别人。

　　"高夫人又为什么跑？还跑去了加拿大！纪祥云是帮她买孩子并且送给她的吧？她是不是知道的更多？还是，她干脆就是幕后指使或是凶手？不然，她跑什么？"老孙问。

　　"能抓回来吗？"老赵问组长。

　　"不知道她什么身份，要是加拿大人呢？"组长想了想，"先让他们去查！"

　　老孙的电话突然响了。他看了看来电号码，接起来听了两句，说："好，干得好！带回来，你来审，我旁听。"挂了电话，说："人贩子抓着了。"

　　"好保罗，有两下子！"老赵赞叹。

　　"能跟纪祥云的案子有关系，那才叫有两下子！"今天的老孙就是昨天的老赵，天下之事，除了纪案，漠不关心。

19. 凶 手

　　事实证明，保罗还真是有两下子的。

　　人贩子是个中年农村妇女，可老实了，警察问啥说啥。经过讯问发现，她是跟她老公一同作案的，只偷，不骗，不抢。魏晓荷的孩子跟她没关系。纪祥云送或者是卖给他姐的孩子，是她老公偷来的。孩子是固安的，但属于固安的哪个乡，哪个镇，她不知道。这个女人的老公一年前死了，被霸州的警察追得没路跑，跳河里被漩涡吸走了。霸州的警察给了回复，确有此事，俩人也确实是两口子。

　　她认为她说的每一句话都是在立功。人贩子不认得纪祥云，但她认得那孩子，孩子是她卖的，卖给了小武在教堂看见的，租 208 房子，还冒充老房东的小儿子的那个人。

　　老孙把嫌疑人画像举到她面前，她说："认得，就是他。那个孩子，就这孩子，卖给了他。当年，他也戴这么个帽子，戴着墨镜。"边说边指着被纪祥云买走的那孩子的照片。

　　"卖了多少钱？"老孙问。

　　"两万。"回答得干脆利落。

　　后来，人贩子又觉得买孩子的人没画像上的胖，脸也没那么圆，也没胡子，但别的还是挺像的。什么像？帽子和墨镜吗？

　　老孙想知道，保罗是怎么找到人贩子的。这个不难，侦办此案的老刘就可以说清楚，但组长却认为，这不是吃饱了撑的瞎耽误工夫吗？

　　"如此，案子越来越清楚了。纪祥云在保罗的逼迫下，良心发现，想招出人贩子。可是嫌犯却害怕了，怕被牵扯出来，所以，动手杀了纪祥云。由此还可以证明，嫌犯跟纪祥云是熟人。"组长的判断。

"嫌犯大不了是个中间人。如果孩子是纪祥云送给他姐的，那他就是买主。如果是卖给他姐的，那他姐是买主。怎么算，他都是个中间人。一中间人，犯得上杀人吗？"老赵问。

老赵的问题问得组长哑口无言。老孙见状，忙问老赵："小武那边怎么样了？给你回电话了吗？"

"回来了都。"老赵无精打采地回道。

审人贩子时，小武就给老赵打回电话，告诉他，牧师并不认得嫌犯，她要不说，他都不知道教堂里还来了这么个人。问那些来做礼拜的教友，也没有人认得他。不但不认识，以前也没见过。能听出来，小武是边哭边打的这个电话。

礼拜这东西，不是天天都有的。要等他再现身，只能是七天之后了。

组长问小武："怎么能跟丢了呢？"

小武说："我老盯着他看，被他发现了，礼拜没结束就走了。我去追，没追上。都赖我，对地形不熟悉，一出了做礼拜的那个大屋子就找不着人了。"

"平时还得多培训！光靠着实战长本事，成本就太高了。"组长只好对老孙表示不满了，谁让小武是个小姑娘呢？

小武一走，组长问老孙："怎么派个新兵蛋子去？没人了？"

老孙只好承认："当时就没想到嫌犯会现身教堂。没抱多大希望，试试而已。"

"既然都想到了，为什么就不能做足准备呢？哎呀，算了，不说这个了！谁猜到嫌犯会去教堂的？能想到这着棋，不简单。谁的主意？"

"刘老师。"老赵回答。

"刘老师？哪位？"组长歪着脑袋，瞪着眼，那表情，说不出信以为真还是满腹狐疑。说不信吧，脑袋干吗歪得离肩膀四十五度都不到了呢？说信吧，又何苦瞪着一双斗鸡眼呢？

刘老师如此这般料事如神，组长别提多想见见了。可话一出口，老赵就犯了难。组长的要求一点不过分，刘老师料事如神了一回，那兴许就能料事如神第二回。可老赵没人联系方式，想加人微信，人家没理他。

组长问："谁跟她联系的？"

"建国。"

"李建国？"

"是。"

"除了他没别人了？"

"一个萝卜一个坑，时间紧，任务……"

"行，别说了。我不管是谁跟她联系的，反正我要见人。见一面，不过分吧？"

"不过分。"

见老赵都不带抬屁股的，组长又问："要我亲自去请李建国？"

"不用，不用，我这就去找建国。他再有情绪也不敢耽误工作！"

老赵起身正要出门，小武门也不敲地闯进来，喊道："报告，嫌犯已经被控制！他手里有枪，保罗差点儿被打死！"

组长的斗鸡眼又瞪了起来，老赵的小歪嘴也咧开了。老孙一个箭步冲到小武身边，匆忙间还把桌上的茶杯带了到地上，摔了个粉身碎骨。

老孙指着小武问道："伤着人没有？"

"没有。"

"是教堂里那人吗？"老赵问。

"不是。"

"确认身份了？"老孙问。

"还没有。"

"查了吗？"组长问。

"还没有。"小武愣愣地回道。

"快去查呀！等什么呢？"组长的吼叫都要震碎玻璃了，只听动静，还以为来到了侏罗纪公园。

要知道，很多时候，一个人的怒火是完全没有必要爆发的。我没说它不可以存在，存不存在没人管，憋不住就是你的不对了。别以为爆出来就会心情舒畅，有时候，那样做反而很丢脸，就像现在的周局。

组长一见嫌犯，就问："您是高战天高主任吧？"

老孙和老赵被惊得眼珠子都直了，看看嫌犯，看看组长，再看看彼此。这世界，真疯狂！

嫌犯没回答，却反问："连周局长都惊动了？"

一个酒桌上你敬过我，我也敬过你的，都是好脑子，记人记得可清楚了，虽然只在一起吃过一顿饭。周局长夸高主任记性好，高主任称赞周局长过目不忘，就像酒桌上被敬过的酒，总要敬回去一样。周局长说："我是警察，要记不住您就别吃这碗饭了。"

所以说，心术不正的人最好别跟警察吃饭。

高战天回道："我能爬这么高也不是白给的，连领导们长什么样都记不住，还怎么爬？"

看来，职业素养的高低跟职位的高低还是很有关系的。

老赵突然想起一事，忙问周局："您认得您不早说，看给我们小武吓得，都哆嗦不成一块了。人家小姑娘放下电话就跑来了，哪有工夫给你查？有他们查那工夫，还不如您看一眼呢？您说呢，领导？"

老孙忙说："看不见审案子呢？捣什么乱？周局一心为公，有时难免着急了些，都是兄弟，能不理解吗？"

老赵把头转向一边："周局，兄弟们理解吗？"

这次老孙不说话了。周局长红着脸低了一下头，旋即抬起一张笑脸，问高战天："高主任，知道你为什么会有今天吗？因为你身边没这种人。"说着一指老赵。

"不对，"老孙说，"因为他容不下老赵这样的人"。

高战天不屑地一撇嘴，却说："别以为抓着我就抓着凶手了。"

周局不解，问：“你是想说，纪祥云不是你杀的？”

“不是。”

“不是你，是谁？”

“我不知道的事怎么告诉你？”

哥仨儿面面相觑，就像遇上推导不出结论的高中物理，只能看别的同学有没有法子。

“为什么要杀杨保罗？”老孙问道。

高战天往椅子上一靠，长叹一声，眼睛微微闭上又睁开，问：“能来杯茶吗？”

老赵拿纸杯给他沏上茶，端来，他又问：“就没茶碗吗？玻璃杯也行！”

周局长说：“怕你打碎了自杀。”

“高，实在是高！落你们手里，不冤。”

“还是说说你为什么杀人吧！”

高战天吹走漂在上面的茶叶，轻轻呷了口，说：“没有那本《畅销书》，我还是我。”

“听到风声了？”

“他都给我写成那样了，还需要风声吗？”

“写错了吗？”

“坏就坏在他写对了。”冷笑。

“你要害怕可以一跑了之，何苦杀人呢？”

“他要不写那书，我需要跑吗？”

“你也跑不了。”老孙提醒他。

"是，跑不了。"老老实实承认。

"杀人，罪过可就不一样了！"周局长说。

"我就是要告诉你们，我不是个窝窝囊囊的废物，敢对我下手，我也敢对你们下手。"

"谁对你下手了？"周局长问。

"书都写出来了，还要怎么下手？"

"你不能不让人说话，人家又没写错……"见对方不说话，周局长也闭上了嘴巴。

"你不觉得这种报复行为很低级吗？"老赵问。

"他们撞死我的孩子不低级吗？有本事冲我来，我的孩子惹着谁了？！"他瞪着血红的眼，紧盯着老赵吼道。其状之凶，令人惊悚。

等着他稍稍平复了些，周局长才问："你怎么知道醉驾那人是要谋杀你？有何证据？"

"瞎猜的，没证据。"表情平静和无谓，清楚地表明：我愿意信什么就信什么，跟你们说不着，更不必麻烦寻找什么证据，我就是知道——别看身陷囹圄，一样的官威十足。

短短一句话，顶得三个老警察半天没词。

老孙给他续上茶水，问："你是不是听到了什么？"

"没听到，看到过。"

"看到了什么？"老孙紧接着问。

"信。"

"信？什么信？"

"好多信，也不知道谁寄来的。信上说：'知道你小舅子怎么死的吗？就是被我们干死的。你不是也想这么死吧？'除此之外，有说我是贪污犯，是蛀虫，说我助长了电网公司的歪风邪气，损害了供货商的利益的，有说我只知道中饱私囊和巴结领导往上爬的，还咒我，说像我这样人，就该死去！"

"都是从邮局寄出去的？"

"是。"

"多少封？"

"二十多封，差不多，没细数。"

"知道谁寄的吗？"

"当然不知道了。连信封上的字都是打印机打出来的。"

"什么时候开始收到这种信的？"

"不太记得了，我儿子死之前就收到过，之后还有。"

"持续了多久？"

"到现在。"

"这些信还留着吗？"

"留着。不过，我不信你们能找到什么线索。"

　　老方说，高战天完全有时间打死保罗的。盯了快一星期了，兄弟们难免有些懈怠。高战天进了马路对面的水果店，谁都没注意，也不认识他。保罗走出小区，站在路边，又转过身背对马路时，他们看到了。这时，高战天开始横穿马路，他们也看到了，但并没觉得有什么不对劲，大城县这么过马路的太多了。

高战天边走边掏枪，这时，老方说发现了，其实，他们还没发现。直到高战天站到杨保罗身后，不过两米的距离，还把手枪举了起来时，兄弟们才发现。这时大家慌作一团，匆匆甩下一句国骂，推开车门，撒腿就往前冲。

从他的脚步和掏枪的动作看得出，行动果敢，没一丝一毫的犹豫。可是，当他看到一个四五岁的小男孩"爸爸，爸爸"地喊，两条小腿欢快地捯饬着，转眼就冲进了杨保罗的怀抱时，他灵魂出窍了。谁也不知道那一刻他的灵魂看到了什么，不知是哪一幕在他眼前重现了，也不知有怎样的声音在他的耳畔回响起来。但谁都看得见，他的枪放下了，肩膀也垂了下来，整个人就像一个泄了气的气球，耷拉了下去，失魂落魄。保罗抱着孩子刚刚转过身，不但看见了他，也看到了他缓缓落下的手臂和手中的枪。保罗被吓呆了，孩子却抱得更紧。

老方和他的弟兄们见状，吓得脸都白了，可脚底下却一点没耽误，像箭一样地弹了出去，迅速将高战天撞倒在地。老方第一时间夺下他手里的枪。谁也说不好，持枪人在惊慌之下会干出什么。另一兄弟也压到了高战天的身上，老方喊道："铐上！铐上！看他身上还有什么，搜干净！"

枪已检查完，是真的，子弹已上膛。

他几乎没有反抗，也不说话，老老实实地被铐上，任由他们像拎个破麻袋一样把他拎起来。他盯着保罗，有一秒钟，还冲他笑了一下，说不上友善，也说不上仇视，有几分冷。保罗回过神来，从包里掏出张湿纸巾，递给老方，说："给他擦擦脸。"

　　老方问保罗："认得他？"

　　保罗摇摇头，说："不认得。"

　　"你认得他？"老方又问高战天。

　　"认得，杨保罗，鼎鼎大名。"嘴角的冷笑似乎凝固了。

　　保罗不认得高战天，从没见过。他说，他也没给他写过什么匿名信。也是，如果写了，会没点防备吗？

　　高战天没胡说，家里确实有二十多封匿名信，时间也对，有邮戳为证，大都是纪祥云死之后的。

　　有一封信上写：不是我吓唬你，赶紧把钱吐出来！也不求你把所有贪的钱都吐出来，都知道你祸祸了不少，祸祸了的就不说了，现在的，老老实实交出来！找家说得过去的基金会，扶贫，助学，环保都行。也不需要你开什么发布会，发个朋友圈就行，让大家伙儿知道知道，我们保证放过你。可你要不舍得那几个脏钱，没办法，咱就不客气了。你这种货色也没什么存在价值，就等着消失吧！

　　再看邮戳，收到信十天后，孩子就被撞死了——如果信和信封是匹配的，如果信不是高战天自己编造的。他需要编造吗？没道理。

　　他在顺义的别墅被抄了。卫生间改成密室，拿佛像挡着，里面的现金摞成了一面墙。三台点钞机点了大半宿，查实了有六千多万。黄金、珠宝、名人字画还没算呢。光家俱、电器、手表、家庭影院——真的是影院，地下一层，二十多平米的房间，有幕布，有座椅——就得值个三四百万。还有一面墙的书，好东西不少，明朝的《三国演义》，1981年一版一印的《九叶集》，线装的《金瓶梅》……快赶上藏书专家了。

给高战天戴上帽子，戴上眼镜，房东、理发师、邻居，连人贩子也看过了，都说不像。

周局低着脑袋，闭着眼，一只手还支在额头上，低声问道："老赵，找建国了吗？"

20．交　易

被停职了一段时间后，小李又被市局的兄弟们"审"了大半天。当然，他也不需要什么反侦查，实话实说，没干就是没干，能把我怎样？这种事，放谁身上，谁都有脾气。老赵只好说："这事嘛，赖我。领导嘛，是需要给个面子的，因为领导嘛，面子自然比咱们的薄嘛！金贵！赖我，非去戳人面皮，非惹人不高兴，不就拿你开刀了吗？可你想，这案子，他破不了，不也是因为咱们没早点破案吗？咱爷们先把活干了，把案子破了，我让他给你道歉。"

"别，用不着，我还没那么小气。我就是想不明白，这案子我们又不是破不了，他们插什么一杠子？"

"这话我劝你别说了。我提两点，看你能不能转过这个弯来。一，如果我是老周，我也审你，因为我要破案，有问题就要问，不问，他就不是个警察了；二，我们当警察管什么这功劳那功劳的，我们就管一件事——破案。你能把案子破了，你就是爷，别人就得服你，管他是谁呢？你师傅我就这么一路干过来的。你要觉着你行，你就上。要觉着你不行，那就换个岗位！"

小李看着老赵，想了想，问："师傅，您说实话，您是不是也觉得我跟杨保罗他们是一伙儿的？"

"没有啊！你是我徒弟，我怎么会看走眼呢？"

"可你并没有证据证明我跟他们没关系，不是吗？"

"我也没证据能证明你跟他们有关系！再说，我也不信什么阴谋论，我只信证据。没证据可以猜，但是说出来就不对了。"

"可我毕竟没跟你讲实话！"

"建国！就算你跟他们有关系，有关系吗？我会在乎吗？我在乎的是能不能破案！你们爱有关系没关系，跟我一概没关系。只要你把案子给我破了，就他妈是好样的！"

小李默默地点着头，过了好半天，才说："师傅，您不觉得刘老师的神机妙算是瞎蒙的吗？"

"瞎蒙的又有什么关系呢？"

"那就是……她帮不上什么忙……"

"保罗在《畅销书》里有句话，说得非常好。他说：'我们生活在一个需要行动的时代，却偏偏喜欢喋喋不休。'你说，我能不打心眼里喜欢他吗？别人，那么多人，能不喜欢他吗？"

小李啥话也不说了，拿起手机发起微信。

转眼，小李的心里就美滋滋的了，因为，刘老师爽快地答应了他，来大城。所以，他不得不认为，刘老师对他有意思。

第二天一早，刘老师就坐上高铁，从北京来到了廊坊。小李在出站口迎候，然后开车把她接回大城。

别忘了，作为河北唯一没有通火车的大县城，大城，是名副其实的。

接上刘老师，自然要请她吃饭。刘老师很奇怪，不到饭点，吃什么饭？小李解释道："公款，领导指示的，以示尊重。"

刘老师"噢呦"一声，从指甲盖到头发梢都是一副受宠若惊的样子："我蒙着说的，帮不上你们什么。我来就是想看看大城县的供电公司仓库是个什么样子，也来跟保罗叙叙旧。又上了电视，又上了电台，都成名人了。"

"书继续畅销下去，大城县供电公司的老仓库都要成名胜了。"

"是呢。保罗那么聪明，问他不比问我强吗？"

"你在书上写的字，是给保罗的吗？"

"不是，给我自己的。"

"保罗记得那么清楚，可见对你一往情深。"

"为什么不说我写得走心，所以他才记得住呢？"

"那你现在还记得住吗？"

"忘了。"说完仰天大笑。女人的迷人就在于，有一半是男人。

等她笑完，小李说："不可否认，我们每个人都是有罪的。洗刷罪过的唯一方式，就是走近你，我的主。哈利路亚！"

刘老师先是惊讶，后是敬佩，进而笑着感慨道："多幼稚！那时候，刚信教没多久，好虔诚！"

"现在不虔诚了？"

"现在？快不信了。"要不是她又开怀大笑，他真就信了。之后，两人一路上聊的全是宗教，主要是基督教。从基督教是怎么受迫害的，到后来又怎么迫害自己和别人的。

到了大城，就是饭点儿了。周局长做东，宴请了刘老师。面对一桌子的珍馐美味，周局客气地说："大城没什么好吃的，委屈刘老师了。"

刘老师又说了一遍她跟小李说的那番话，说她帮不上什么忙之类的。周局忙说："已经帮了大忙了。要不是我们的人掉链子……不说了。你是怎么想到，拿走你《新约》的人会去教堂的？"

"主说，世间无人不可救药。《新约》就是救人的一颗药。"

"主真说过这个？"老赵问。

"主嘛，智慧的代名词。只要你愿意，一切智慧荣光都可归功于主，何必翻书，抠字眼呢？"说完莞尔。

"有道理，"周局长叹道，"他本来是要走近上帝的，或者说他已经走近了上帝，可又被我们的人吓跑了！那您认为，他现在会去哪里呢？"

刘老师低着头想了半天，说："他在对面楼里租房子，不就是在寻找时机杀人吗？蓄谋已久。谁会这么干？会不会是被死者敲诈过的业务员呢？而这个业务员，很可能又帮着死者联系过人贩子……"

"一业务员为什么要帮着纪祥云联系这个事儿呢？"老赵问。

"小说里不就……对不起，对不起，我又掉到小说里了。就说我是瞎蒙吧？你们就别问了，再问我，我只好拿纸牌算啦！"刘老师求助的眼神看向小李，小李也爱莫能助。

老孙连忙解围，说："不为难刘老师，咱们今天纯属答谢，纯属答谢。"

"随便聊聊，随便聊聊！"周局也赶紧表态，但是，在他看来，刘老师的话却极具启发。

对，一个业务员为什么要帮着纪祥云买孩子呢？这么大的事，除非有交易。什么人会跟纪祥云有交易呢？领导一边问着问题，一边翻着《畅销书》。

老赵一张张地瞅着画像，突然说："我想到一个人，跟画像上的还真有点像。"

"谁？"老孙问。

"孙工，大道通衢的孙工。"

周局想看照片，老赵没有。小李也说，要给孙工戴上帽子，确实有点像。眼镜不用戴了，他本来就是戴眼镜的。

这么说，杨保罗写孙工还写对了！

为了向纪祥云要钱，杨保罗不是没找过孙工，可孙工不同意。孙工早就提了营销部主任，不用再像个业务员似的跑供电公司了，也不用和纪工见面了，这活不是不可以干。那为什么没干呢？

有交易？

小武那儿有纪祥云公司所有合同的复印件，一查便知。小武以前都看过，不记得有天下通衢的合同。再看一遍，还是没有。

天下通衢是家大公司，旗下一定有子公司或是合作企业，会不会和子公司签的合同呢？老赵认为可以再试试。

小武上天下通衢公司的网站一看，十多家子公司。合同也不翻了，肯定地说："没错，有合作。"

年轻人脑子就是好使，拿来合同再看，当然有，还不止一份。无一例外，都是代理合同，有断路器，也有开关柜。

可以解释得通了，为什么已是主任了，还要来找一个小县城的供电仓库管理员签字。

再说保罗，好作家！给你孙工写出来不算，再寄本书给你看，看你怎么说？纪祥云死后，保罗销声匿迹，不也是躲着他吗？保罗跟纪祥云说过他的小说，也会想到，他会告诉孙工。纪祥云死的那天，保罗和孙工可是通过电话的。杀了纪祥云是可以堵住他的嘴，可你如何确知他死前没跟别人透露过实情呢？如果透露了，杨保罗是不是最有可能知情的？甚至可能，是唯一知情的。所以，保罗才把孙工写成那个样子。

说到这儿，周局突然问："保护保罗的人撤了吗？"

老孙告诉没撤。

"干得好！给他带来，不，给他请来，我好好谢谢他。还派个刘老师给咱们指道，真够意思！"

老赵只好提醒他，人是他自己请来的，而不是谁派来的。

周局说："这就是人家保罗的高明处。八卦图给你画好了，你不照着走能行吗？"

老孙笑道："书写得再好，也得有人读得懂才行！"

周局心情大好，求老孙不要捧杀。说着说着又聊起了文学，要不是老赵提醒他，估计都忘了给人布置抓捕任务了。

保罗说来就来。他明确告诉周局长，他不知道孙工是不是凶手，一没有证据，二也没往那儿想，虽然小说写成了那个样子。对此，大家早有预料，也明白保罗的心思，但是，思想工作该做还得做。周局告诉保罗，凶手至今还没抓到，你杨保罗的小命随时可能玩完，不好拿着性命开玩笑。

保罗说，他知道害怕，也知道性命可贵，但真不知道凶手是谁。他把孙工写成幕后指使，只是想跟他开个玩笑。至于天下通衢和纪祥云合作的事，他也只是道听途说，并无实据。

听见没？就这还开诚布公呢？有这么和警方配合的吗？有这么拿着性命不当回事的吗？这么大的事，既然听说过，为什么不说？

"既然都合作上了，为什么还要敲天下通衢的钱呢？我就是从纪工手里拿到的五千块钱，他也承认是从孙工手里敲来的。我给孙工的钱就是这笔，不然，我干吗给他钱？我又不欠他的。"

是个问题。不过，也不是不可以解释。想知道答案，抓着孙工，一问便知。

见保罗情绪低落，老赵便说："保罗，我们不是存心不信你，而是，我们压力山大。你应该知道你的书卖得有多好。你的书卖得越好，我们的压力也就越大，生怕抓错。不瞒你说，我们已经抓回来六个了。"

老赵没瞎说，确实，周局长撒出大把的便衣到大街上，好多还是市局的，已经抓了六个，证人看完都说，太不像了。汽车站和收费站也加派了人手，连教堂都布控了。可以想见，让兄弟们拿着一张戴着帽子又戴着墨镜的画像找人，而且，嫌犯手里很可能有枪，有几个不骂娘的？可是，画像专家又画不出不戴帽子和眼镜的，哪怕摘了其中一个也好啊！至于像不像，现在，连证人们都说不上来了。

保罗承认，给大家添乱了。他没想到会是这种局面，他把事情想简单了。如果凶手真的是孙工，那不是害人吗？不敢想……

保罗老婆跟老方说，这些天，他一直很自责。到底是不是他害死了纪祥云的问题始终困扰着他。还好，孩子没犯病，但也说不好，家里的玩具枪都藏了起来，就怕他看见。他说："我现在才知道，这书不该出！"

老赵跟两位领导商量，保罗在这儿也没什么用，要不先让他回去。周局长同意了。刚跟保罗说了两句感谢的话，电话来了。孙工没抓着，连个影都没见——电话不通，定位不到，他家人和同事也联系不上他，不知他去了哪里。找不着人都快两天了，为什么不报警？家人说，他以前也这样过，有可能手机没电了。警察怀疑家人知情不报。

不是他是谁?

保罗不知发生了什么,也不知该走还是不该走。曾经的机智与从容全然不见,好像换了个人,在老赵看来,尤为明显。

刘老师带保罗去了教堂,和牧师聊了好久。牧师说,他注意到了嫌犯,因为来他们教堂的人,一般都会摘掉帽子。戴着的也有,但不多。本来来的人就不多,所以,戴着帽子是很显眼的。对那些常来的信徒,牧师还是认识的,而这个人是头一次见。并且他礼拜还没结束就走了,这样的人更少有。

孙工并不信教。他一廊坊人,跑到大城的教堂里逛悠,为什么?在警察看来,保罗随时都有遇袭的可能。但保罗却认为,孙工生性懦弱,有脑子有口才,就是没胆量,不可能是凶手。就算是凶手,也不可能再来跟他过不去。他老婆问道:"他把他们所长喝出胃穿孔,不算有胆量?也挺敢下手的嘛!"但保罗说,这跟持枪杀人是两码事。再说,孙工也没那么坏,怎么会为几百万的单子参与买卖人口呢?但他也知道,他说的没人听。警方已进驻天下通衢了。

刘老师在周局长的眼中,好比刘宝瑞的黄蛤蟆在皇帝的心头。立下这么大的功劳,当然要有人鞍前马后地伺候着了。谁呢?李建国莫属。刘老师认为完全没必要,小李也这么认为,之后又向老赵转述了刘老师的意见,并且表示认同——与其天天陪着她,还不如汽车站里巡逻呢。

老赵问:"这话你跟刘老师也说过?"

"说过。"

"傻！怎么教都教不会！"老赵一脸嫌弃，转眼又苦口婆心起来，"就纪祥云这案子，你要清楚地看到是有几方势力的，而保罗那边我们是针插不进，水泼不进。老周还怀疑你是跟他们是一头的，你得争口气，我的兄弟！"

小李呆呆地看着老赵，无助地问："怎么争啊？"

"别问我，问你自己。机会就在你面前，看你怎么把握。给你自己争口气，给我争张脸！"

孙工的电话开通了。他先给杨保罗打了电话："警察是不是在找我？"保罗劝他赶紧自首。他说："果然被我猜中了。"

一看完书，他就在想，为什么杨保罗要给他写成一幕后指使？不是开玩笑，绝不是开玩笑，一定是他知道了什么，知道了他跟纪祥云的合作，所以，才会如此讥笑他。

保罗承认。

"但是，你有没有想过，警察一找到我，我在天下通衢就没法干了。我跟纪祥云合作，给他好处，那是公司给的，也不是我自己出！你们单位不塞钱，能中着标？能拿着单？咱们好像差别并不大吧？唯一的差别，你们给的是别人，我给的是纪工，如此而已。"

保罗无言。

孙工又说："不怨你。你没做错什么。"

随后，他就给老赵去了电话。据他交代，他一看完《畅销书》，就猜到了警察会去找他。想来想去，就背着帐篷进了山里，看星星，看日出，看小松鼠爬树，看花喜鹊亮翅滑翔。他想，这些，恐怕都是日后好久一段时间看不到的了。当他知道了纪祥云的背景之后，就决定跟他合作，且合作得卓有成效。既然已是合作伙伴，竹杠是早就不敲了。可是，为什么纪工死的那天，又凭空出现了五千块钱呢？这源于杨保罗的一通电话。记得，纪祥云跟孙工讲过，保罗正在写小说，还要把他写进去。孙工不认为杨保罗能写成什么小说，但与纪工的合作还是不想被他知道的，所以就备了五千块钱——本来也是要给佣金的，结款时扣除这五千不就完了吗！

老赵要他速来投案，他表示没问题。

电话是一早打的，人是正午前到的。他不明白为什么要他戴上帽子又戴眼镜，还要拍照。下午吃饭前就给放走了。临走前，小武提醒他，别再让警察找不着。事儿没完，但不归大城县管了，廊坊公安局经侦科正等着他呢。

保罗长舒了口气。老方的神经重又绷了起来。

21. 建 国

小李父母为他的婚姻大事操碎了心，尤其是他母亲。前文所说的研究生，他爸给约好了，可小李就是不见。在他看来，那不叫相亲，而是背叛。

　　刘老师见了保罗一家。在小李的陪同下，又见了魏晓荷两口子。老王老婆生了，是个小子。高兴，铺张一回，大摆宴席，请了小李，也请了刘老师。

　　恩爱夫妻见多了，单身狗难免会有些感慨，有时还能赋予些勇气，就算小李这种屡败屡战的人，现在也敢直勾勾地看着刘老师了。而当刘老师也微笑着回望他时，他认定那目光里透露出来的是脉脉深情，是认定自己虎臂狼腰有吕布之勇，唇红齿白有潘安之貌。所以，他问："刘老师，你长这么漂亮，怎么还没结婚呢？"说这话时，他有很强的负罪感——为了纪祥云的案子，同事们都忙得跟狗一样，他却……这就是人类生生不息的源泉。

　　刘老师反问："李警官，你长这么帅，为什么还没有女朋友呢？"

　　"你怎么知道我没女朋友的？"

　　"你要是有女朋友，干吗还这么盯着我？"

　　有了老赵的提醒，小李就不会像过去那样一慢二看三通过了。男女之间的事，等真都看明白了，也就等于走进了死胡同。对刘老师，小李鞍前马后地伺候了两天，俩人的感觉越来越对味儿，小李的胆子大了起来。他拉起刘老师的手，刘老师也笑着默许了。随后，他说出想了好多遍的话："你要是能来大城，最好。不能来，我就去北京。找不着工作我就去送快递，听说北京送快递的月月都挣一万多。"

　　刘老师笑问："有那么着急吗？"

怎么不着急？连派出所的干警都派出来了，协警也出动了，四五十人天天在大街上漂，漂了一个多礼拜，抓了三十多个人，没一个对的！

刘老师大他六岁，可他不在乎，他说他爸妈也不在乎。后面一句是胡说，他爸妈根本就不知道世界上还有刘老师这么个人。她说她谈过好几个男朋友，没一个受得了她的信仰。他说，她是他见过的，最有爱心，最聪明的女人。如果工作不太忙，他也想读读《圣经》，要是觉得《圣经》有道理，当个基督徒也没什么可丢人的。

刘老师知道他在忽悠，可还是笑呵呵地，全当是真心话。一个人想要体味幸福，就得肯放下身段，分得清主次。求全责备，诸事如意的买卖根本不存在。

窗外虽然飘着雪，但有了心与心的交流，感情这东西就只有急速升温的份了。小李把刘老师送到酒店，停下车，恋恋不舍地盯着心上人。心上人也不含糊，松开安全带就扑了过来，俩人动情地拥吻。激吻过后，就得动点真格的，不然，岂不让欲火焚了身？刘老师娇声呢喃："带套了吗？"

"没有。"

"买去吧！"

"怕怀上？"

"能帮忙让你延长点时间。"

有好事，当然说干就干了。俩人又开着车去找情趣商店。小李说，他办案时，见过一款超长带刺儿的套套，想必一定很刺激。看看运气怎么样，能不能买到。刘老师全身靠在座椅里，一脸的幸福，还不忘挑衅地看着他说："祝你好运！"

不过五分钟，小李就停下了车，这是小县城的好处。俩人都下了车，感叹着情趣商店的人性关怀——再晚，哪怕是所有的商店都关上了门，可是它还亮着灯。急人之所急，想你之所想。

看店的是位四十多岁的大姐，热情地问："买点什么，小两口？"极专业的称谓。

"先看看，先看看。"小李说着弯下腰，两眼紧盯柜台，也拿出他的专业目光，冒着熊熊欲火，机关枪一样来回扫射。刘老师双手抄在羽绒服兜里，笑而不语。

找半天也没找着他心仪的武器，只好羞答答地问人："大姐，有没有带刺儿的套套？"

"有啊！"说着就从柜台里拿出一盒，动作透着麻利。

小李接过一看，立马从兴奋之峰跌回失望之谷，说："不是，太短。"

大姐没懂，问："这么长还不够你戴？"惊讶之余，在他身上迅速地上下"扫描"了两下。

"不是，是刺儿太短。有没有那刺儿是这么长的？"边说边比画着，拇指和食指之间足有五公分。

大姐看看刘老师，问小李："姑娘受得了？"

能不能受得了，小李哪儿知道？他只知道，刘老师一直在笑，虽然还没笑出声。他不好意思往刘老师那儿看，只好傻呆呆地盯着手里的包装盒，心想：要是实物跟图不一样该多好！

大姐开导他："小伙子，我开店五六年了，没见过你说的。你是不是从网上看到的？别信，跟武侠片一样，全是假的。"

为了让她早点闭嘴，小李问："带刺儿的就这一款？"

"还有，都差不多，就牌子不一样。"

其实只是为掩饰窘态，小李趴在柜台上东瞅西看。看着看着，突然指着一印着印度大鼻子神像的盒子问："这是伟哥吗？"

"可以，小伙子，够识货的。"

"印度也出伟哥？"

"印度嘛，仿制药的天堂，做个伟哥还不简单？别看仿制药，很管用，六十多岁的老头儿吃上，也能坚持一个小时以上。不信你试试？"

"这药别的店有卖吗？多少钱？"

"别的地方不敢说，在大城，就我们一家——独家代理。不贵，128，一盒四粒，良心价。"

小李当真买了一盒。在老板娘的提醒下，又买了刚才拿到手里的那盒安全套。刘老师指着那盒印度伟哥问他："你确定需要这东西？"

"不是……给我爸买的。"

刘老师已被惊得说不出话来了。

大姐叹道："孝子啊！"

孝子一出门就问刘老师："姐姐，咱能改天吗？"

刘老师没明白，小李解释道："我想我得工作了。"

即便是陷入到了爱情里，刘老师依然聪明绝顶。她一把夺过他手里的印度伟哥问："拿着这个工作？"

"不是，这是线索，如果只有这家店卖这药……算了，不跟你说了，违反纪律。"见心上人并没有怒火中烧，小李倒改了主意。

"这么做人有点不地道啊！两次三番地挑逗我，还不跟我说实话，我还能信你什么呀？"见小李还在笑嘻嘻地观察她，只好把药还给他，一挥手，"算了，不打听了，回酒店睡觉。你这种人！"说着就要往回走。小李怎么放心大晚上的让她走着回去呢？要送她，她不让，小李执意要送，俩人又腻歪了半天。刘老师问："你不是找着线索了吗？不办案了？"

"可能是线索，也可能不是。如果是线索，就不能让它给断了，有可能这是唯一的线索了。所以，急不得。不过，我决定不送你了，因为你可以帮我出出主意。我一定把你娶回家，娶回家我就赚了。"

"你赚什么了？"

"你鬼主意多多。这哪是娶媳妇，分明是娶回一诸葛亮！"

"少给我戴高帽。怎么，又不怕违反纪律了？"

"实话跟你说了吧！如果这条线索是真的，那百分百可以确定凶手是个坏人，而且跟保罗没关系。"

"什么意思？保罗有嫌疑我能理解，说凶手是百分百的坏人，是怎么看出来的？"

"要知道，供电公司仓库离这儿老远，一个城南，一个城北，十里地少说了。洗头房离这儿也不近。如果全县果真就他一家卖这个药的话，那么，这东西就不可能是房东老头自己买的，那个可能性极小，而是嫌犯送给他的，为的是能让他快活得乐不思蜀。只要他不回来，不耽误嫌犯的事，这东西，要多少有多少。你说，能让一个六十多岁的老头天天吃印度伟哥的人能是好人吗？"

刘老师向他竖起大拇指，夸道："分析得太好了，可惜一句没听懂。"

他谦虚地一撇嘴，再撇下去就跟他师傅一个模样了。他给他师傅拨通了电话，话说了一半，他师傅就挂了。刘老师问："怎么说一半不说了？"

"他已经听明白了，还说什么？电话又不是我挂的。"

"我还没听明白了呢。"

小李把之前和老赵在洗头房的发现讲给她听。她问："你就那么信老板娘的话？要别的店也卖这药呢？"

"这种药也不是所有人都有路子搞来的，不信就再找一家瞅瞅去！"

不出十分钟，去了两家，找了，也问了，连个包装盒都没有。

刘老师由衷地敬佩："精通毒品的警察电视里没少见，但精通伟哥的警察我还真头一次见。"

小李一笑，想撇嘴来着，又收了回去，因为刘老师说了，男人撇嘴不稳重，也不好看。

见状，刘老师吐吐舌头，言归正传："没这药，老爷子也不会被活活累死，是吧？"

"他是快活死的。"

"不管咋死，反正是死了。这么算起来，凶手杀的可不是一个人了。"

"老色鬼怎么死的，我不关心，我只关心嫌犯跟这家店是什么关系。常客？还是这货就是他卖给这家店的……不对！会不会是老板自己？"

"真敢猜！"

"不是常客就是老板，"小李一拍脑袋，"忘了看营业执照了，这脑子！"

"个体户，经营者程慕阳。"刘老师平静地道出。

"好脑子！"小李惊叹，又问："怎么写？"

刘老师拿微信发给他，他又问："一字不差？"

"一字不差！"

"太好了，发给小武，让她查，干这个她在行。"发完又给小武打了电话。讲完电话，小李两眼出神，陷入了思索之中。刘老师不敢打扰他，过了好半天，他突然冒出一句："这名字怎么那么熟悉啊？你听过吗？"

"没听过。"

"一定是听过的！完蛋了，这脑子，怎么跟我师傅似的？"捂着脑门，使劲皱着眉头，连刘老师都替他着急。车里一点动静都没有，连时间都静止。不知过了几个世纪，突然，车窗被人不轻不重地敲了两下，俩人吓了一跳。小李放下玻璃，见是老赵，竟不寒暄，脱口就问："程慕阳是谁？"

老赵也听过这个名字，之后又听了名字的来历。他坐在后座上，眼睛望着窗外，嘴里就不停地小声叨咕："程慕阳……程先生……老程……程总……"

小李真想要老赵闭上嘴，吵得他脑子乱哄哄的，可又不敢说，只好忍着。可当老赵说出"程总"两个字时，他突然喊了起来："我想起来了！我想起来了！没错，就是他！错不了，错不了的！"

"谁？"老赵的眼睛斜睨过来，姿势没变，却有股劲儿绷着。

"程总！"

"哪个程总？"

"给纪祥云打工的那个程总。"

"行啊，我的兄弟！"老赵弹坐起来。

"只有他俩这么近的关系，才能帮他买孩子，别人，谁给他干这个？而且，他也帮他干了不少坏事，合情合理。最关键的是，他跟画像上的人很相符啊！你想想，给他戴上帽子，眼镜，像不像？"

"说得好！可他为什么要杀纪祥云呢？杀了纪，公司也不归他。"

"那我就不知道了。可现在，公司应该是他的了吧？"

"他能算到这一步？老板死了，还有继承人呢，他还有一个姐呢？不太可能跑到他名下吧？不过，也不好说，也许呢……"

是不是，查了才知道。可就算归了他，就能够成为杀人的动机吗？还是察觉到纪祥云要讲出孩子的来历，打算杀人灭口呢？算了，都这个时候了，还猜这个干吗，直接给小武打电话不完了吗？

正说着，小武的电话来了："咱们县，有四个叫程慕阳的，两个小的，一个老的，和嫌犯年纪相仿的就一个，而且，还是纪祥云公司的，社保局有记录。就是这个程慕阳，还在香港路上开了一家成人保健品商店……"

"就是他，错不了了！通知老孙和周局，立刻抓人！"老赵命令道。

"有人去通知了。"

"程慕阳的身上很可能有枪，提醒兄弟们小心。确定他的位置了吗？"

"正在确定。"

"确定了位置告诉我！"

挂了电话，老赵又给老孙去了电话，三言两语说完后，他往座椅里一靠，双目微闭，说："等着吧！"

小李明白，大战在即，寸阴可贵，能歇会儿就赶紧歇会儿。真打起来，谁知道会发生什么？

两分钟后，老孙打来电话，说定位失败，但还在试，只要没拔了 SIM 卡就有机会。

已是夜里十一点半了。

老赵说："别着急，再等等。定不了位，也不代表找不着。"

"再定不着，就说明他跑路了。"

"跑路了也能抓回来。"

"谁知道呢？这种事，不好说……什么？好！OK！定着了，定着了！老赵，不说了，等我指令！"

手机关了，但卡没拔。利用基站定位，锁定了他的大概区域，就在香港路上。

一下子，五十多个警察涌上香港路，而且，还在调兵遣将。在直径五百多米的目标区域内，每个路口都有人把守，嫌犯就算插翅也难逃法网。周局说："现在，两个法子。一，明天天一亮，他手机可能就开机了。咱们直接锁定确切位置，一把抓住。二，现在开始，挨家挨户地搜。当然，这招太危险。"

"他住这儿吗？这儿有房子？"老赵问。

"没有，但他可以住别人家。"老孙说。

"住别人家这事儿……你住别人家吗？"周局问。

"不住。"老孙回答。

"你们谁住别人家？"他紧接着又问，一堆警察没一个说住的，"现在谁还住别人家？出差都没有去别人家住的，何况是在自己家门口。"

"这不有个酒店吗？"老方说，"不住别人家，可以住酒店。"

"酒店里有什么？"周局问。

"桑拿、按摩、足疗，别的我也不知道。"

不出五分钟，三十名警察给一栋四层的拉斯维加斯大酒店围了个水泄不通。老孙问前台，前台查无此人。老孙又亮出了程慕阳的照片，这次终于是不戴帽子和眼镜的了。但前台说没见过。老孙问："每个入住的客人都刷过身份证？"

前台说："每个都验过。"

经理也说："来住的客人都得交身份证，不交别想住，拿假身份证更别想。我们不仅要验身份证，还得刷脸。别说逃犯了，整了容的都不行。"

话虽如此，但房还是要查的，万一有哪儿漏了呢？

经理万般不情愿，可有什么办法？还得老老实实地把各个出口，包括电梯，消防楼梯都跟周局说清楚。周局重新布控，从一楼到四楼，层层把守。弟兄们个个子弹上膛，保险打开，严阵以待。老方带队上了四楼，三楼由老赵负责，老孙负责二楼，一楼则是周局的。行动前，周局长再次叮嘱："提高警惕，千万小心，看苗头不对，立即动手，该开枪就开枪，别手软。"

每个人都知道，程慕阳有枪，带在身上的可能性极大，藏身酒店的可能性也是最大的。所以，你推开的每一扇门都可能直通鬼门关。这就是警察，绞尽脑汁，使尽浑身解数，生怕脸面不保，不为别的，只为向死神步步逼近。不是说非要拼个你死我活，但有时确实是生死难料。

周局一声令下，四队人马同时行动。为保证安全，弟兄们直接刷卡进门，速战速决。虽然话说得很明白，道歉的话也讲了，只是看个脸，别的啥也不干，可有些客人就是要大呼小叫，怎么说都不听。

客人叫得越响，警察越危险，可又能怎么办呢？这就是工作。你为他的安全着想，他可不管你的死活。我们一天不知要面对多少这样的人。

好在弟兄们行动迅速，不过一刻钟，都查完了，没有。

经理又开始叨叨了，说："跟你们说没有，非不听！这么个查法，客人还能结账吗？一个个再要求退款，我们怎么办？"

　　周局长没工夫听听他念秧，带着兄弟们撤出了拉斯维加斯大酒店，在外面商讨下一步行动：要不要挨家挨户搜？

　　挨家挨户敲门，耗时耗力，又极度危险。可不搜吧，天一亮，他要还不开机呢？他要发现被包围，再劫持个人质，岂不更危险？不过，只要埋伏得好，可能也不会被发现。要是他大摇大摆地走出来了，直接上去擒住不完了吗？

　　讨论的结果，还是行动，立刻行动，挨家挨户搜。可就在周局长布置完毕，刚要下达行动命令之际，老孙电话震动起来，接起，听完，挂了，说："行动暂停！"

　　周局问："什么情况？"

　　老孙说："接到报警，说咱们要找的这个程慕阳刚刚死了，死在一个女人的床上。"

　　"死了？刚刚？"老赵难以置信，就像小孩子十拿九稳会考九十分以上，一听成绩却不及格一样。

　　老孙好脾气地确认："刚刚！"

　　你没听错，你就是没及格，不信可以看卷子。

　　"死在哪个女人的床上？"

　　"报警人姓唐，是个女的。"

　　"唐总？我的妈呀！不会死在唐总床上吧？"老赵惊问，连他自己都难以相信自己的推断。

　　"哪个唐总？"周局长问。

　　"供电公司仓库王主任的前妻。没错，她家就住这楼后头，我和建国还去过呢！"

　　老孙打开微信里的位置图，问老赵："是这儿？"

　　"没错！不就这后头吗？"

　　还说什么？有啥可说的？看卷子去吧！

　　没两步路就到了唐总家。唐总穿着睡袍，趿拉着棉拖鞋给他们开了门，一副惊魂未定的神情。老赵问："程慕阳死，你报的警？"

　　唐总小声说："是。"

　　小李说："让你耍，这回耍大了吧？"

　　她面带羞愧地低下头。

　　老赵问："在哪儿？"

　　唐总闪到一边，往左一指，说："里屋呢。"

　　老赵不放心地问："死了？"

　　"死了。"

　　还是不放心，他掏出枪，打开保险，进了卧室。

　　床上果然躺着个人，身上搭着被，只露个脸。没错，就是纪祥云公司的程慕阳。老赵拿枪指着尸体的脑袋，小李先用手指试了试鼻息，再一点点掀开被子。被子下面的人，准确地说，是尸体，手中空无一物，身上一丝不挂。些许痛苦和恐惧还残留在脸上，不知何时才能消隐。一张能说会道的嘴，如今已变得僵硬。两条大腿布满了红疙瘩，支撑着一副装满脂肪的皮囊——这么恶心的形象，怎么还会有女人喜欢？

　　人确实是死了。医院的救护车也到了楼下。

从他上衣兜里搜出盒药，没错，就是他店里的，房东老头也吃过的印度伟哥，跟小李手里的一模一样。

唐总说，他床上功夫着实厉害，打桩机似的没个完，谁成想是吃了药的。

"吃了几粒吃成这样的？"小李问。

"不知道，我从不知道他吃药，他也不想让我知道。"

"你跟他认识多久了？"老赵问。

"早就认识了，但有关系也就才半个月。"

"知道他是谁吗？"

"知道，纪祥云的副总。"

"知道他干过什么吗？"

"应该是跟纪祥云的姐姐好了好几年。"

"是吗？他跟你说的？"对老赵和小李来说，这可是重大发现。

"是，跟我炫耀的。"

"他还干过别的，你知道吗？"

"什么？"

"纪祥云就是他杀的。"

"什么？？？"

尾 声

房东老头的邻居们非要看看尸体，说照片看不准。小李想问：

"你们不是觉得看照片不过瘾吧？"当然，这话是不合适问的，想看就去看了。看过之后，他们说，是，就是他。

曾在204住过的小秦和小秦女朋友也说是他，人贩子也说是他。跟老头的邻居们不一样，人家就没看尸体。

小武是照片、尸体都看了，没错，就是她在教堂里跟丢的那个人。

公司还是纪家的，程总不过是个打工的。

如今，不管出纳还是会计，都可以知道什么就说什么了。程总跟纪总的姐姐是一对，不是一天两天了，照纪祥云的说法，程慕阳不过就是他姐的一头性奴。他当然看不惯了，可也不敢把他怎么样。程总是个聪明人，对谁都客客气气，对纪祥云更是小心翼翼地伺候着。纪祥云的姐姐对他非常好，手表、西服、化妆品，没少送。他也没少给她干活，尤其是纪祥云死后，他干劲十足，业务可比以前多多了，这不，又招了俩人。

纪祥云死的前两个月，程慕阳也确实没怎么来公司。至于去哪儿了，谁也不知道。

程慕阳的抽屉上了锁，打开，果然有那本《新约》。扉页上写着：不可否认，我们每个人都是有罪的，洗刷罪过的唯一方式，就是走近你，我的主。哈利路亚！字迹娟秀，正是刘老师的墨宝。

从他家里还搜出了一把仿制手枪和一盒子弹，跟穿过纪祥云脑袋的子弹一模一样。

同为仿制手枪，高战天的子弹就明显不同了。

人证、物证俱在，可以结案了。杀人不为别的，就是为了保护自己，也保护纪祥云的姐姐，自己的情人。如此，是不是可以称得上爱情？

虽然没抓着活的，但小李也立了功。可他总觉得这事蹊跷，所以跟老赵说："早不死，晚不死，就要抓着了，他死了！他是不是被小武发现之后就想到了会有这一天，所以跟唐总玩了命地折腾，再多吃上点儿印度伟哥，就等着马上风呢？"

"就算是也不用管，说出去，不让小武难堪吗？"

"师傅圣明。还有一个，对纪祥云下手，是他的主意还是纪祥云姐姐的授意？"

"这个不好打听，不过，可以听听高战天怎么说。"

在周局看来，这已不是什么大问题了，但问一句也是应该的，所以，就把这些告诉了高战天。高战天静静听完，脸上竟渐渐浮起了笑意。周局问他："有什么要说的吗？"

"佩服，佩服！"

"佩服谁？"

"佩服杨保罗和他们那帮子人，也佩服你们，跟杨保罗配合得真好。"

"你什么意思？"

"首先，得感谢你们，对我能如此宽大，又让我看了一遍《畅销书》。看完了我就想，如果杨保罗也能像对我小舅子那样来找我，跟我说：'改过自新吧！不改我就给你写到书里'，我会幡然醒悟吗？现在的我没问题，但过去的我，不好说。可能不行，可能不行！到现在，看那些信，我还气得不行呢，更别说面对面了。不管怎么说，我小舅子都够蠢的，保罗的话说得都那么明白了，还听不懂，真是蠢到家了。他不死谁死？算了，不说他了，我也比他强不了多少。不管怎么说，还得感谢保罗，对我太好了，虽然从未谋面。其实，我小舅子是替我死的。"

"这话怎么说？"

"不过，他们也不会要我死的，不符合他们的计划。"

"谁的计划？"

"杨保罗！他们的计划就是：先把纪祥云弄死，随后出书，造出影响力。然后派人举报我，让你们抄我家，最后给我抓起来。这就是他的设计，你们看，这一步步，按部就班地推进，执行得多好？不佩服能行吗？只是，他们没算到我会找到他，差一点就打死他。"

"你打哪儿看出，你小舅子是保罗弄死的？姓程的干吗呢？"

"人是姓程的杀死的，没错。但程不过就是他们的一枚棋子，还是一枚连自己主人是谁都不知道的棋子。程为什么要在仓库对面租房子？因为他要知道都谁去找过纪祥云。他的本意，很可能是为了保护他，但后来发现，不对，祥云已经被保罗逼得几近崩溃，就要说出大实话了。为了保护我老婆，保护他的心上人，他只好下手了。"

"你也知道他俩的关系？"

"知道，早就知道了！"

"会是你老婆下的令吗？"

"不好说。"

"他们兄妹关系好吗？"

"很一般。"

"你跟你老婆怎样？"

"马马虎虎，都这样了，还能好到哪儿去？这话问得，恶心我呢？"

"没那意思。"

"我跟她说了好几回，要她规劝规劝她弟弟，她根本不拿这当回事。今天这个局面……算了，不说了。"

"你说程慕阳被杨保罗操纵，那杨保罗又如何知道程会杀你小舅子呢？"

"程慕阳就是我小舅子的一条狗，整天唯唯诺诺的，狗都比他有尊严。人当狗不是被逼的，都是自愿的，人扮狗为的就是有一天，能活生生地咬死主人。人当狗可不真是狗，那是人不人，狗不狗的怪物。这我还有点发言权吧？想想程慕阳杀人之前，他俩的对话吧！脑补一下，得多有意思？再让保罗写到小说里。魏晓荷的理发师发现了程慕阳，不就意味着保罗也发现了吗？以保罗的聪明，怎么会想不到呢？就算保罗想不到，对程不了解，别人呢？保罗不是一个人在战斗！"

"照你这么说，就是他们发现了程慕阳，又利用了程慕阳？"

"有了程慕阳，他们就不用自己动手了，这多好！而且，不留痕迹。"

"也许，他们根本就没想要杀死你小舅子。"

"可能，但我小舅子的死岂不是更好的结局？不对，应该说，是一个更好的开始。祥云不死，怎么会有我的倒台？"

"还是针对你？"

"不，这些人没那么狭隘，我的倒台也只是个开始，后继有人。而他们针对的也不是某些人，他们针对的是制度。最不想这么招投标的就是那些企业，不管国企还是民营还是外企，没人想给你送钱，没人想巴结你，没人想低三下四地当狗，没有人！"

"你是说，保罗的背后有势力，有大公司支持他？"

"我整天跟这些人打交道，太了解他们了。别看他们平时把我们捧得跟神似的，其实，在他们眼里，我们这些人屎都不如。我小舅子死委屈了，芝麻绿豆个小库管，怎么轮也轮不上他。"

周局跟老孙和老赵说，高战天脑子坏了，一派胡言。老孙问他是怎么胡言的，周局就把高战天的话大差不差地学了个大概。记性真好。

老赵说："保罗发现程慕阳在对面楼里是可以的，但他如何发现程和纪祥云姐姐的关系呢？"

"除非他搞定纪祥云公司的人，那俩小姑娘也跟保罗站一队。"老孙说。

"这可能性也太弱了。"周局说。

"就算保罗知道了程慕阳和纪祥云姐姐的那层关系，他又怎么知道他们俩中有人要杀人呢？"老赵问。

"高战天的脑子坏了！"周局认为。

老孙说："照他这个逻辑，不光程慕阳杀人，我们最终破案也是保罗暗中操纵了？"

老赵说："刘老师能一口点出教堂，太不可思议了。"

"又合情合理。"周局说。

"建国跑到情趣用品商店，也是刘老师引导的？"老孙问。

"可他们并不知道印度伟哥的事。既然不知道，怎么又能保证建国会发现线索呢？"老赵问。

"要那样，就只有一种解释：建国和他们是一头的。"周局说。

"老周同志！首长大人！"老赵不光嘴巴歪，脑袋都歪了。

"闲聊天，闲聊天，急什么？"

"建国不是那种人。"老孙也说。

"不管是不是，就是闲聊天，闲聊天，可以了吧，二位？不管建国是不是，坚决不能是，这点儿觉悟我没有吗？也太小看我了吧？早不死，晚不死，要抓他了，他死在唐总的床上。这局也太大了！"

"尸体咱也解剖了，药物也化验了，就是印度伟哥服用过量而引起的心肌梗死。"老赵说着，将尸检报告递给周局。

周局边看边问："自杀？还是唐总给他塞嘴里的？"

老赵都有些不耐烦了，说："周局，你让高战天给带偏了吧？程慕阳是一大男人，唐总有多大本事给他弄嘴里？程慕阳早就暗中观察了，知道跑不了，才选了这条路。他除了这条道，还有别的可走吗？"

老孙也说："自杀合情合理。姓吕那老爷子已经给他示范过一回了，他还是有底的，知道那药能要他命。"

"有道理。死得光荣，死得伟大！"周局边溜达边说："如此看来，那就是造化弄人，老天爷不让我们抓活的。只差了一个小时，不让我们建国立大功。可惜啊，可惜！说到建国，建国是个好同志，他也想抓住他，多有面子的一件事！"

"老周，当警察不是为了面子吧？"老赵问道。

"不是，当然不是了，其实我想说的是尊严和荣誉。"

"说到面子，这次，唐总可是颜面扫地，搞得满城皆知，划不来。要说唐总是凶手或者帮凶，那她图什么呢？这帮凶的代价也有点儿太大了吧！"老孙说。

"是，这高战天。是不是建议把他送精神病医院去？病得不轻！"

周局长没瞎说，精神科大夫给高战天诊断了：中度妄想症，且有进一步恶化的可能。

高战天还幻想着他老婆会回来，给他请律师打官司。可幻想最终还是破灭了。被判无期之后，他也想自杀，但没成功，只是在医院里住了好几天。保罗去看过他，跟他说，这世界会越来越好，未来的美好值得一看——不为别的，只为这一条，也要活下去。另外，正如郑家琦所说，一个人不能不还完债就死去。他感谢保罗的劝导，问孩子有没有吓着，他一直觉得很对不起孩子。保罗告诉他，孩子很好，就是有一点点害怕，但没事。

男子汉嘛，就得有点胆量。这不正说明，孩子的癫痫治疗卓有成效嘛！

春节过后，《畅销书》再版了。腰封也换了，新腰封上感谢了十好几个人，都是老板，有国企，有民营，都是华北电网多年的供货商，姓名前面带着企业名称，包括大道之行和天下通衢。大道之行的齐朝阳说他并不认得杨保罗，也没看过《畅销书》。工作太忙，哪有工夫看小说？这让他的粉丝们大失所望，一夜之间，掉了十多万粉。不过，他也不在乎。

小李和刘老师要请大家吃喜酒了。刘老师怀孕快两个月了，证已经领了。但人家可不是为奉子成婚的，人家那纯粹是为了爱情。

刘老师来了大城，加入保罗的公司，做起了产品设计。

保罗的项目启动了，主打产品是为驴友们设计研发的太阳能帐篷，还没上市，就引起广大驴友的兴趣，纷纷追捧，再不用为中个标而喝酒送礼了。

孙工从天下通衢辞了职。他已心灰意冷，不辞也干不下去。保罗邀请他来大城，和他一起干，被他婉拒。他想开个小超市，很温馨的那种，提醒带小孩儿的顾客看好小孩儿。

供电公司的老仓库还真成了景点，来的文艺咖虽不多，但也令吴工兴奋不已，逢人便说，他是小说里面藏枪的那位。

魏晓荷和郑家琦两口子还没找着孩子，但不是没希望，而是希望越来越大。善人者，人亦善之。

最后，再说说凶手。

一天，老赵老婆突然对老赵说："虽然从程慕阳家里搜出了枪，又有人证，可没有任何人看见他进了纪祥云的办公室，并打死了他。也许他只是个观察者，杀人者另有其人。"

"不是他，是谁？"

"如果真像高战天所说，再加建国和保罗他们一伙儿，凶手随便是谁，这案子没个破。"

"再把《圣经》给他藏办公室抽屉里？"

"有可能。"

"那枪呢？谁给他藏家里的？他老婆？连他老婆都跟保罗一伙儿了？"

自以为聪明的物理老师过了好半天才说："也不是没可能。"说完，自己都笑了。

老赵的小歪嘴又歪了起来，似笑非笑，啥也没说。

春天又来了，窗外的玉兰花含苞待放。

还有半个月就清明了，保罗说，他想去给纪工扫扫墓，顺便把《畅销书》烧给他。老赵心想：行，这种事，也只有你保罗干得出来。